시절일기

시절일기

●

우리가 함께 지나온 밤 ☽

김연수 지음

레제

내가 쓴 글, 저절로 쓰여진 글

불교 경전 『로히땃사경』에는 하늘을 나는 신통력을 가진 선인仙人 로히땃사가 나온다. 그가 세존에게 말하길, 자신의 빠르기는 잘 숙련되고 전문적으로 숙달된 활잡이가 강한 활과 가벼운 화살로 종려나무 잎사귀의 그림자를 쏘는 것과 같다고 했다. 또한 그는 걸음이 커서 동쪽의 바다에서 서쪽의 바다까지 한 걸음에 걷는 것과 같다고 했다. 그렇기 때문에 로히땃사는 걸어서 세계의 끝까지 가고 싶었다고 세존에게 말했다. 세계의 끝까지 가면 고통으로 가득 찬 이 세계에서 벗어날 수 있을 테니까. 로히땃사는 먹고 마시고 씹고 맛보는 시간, 대소변을 보거나 잠자리에 들어 피로를 푸는 시간을 제외하고 백 년 동안 쉬지 않고 계속 걸었다.

마흔 살이 지나면서부터 나는 이 이야기를 자주 떠올렸

다. 일산 백병원을 나와 아무도 없는 집으로 돌아가기 위해 시내 버스를 기다리던 서늘한 밤에도, 대전 현충원에서 돌아오는 버스 안에서 외삼촌이 종이컵에 가득 채워 건넨 소주를 단숨에 들이켜던 순간에도. 또 친구들과 우연히 들어간 맥줏집의 TV에서 수면 위로 솟구친 여객선의 선수를 보며 물속에 잠긴 배의 선체에서 벌어질 일들을 저마다 상상만 할 뿐 어떤 말도 내뱉지 못하던 사월의 밤에도, 광화문 네거리 한 귀퉁이에서 마이크를 입에 대고 서서 길 건너편 사람들을 향해 고래고래 소리를 지르던 여자의 모습을 바라볼 때도.

세계의 끝까지 걸어가 이 세계에서 벗어나고 말겠다던 그 마음을 충분히 알겠기에 나는 로히땃사를 응원했다. 그러나 계속해서 경전은 말하기를, 그럼에도 로히땃사는 세계의 끝에 이르지 못하고 도중에 죽고 말았다고 했다. 아무리 애를 써도 우리가 살고 있는, 이 고통의 세계를 벗어날 수는 없다는 슬픈 이야기. 그건 마흔 이후의 삶을 살아가는 나를 은유하는 것 같았다. 지난 십 년간, 나는 어떤 대답을 구하기 위해 쉬지 않고 질문을 던졌다. 왜 이 세계는 점점 나빠지기만 하는지, 이렇게 나쁜 세계가 왜 존재해야 하는지, 오직 고통만이 남았을 때조차 왜 삶을 포기하지 않고 계속 살아가야만 하는지…… 하지만 어떤 대답도 나는 들을 수 없었다. 대신 환생한 로히땃사의 사연을 모두 듣고 난 뒤 세존이 하신 말씀을 오랫동안 품고 지냈다.

도반이여, 참으로 태어남도 없고 늙음도 없고 죽음도 없고 떨어짐도 없고 생겨남도 없는 그런 세계의 끝을 발로 걸어가서 알고 보고 도달할 수 있다고 나는 말하지 않는다. 도반이여, 그러나 나는 세계의 끝에 도달하지 않고서는 괴로움을 끝낸다고 말하지도 않는다. 도반이여, 나는 인식과 마음을 더불은 이 한 길 몸뚱이 안에서 세계와 세계의 일어남과 세계의 소멸과 세계의 소멸로 인도하는 도 닦음을 천명하노라.

걸어서는 결코 세계의 끝에 도달하지 못하지만
세계의 끝에 도달하지 않고서는
괴로움에서 벗어남도 없다네.
그러므로 세계를 알고 슬기롭고
세계의 끝에 도달했고 청정범행清淨梵行을 완성했고
모든 악을 가라앉힌 자는 이 세계의 끝을 알아
이 세상도 저 세상도 바라지 않네.

　자신의 밖으로는 아무리 멀리 가더라도 세계의 끝을 볼 수 없다는 말은, 내게 바깥을 향해서는 아무리 외쳐도 대답을 들을 수 없다는 말로 들렸다. 그러니 대답을 들으려면 세존의 말씀대로 인식과 마음을 더불은 이 한 길 몸뚱이 안으로 들어가야만 하리라. 그 일이 내게는 글쓰기였다. 도무지 이해할 수 없는 일들이 내게 혹은 이 세계에 일어났을 때, 내가 제일 먼저 한 일은 뭔가를 끄적이는 일이었다. 이런 끄적임이 한 편의 글로 완성되기까지는 오랜 시간이 걸린다. 그게 어떤 글이든, 쉽게 쓰여지는 글은 없다. 이런 식이다. 문장을 하나 쓴다. 그다음에는 침묵이다. 그러다가 문장 하나를 더 쓴다. 그러고는 다시 침묵이다. 문장을 쓸 때마다 만나는 이 침묵은 완전한 무無처럼 느껴진다. 그때 나는 내 안의 가장 깊은 곳, 인식의 끝에서 더듬거리는 중이다.

그렇게 수백 번 혹은 수천 번의 무와 대면한 뒤에야 한 편의 글이 완성된다. 지난 십 년간 내가 끄적였던 대부분의 글자들은 이렇게 무를 대면하는 일을 견디지 못하고 사라졌다. 끝까지 쓴 글마저도 결국 질문으로 끝나는 경우가 많았다. 그러나 드물긴 했지만 마지막 문장을 쓰기도 전에 어떤 대답을 얻게 되는 경우가 있었다. 그럴 때면 최초의 끄적임에서 완성된 글 사이의 어딘가에서 나는 어떤 문장들이 저절로 쓰여지는 것을 경험했다. 그 문장들이 대답이 될 수 있을까? 그럴 수도 있겠다. 시인 백석이 「흰 바람벽이 있어」에서 쓴 것과 같이.

그런데 또 이즈막하야 어느 사이엔가
이 흰 바람벽엔
내 쓸쓸한 얼골을 쳐다보며
이러한 글자들이 지나간다

—나는 이 세상에서 가난하고 외롭고 높고 쓸쓸하니 살어
가도록 태어났다

　그리고 이 세상을 살어가는데

　내 가슴은 너무도 많이 뜨거운 것으로 호젓한 것으로
사랑으로 슬픔으로 가득찬다

　그리고 이번에는 나를 위로하는 듯이 나를 울력하는 듯이

　눈질을 하며 주먹질을 하며 이런 글자들이 지나간다

　—하눌이 이 세상을 내일 적에 그가 가장 귀해하고 사랑
하는 것들은 모두

　가난하고 외롭고 높고 쓸쓸하니 그리고 언제나 넘치는
사랑과 슬픔 속에 살도록 만드신 것이다

　초생달과 바구지꽃과 짝새와 당나귀가 그러하듯이

　그리고 또 '프랑시쓰 쨈'과 도연명陶淵明과 '라이넬 마리아
릴케'가 그러하듯이

　지난 십 년 동안 쓴 글을 이렇게 한 권의 책으로 묶어 펴
내는 지금, 어떤 글이 내가 쓴 글이고, 어떤 글이 저절로 쓰여진
글인지 구분할 수 없다. 이렇게 또 하나의 시절에 마침표를 찍
는다.

　　　　　　　프롤로그　내가 쓴 글, 저절로 쓰여진 글

차례

제1부

장래희망은,
다시
할머니

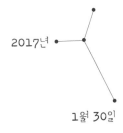

2017년 •————•

1월 30일 •

　　오래전의 일이다. 대학에 입학하니 고교 시절과 달리 시간이 남아돌았다. 처음에는 당황스러웠지만, 곧 나는 해결책을 찾았다. 공책에 뭔가를 끄적이기 시작했던 것이다. 작가가 되겠다는 목표 같은 건 없었다. 그냥 끄적이는 게 좋았다. 쓸 게 있으면 그걸 쓰고, 쓸 게 없으면 책에서 찾은 인상 깊은 구절을 옮겨적었다. 그렇게 자주 쓰다보니 어느 순간 나는 시를 쓰고 있었다. 시는 형편없었지만, 시를 쓰는 나는 근사했다. 눈에 띄는 것을 적느라 자주 길에 멈춰 서야만 했다. 알고 보니 시를 쓴다는 건 책의 문장을 베껴쓰는 일과 비슷했다. 그제야 나는 이 세계가 얼마나 정교한 곳인지 깨닫게 됐다. 나는 이 걸작의 세세한 부분을 제대로 베낄 수 없었다.

　　가끔 어떻게 소설가가 됐느냐는 질문을 받을 때면 나는

　　　　　　　　　제1부　장래희망은, 다시 할머니

그 공책 이야기를 들려준다. 뭘 계속 쓰다보니까 어느 날 소설가가 됐습니다, 라고. 그러면 사람들은 내가 습작을 많이 했다고 생각하지만, 그게 아니다. 그때 나는 습작을 한 게 아니라, 굳이 말하자면 일기를 썼다. 최근에야 나는 그때 쓴 글들, 그러니까 시처럼 행을 나눠가면서 쓴 글과 대화를 넣어 소설의 형식으로 쓴 글, 혹은 어떤 책을 읽고 쓴 감상문 등이 일상을 기록한 다른 글들과 마찬가지로 '일기'라는 사실을 알게 됐다. 얼마 전에 출간된 『카프카의 일기』 덕분이었다.

카프카의 일기 속에는 "그저께 저녁, 우티츠와 함께"와 같은 짤막한 일상의 기록도 있고, "오늘 제가 침대에서 어떻게 내려오려고 했었던지요. 저는 그냥 푹 쓰러지고 말았습니다. 이유야 아주 간단한데, 저는 완전히 과로했습니다. 사무실 업무 때문이 아니라, 바로 저의 다른 작업 때문입니다"처럼 직장 상사였던 오이겐 폴에게 보내는 편지의 초고도 있고, 또 에른스트 리만을 주인공으로 이태 동안 간간이 쓴 단편소설도 있다. 내 경험으로 추정하자면, 이 두꺼운 일기야말로 카프카가 글쓰기를 배운 학교였을 것이다. 이 책의 '일러두기'를 통해 이 학교의 수업이 어떻게 이뤄졌는지 알 수 있다.

카프카에게 일기는 자신의 독특한 글쓰기를 보여주는 습작 공간으로서의 기능을 한다. 즉 카프카는 정서법에 따르지 않았고 생각과 관찰의 흐름을 좇으므로 가능한 문맥에 맞게 의역을 시도하면서 내용 이해에 비중을 두어 번역하였다.

1) 문장을 완성하지 않은 채 중단하거나, 혹은 단어들만 나열하는 경우.

2) 수식어나 관계절을 구별하지 않고, 문장 구조에 아랑곳하지 않고 생각나는 대로 독백하듯 단어를 나열하는 경우.

3) 한 문장이 열 줄이 넘을 정도로 설명을 계속하는 경우.

4) 카프카는 일기에서 부호를 자주 생략한다. 문법적으로 꼭 필요한 구두점, 의문부호, 쉼표 등 부호의 생략을 유념해서 첨가하여 번역하였다.

요컨대 카프카에게 일기란 사전에 규정된 형식이 없는 글쓰기, 따라서 완벽하게 쓴다는 강박 없이 쓸 수 있는 글쓰기였다. 사전에서는 일기를 "날마다 그날그날 겪은 일이나 생각, 느낌 따위를 적는 개인의 기록"이라고 정의한다. 하지만 나라면 '읽는 사람이 없는, 매일의 글쓰기'라고 말하겠다. 심지어는 자신조차 읽지 않는다고 생각하고 써야 일기가 된다. 일기를 쓰는 가장 중요한 목적은 쓰는 행위 그 자체에 있기 때문이다. 백 년 뒤에 누군가 읽는다고 생각했다면 카프카도 이처럼 두꺼운 일기를 쓰진 않았을 것이다. 다른 사람들과 마찬가지로 카프카 역시 자신의 일기를 지우곤 했는데, 그건 일기의 목적이 쓰는 행위에 있다는 것을 방증한다.

정말 많이 삭제하고 지워버렸다는 사실, 그래, 올해에 썼던 글이란 글은 거의 다 지워버렸다. (……) 지워버린 것은 정말 하나의 산을 이루었는데, 내가 전에 썼던 글보다 다섯 배는 더 많은 것이며, 이미 그 지워버린 양으로 내가 쓴 글 전부를 펜 밑에서 빼앗아버린다.

이처럼 일기의 본질이 쓰는 행위 그 자체에 있다는 사실은 스테파니 도우릭의 『일기, 나를 찾아가는 첫걸음』에서도 확인할 수 있다. 이 책은 일기 쓰기는 물론이거니와 다른 모든 글쓰기와 관련해서도 상당히 훌륭하다. 일기를 잘 쓰기 위한 지침 같은 건 이 책에 없다. 대신 이 책은 아무것이나, 심지어는 쓸 게 없다는 사실마저도 일기의 소재로 삼을 것을 권한다. 일기란 잘 쓰는 게 아니라 자주 쓰는 것이기 때문이다. 책에 나오는 수많은 조언 중 하나인 다음의 글을 보면, 『카프카의 일기』에 나오는 '일러두기'가 떠오르지 않을 수 없다.

일기를 쓸 때 정말 중요한 요소는 열정, 감각, 진실함, 연민, 호기심, 통찰, 창의성, 자발성, 예술적 기교, 기쁨이다. 맞춤법이나 문법, 단정한 글씨, 어순, 시간 순서, 완성도 따위는 일기 쓰기에서 별로 중요치 않다.

읽는 사람이 없을 것. 마음대로 쓸 것. 이 두 가지 지침 덕분에 일기 쓰기는 창의적 글쓰기에 가까워진다. 한 번이라도 발표를 목적으로 글을 써본 사람이라면 알 것이다. 누군가 읽는다고 생각하면 한 글자도 쓰기가 싫어진다. 글쓰기가 괴로운 까닭은 바로 거기에 있다. 글쓰기의 괴로움을 호소하는 사람들에게 나는 일기 쓰기를 권하고 싶다. 누구도 읽지 않을 테니 쓰고 싶은 것을 마음대로 써라. 대신에 날마다 쓰고, 적어도 이십 분은 계속 써라. 다 쓰고 나면 찢어버려도 좋다. 중요한 건 쓰는 행위 자체이지, 남기는 게 아니니까. 이것이 바로 『일기, 나를 찾아가는 첫걸음』에 나오는 일기 쓰기 지침이다.

이렇게 하면 글을 자주 쓰게 되는 것만은 틀림없다. 자주 쓰면 많이 쓸 수밖에 없고 결국에는 잘 쓰게 된다. 그런데 일기 쓰기의 이 두 가지 지침에는 그 이상의 의미가 있다. 일기의 목적은 결과물이 아니라 과정에 있다고 앞에서 말했는데, 이 글쓰기 과정을 통해 우리가 도달하게 되는 것은 "나는 나 자신을 이해함으로써 다른 사람들을 이해하고 싶다"는 캐서린 맨스필드의 말처럼, 자기이해다. 자기이해라는 말을 통해 우리는 마법과도 같은 결론에 도달한다.

소설가 D. H. 로렌스는 "사람이 두 번의 삶을 살 수 있다면 좋으련만. 첫번째 삶에서는 실수를 저지르고 두번째 삶에서는 그 실수로부터 이득을 얻도록"이라고 말한 적이 있다. 이 말은 한 번의 삶으로는 인생의 의미를 깨닫기 어렵다는 뜻이겠다. 어느 소설에서 나도 쓴 적이 있지만, 사소한 실수라도 되돌릴 수 없다는 점에서 한 번의 삶은 살아보지 못한 것이나 마찬가지다. 그러니 이 인생의 의미를 알아내려면 적어도 두 번의 삶은 필요하다.

그러나 도깨비도 아니고 우리가 어떻게 두 번 이상 삶을 살 수 있단 말인가? 우리가 실수투성이 인생을 살아가는 것도 당연하다. 그렇다고 영 방법이 없는 것은 아니다. 메모 앱인 에버노트의 광고 카피는 'Second Brain'이다. 갑자기 떠오른 아이디어나 해야 할 일 등을 기억하려고 애쓰는 대신 에버노트에 저장해두고 필요할 때마다 꺼내보라는 것이다. 마찬가지로 일기를 상품화하는 회사가 있다면, 그 광고 카피는 'Second Life'가 될 것이다. 캐서린 맨스필드가 말한 자기이해란 바로 이런 뜻이다. 우리는 글을 쓰는 행위를 통해 한 번 더 살 수 있다.

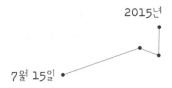

2015년

7월 15일

여름이 되면서 해 질 무렵의 빛을 바라보는 일이 잦아졌다. 저녁 여덟시가 지나도 사위가 좀체 어두워지지 않으니, 아직도 해가 저물지 않은 것인가 싶어 자꾸만 창밖을 내다보는 것이다. 저녁 빛은 늦도록 떠나지 않는데, 밤은 참 빨리 찾아온다. 그럴 때면 "저녁의 벚꽃 오늘도 또 옛날이 되어버렸네"라는, 일본 시인 고바야시 잇사의 하이쿠가 떠오른다. 아직 저녁 빛이 남았는가 싶지만, 그 빛은 금세 옛날의 빛이 되어버린다.

잇사라면 천진스런 시인으로 알려져 있다. 그의 하이쿠를 영역한 로버트 블라이도 "잇사는 세계에서 가장 위대한 개구리 시인, 가장 위대한 파리 시인이며, 그리고 아마도 가장 위대한 아동 시인일 것이다"라고 말할 정도였다. 그도 그럴 것이 가장 위대한 이 개구리 시인, 가장 위대한 이 파리 시인은 달팽이에

제1부 장래희망은, 다시 할머니

대해 54편, 개구리에 대해 200편, 반딧불이에 대해 230편, 모기에 대해 150편, 파리와 벼룩에 대해 190편 등, 작은 것들에 대한 하이쿠를 1,000편 넘게 썼기 때문이다.

아동용 그림책에 즐겨 실리는 그의 동물 하이쿠는 대개 이런 것들이다. "죽이지 마라, 파리가 손으로 빌고 발로도 빈다." "새끼 참새야, 저리 비켜, 저리 비켜, 말님 지나가신다." 누가 읽어도 금방 와 닿는 잇사의 시들에서 작은 것들에 대한 그의 애정을 느낄 수 있다. "숨죽인 채 말에게 몸을 내맡긴 개구리여라" 역시 마찬가지다. 시인은 큰 몸집의 말이 냄새를 맡는 동안 죽은 듯 꼼짝도 하지 않는 개구리에게 마음을 주고 있다.

그런데 어쩌면 그 개구리가 잇사 자신인지도 모른다는 데 하이쿠를 읽는 묘미가 있다. 하이쿠는 5.7.5조의 매우 짧은 정형시로, 언뜻 보면 순간의 일인 듯하지만 따져보면 긴 시간의 단면을 보여준다. 때문에 열일곱 개의 글자를 따라 읽을 뿐이지만, 어느 틈엔가 한 사람의 일생이 보이기도 하는데, 그중의 하나가 "이리 와서 나하고 놀자꾸나, 어미 없는 참새"라는 하이쿠다. 이건 "고아인 나는 빛나지도 못하는 반딧불이"라는 하이쿠와 나란히 놓고 읽어야 한다. 1763년 시나노쿠니지금의 나가노 현의 가시와라에서 태어난 잇사는 세 살 때 친모를 사별했다. 여덟 살 때부터는 계모 밑에서 심한 학대를 받고 살다가 열다섯 살에 집을 떠나 에도에서 고용살이를 시작하면서 가난과 고통과 고독에 시달렸다.

작은 것들에 대한 그의 관심은 홀로 헤쳐가는 신산한 삶에 대한 반작용이었다. 예컨대 "여윈 개구리 지지 마라, 잇사가 여기에 있다"고 말할 때, 그의 시선은 살찐 녀석이 아니라 마른 녀석에게 가 있다. 그 여윈 개구리가 유랑생활을 하면서도 문학을 놓지 않았던 잇사라는 건 자명하다. 서른아홉 살에 아버지가 세상을 떠난 뒤 계모 측과 십여 년에 걸쳐 유산 문제로 다투다가, 마침내 그 문제가 해결된 쉰두 살에야 스물여덟 살의 젊은 아내를 맞이한 그에게 평생에 걸친 문학은 어떤 의미였을까?

고향에 돌아온 그는 "자아, 이것이 마지막 거처인가, 눈이 다섯 자"라는 하이쿠를 썼다. 귀향 소감이 그토록 막막한 까닭은 물론 1.5미터 넘게 쌓이는 눈이 그 지방의 명물이기 때문이기도 하지만, 조금의 방심도 허용하지 않는 삶의 가혹함에 대해 그가 어느 정도는 알고 있었기 때문이다. 그 가혹함의 실상은 "이슬의 세상은 이슬의 세상이지만, 그렇지만"이라는 하이쿠에서 온전하게 느낄 수 있다.

시를 쓸 때는 같은 표현을 반복하는 걸 피하는 게 일반적이다. 하지만 이 하이쿠에서 잇사는 "이슬의 세상"이라는 명사구와, "이지만"과 "그렇지만"이라는 역접의 접속사를 두 번 반복했다. 이 시는 '이슬의 세상이지만, 이슬의 세상, 그렇지만'이라고도 읽을 수 있다. 잇사는 왜 이렇게 같은 문장을 두 번 반복했을까? 이 시는 겨우 한 해 남짓 살았던 장녀 사토를 천연두로 잃은 뒤에 쓴 작품이다. 그런데 두 번 반복한 이유는, 그전에 장남 센타로가 있었기 때문에. 센타로는 태어난 지 한 달도 안 되어 죽어버렸다.

두 아이를 잃은 뒤에도 이 일을 하이쿠로 써야만 하는 개구리 시인, 파리 시인이란 도대체 어떤 사람일까? 이 질문 위에 다음의 하이쿠가 더해진다. "어서 제발 한 번만이라도 눈을 떠라 떡국상." 잇사가 58세가 되던 해에 태어난 셋째아이 이시타로가 백일이 채 되지 않은 설날, 엄마 등에 업힌 채 질식사했던 것이다. 이 일들을 하이쿠로 남겨야만 한다고 생각할 때, "이지만"이라고도 또 "그렇지만"이라고도 쓸 때, 그는 어떤 마음이었을까?

그러나 그의 고통은 넷째아이를 낳던 아내와 그 아이까지 잃고 난 뒤에야 절정에 이를 것이다. 그런 삶을 살아온 잇사니까 "세상은 지옥"이라는, 너무나 자명하기에 너무나 진부한 문장으로 하이쿠를 시작한다고 해도 그 저작권은 온전히 그의 것일 수밖에 없다. 고독과 가난 속에서 떠돌면서도 늘 시를 가슴에 품고 오십 년을 넘게 살아 결국 "세상은 지옥"이라는 문장을 남긴다고 생각하면 마음이 아프다.

지난주에 오래전부터 뵙고 지내던 선생님을 만나 이런저런 이야기를 나누는데, 불현듯 그분의 입에서 이 세상은 지옥이라는, 잇사의 저 문장이 흘러나왔다. 그 말에 "그렇지 않습니다"라고 말씀드리지 못한 까닭은, 젊은 아내와 행복했던 시절이 금세 끝나고 연거푸 아이들과 결국에는 아내까지 잃은 잇사가

"가지 마, 가지 마, 모두 거짓 초대야, 첫 반딧불이"라고 쓰는 마음을 간신히 짐작할 수 있기 때문이다. 그런 사람이 있었는데, "이 세상은 지옥이 아닙니다"라고 말할 자신이 내게는 없다.

그러고 보니, 지난해 이맘때 그 선생님에게 더위를 쫓을 때 읽어보시라고 하이쿠 모음집인 『백만 광년의 고독 속에서 한 줄의 시를 읽다』라는 책을 드린 일이 기억났다. 그 책 482쪽을 펼치면 "세상은 지옥"이라고 쓰고 나서 잇사가 이어서 쓴 문장이 나온다. "세상은 지옥", 그리고 "위에서 하는 꽃구경이어라". 그게 바로 "이지만"과 "그렇지만"의 힘, 세상의 불행에 역접으로 접속하는 힘, 평생 잇사가 손에서 놓지 않은 문학의 힘일 것이다.

태풍이 몰고 온 빗소리에 일찍 잠에서 깬 새벽, 두꺼운 시집을 뒤져가며 나는 잇사의 나머지 시들을 읽었다. "나는 외출하니 맘 놓고 사랑을 나눠, 오두막 파리"나 "돌아눕고 싶으니 자리 좀 비켜줘, 귀뚜라미"를 읽으면서 빙그레 웃고, "젊었을 때는 벼룩 물린 자국도 예뻤었지"에서는 맞장구를 친다. 창밖엔 여름비이긴 하지만 "올빼미여, 얼굴 좀 펴게나, 이건 봄비 아닌가"도 읽고, "달과 꽃이여, 마흔아홉 해 동안 헛걸음이라"에서는 마음이 덜컥 내려앉는다.

그리고 이런 시들, "이상하다, 꽃그늘 아래 이렇게 살아 있는 것" "얼마나 운이 좋은가, 올해에도 모기에 물리다니" "극락세계에 가지 않은 축복, 올해의 술"까지 읽은 뒤, 다시 "이슬의 세상은 이슬의 세상이지만, 그렇지만"에 달린 각주에 줄을 긋는다. "잇사의 대표작 중 하나인 이 하이쿠는 일본 동북지방 대지진으로 수만 명이 목숨을 잃었을 때, 처참한 파괴 현장 사진과 함께 가장 많이 인용되었다." 이 지옥 같은 세상 속에서 문학이 무엇을 할 수 있겠는가,

그렇지만……

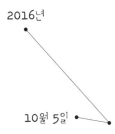

2016년

10월 5일

　"누구든 여든아홉 해를 되돌아본다면 후회로 점철된 풍경을 보아야만 하는 듯하다. 어쨌거나 자기 자신의 결함과 나태, 빠뜨리고 간과한 것, 다른 사람이나 더 나은 사람들이 세운 기준은 말할 것도 없고 자기 자신이 세운 이상에도 미치지 못한 무수한 면모를 훤히 알게 되니 말이다"라고 다이애너 애실은 『어떻게 늙을까』에 썼다. '누구든'이라고 말했지만, 여든아홉 해를 돌아볼 수 있는 사람이 지구상에 얼마나 되겠는가? 나부터가 아직 먼 훗날의 일이니까 그저 그런가보다, 생각할 수밖에.

　그렇지만 앞으로 후회할 일만 남았다고 생각하면 우울해진다. 게다가 이런 글 제목이라니. '소설 읽기가 시들해졌다'. 1917년생인 다이애너 애실이 1993년 75세의 나이로 은퇴하기까지 오십 년 가까이 영국의 안드레도이치 출판사에서 필립 로

　제1부 장래희망은, 다시 할머니

스, 노먼 메일러, 잭 케루악, 진 리스, 시몬 드 보부아르, V. S. 네이폴, 존 업다이크, 마거릿 애트우드 등 세계적인 소설가들의 작품을 편집했다는 사실을 떠올리면 더욱 씁쓸하달까. 하긴 그렇겠지. 듣기 좋은 꽃노래도 한두 번이지, 여든아홉 살이 되어서까지 소설을 좋아하기란 쉽지 않겠지.

그런데 계속 읽다보면 얘기가 조금 이상해진다. "다행히도 나와는 전혀 다른 사람들의 삶 속으로 데려가주는 소설들은 얘기가 다르다." 예를 들면, 네이폴이나 필립 로스 같은 작가들. "그리고 위대한 작가들의 작품들 역시 지루함과는 거리가 멀다." 톨스토이, 엘리엇, 디킨슨, 프루스트, 플로베르, 트롤럽 등등이 여기에 해당한다. "또 그들이 쓰는 작품과 무관하게 그 정신에 반하게 되는 소설가들도 있다." 말하자면 체호프, 제발트, 앨리스 먼로. 그러니까 그녀가 진짜 하고 싶은 말은, 나이들면 모든 소설이 아니라 어떤 소설들이 읽기 싫어진다는 얘기다.

어떤 소설이냐면, 인간관계 특히 남녀관계를 깊이 들여다보게 하는 소설들이다. 이건 육체적 쇠퇴와 관련된 변화이리라. 그녀가 자신의 남성 편력에 대해 고백한 뒤에야 늙는다는 것에 대해 말하는 까닭도 여기에 있다. 마음으로든 몸으로든 타인과의 관계에서 놓여나게 되면서 늙음이 찾아오기 때문이다. 그런데 여기에 삶의 가장 큰 반전이 숨어 있었다. 늙으면 더이상 타인의 관심 대상이 되지 못하니 외롭고 서글퍼지리라 생각했는데 웬걸, 이젠 다른 사람의 시선을 신경쓸 필요가 없으니 하고 싶은 일을 마음껏 하자는 긍정적 태도가 생긴 것이다. 평생 편집자로 살아온 그녀에게는 글쓰기가 바로 그런 일이었다.

이 놀라운 변신담은 「소설 읽기가 시들해졌다」에 이어지는 글, 「나는 어떻게 작가가 되었는가」에 나온다. 다이애너 애실은 자신이 글을 쓸 수 있는 사람이라는 사실을 발견한 것이야말로 노년에 찾은 최고의 행운이라고 말한다. 계기는 오랜만에 열어본 서랍에서 발견한 두 페이지 분량의 글이었다. 다음 날그녀는 뭔가 더 쓸 수 있지 않을까 싶어 타자기에 종이를 끼웠다가 단숨에 어떤 이야기를 쓰게 됐다. 그 이야기는 스무 해 전의 실연과 관련이 있었다. 그 실연 이후 그녀는 여자로서는 실패한 인생이라고 생각하며 살아왔다. 그랬는데, 그 일을 정확하게 쓰려고 애쓰는 과정에서 뭔가가 일어났다. 즉, 그때의 상처가 치유되면서 인생의 실패라는 느낌이 완전히 사라졌고, 그 빈자리로 평생 느껴보지 못한 큰 행복이 찾아온 것이다.

이 극적인 변화를 그녀는 이렇게 설명한다. "젊을 때는 나를 바라보는 타인의 관점에 의해 내가 누구인지가 상당 부분 결정된다. 이런 현상은 중년까지도 계속되는데 그것이 가장 두드러지는 영역은 성性이다." 나이가 들면서 타인의 관점에서 벗어나 자신의 눈으로 인생을 바라보게 되면서 비로소 솔직한 글쓰기가 가능해졌고, 그 결과 오랜 상처가 치유되며 그녀는 새로운 행복을 발견한 것이다. 여기까지만 해도 대단한 변화지만 그녀가 더 나아가 그 글을 출판하는 용기를 내며 작가의 길로 접어든 것에 비할 바는 못 되리라. 그런 점에서 노년이란 온전히 자신으로만 살아가면서도 충분히 행복해질 수 있는 시간이라고 말할 수도 있을 것이다. 지금까지 실패한 삶이었다고 생각한 대도 괜찮아. 늙은 뒤에도 기회는 생겨. 그녀의 삶은 내게 그런 말을 들려주는 듯하다.

그렇기에 다이애너 애실은 "돌이켜보면 그 일이 있었기에 내 인생이 전반적으로 훨씬 즐거웠다는 생각이 든다. 나는 오랫동안 내 인생이 실패작이라고 생각했는데 지금 와서 되돌아보니, 세상에, 전혀 그렇지 않았다"라고 쓰게 되는 것이다. 이 글의 도입부에 인용한 문장은 그다음에 이어지는 「후회하지 않아」의 시작 부분이다. 이제쯤 밝혀지겠지만, 이 도입부의 속뜻은 다음과 같다. '여든아홉 살이 된 나를 보면, 그동안 힘든 일도 많았고 못 해본 일도 많으니 후회하리라 생각하겠지만 그렇지 않아. 후회는 없어. 이제는 현재를 온전하게 살아가는 사람이 됐으니까.' 멋지다. 이런 말을 할 수 있는 여든아홉 살이라니, 정말 멋진 일이 아닐 수 없다.

언젠가 책을 출판한 뒤 독자들과 만날 기회가 있었다. 그때 어떤 분이 장래희망에 대해 물었는데—제 나이가 반백 년에 가까워지고 있습니다만—얼떨결에 할머니라고 대답해버렸다. 얼결이라고는 했지만, 지금도 마찬가지 생각이다. 왜 그런지 모르겠지만, 세상에는 멋진 할머니들이 정말 많다. 할아버지들은, 글쎄, 잘 모르겠다. 다이애너 애실 역시 멋진 할머니지만,

그녀가 신문에서 본 103세의 할머니 알리스 헤르츠좀머는 더 대단한 분이다. 그 인터뷰 기사에는 세 장의 사진이 실려 있다고 다이애너 애실은 전한다. 1931년 눈부신 신부의 모습, 전쟁 직전 눈부신 젊은 엄마의 모습, 그리고 103세인 현재의 눈부신 늙은 여인.

변함없이 눈부신 그 여인의 말은 다음과 같다. "인생은 아름답습니다. 지극히 아름답지요. 그리고 늙으면 그 사실을 더 잘 알게 됩니다. 나이가 들면 생각하고 기억하고 사랑하고 감사하게 돼요. 모든 것에 감사하게 되지요. 모든 것에." 그리고 나이가 들수록 점점 세상사가 못마땅해지는 내게 나치 수용소까지 다녀온 이 할머니가 덧붙인다. "나는 악에 대해 잘 알지만 오직 선한 것만 봅니다." 이런 할머니들이 있어 나는 또다시 장래를 희망하게 됐다. 그렇게 해서 나의 장래희망은, 다시 할머니, 웃는 눈으로 선한 것만 보는 할머니가 됐다.

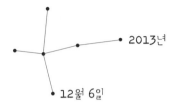

2013년

12월 6일

내 인생의 항로에 등대와도 같은 신scene이 있다면, 영화 〈아무도 모른다〉의 엔딩 장면이리라. 비행기를 보여주겠다는 약속을 지키지 못한 대신에 죽은 여동생 유키를 공항 부근에 묻고 돌아오는 장면. 어린 오빠 아키라와 그를 돕는 소녀 사키는 전철 좌석에 나란히 앉아 있는데, 그 전철은 지하의 어둠 속에 있다가 이윽고 아침의 밝은 빛 가운데로 나온다. 그러자 두 사람이 밤새 땅을 파느라 옷이 더러워졌다는 사실이 분명해진다. 그때 들리는 노래의 가사는 다음과 같다. "나는 점차 커가고, 누구도 가까이 할 수 없는, 악취를 풍기는 보석." 표정도, 의상도, 노래도 모두 완벽하다. 이 장면을 추상적인 언어로 바꾸면 다음과 같지 않을까. 이뤄지지 못한 약속의 땅에 사랑하는 사람을 묻는 일이 누구에게나 한 번쯤은 찾아오리라.

그때 우리는 아키라와 같은 꼴이 되리라. 그러니까 사랑하는 사람을 묻으려 땅을 파느라 더러워진 옷을 입은 꼴. 더러워진 옷이라면 내 판단이 들어가는 셈이니 그냥 얼룩진 옷이라고 하자. 누구나 한 번은 입게 되는 이 얼룩진 옷을 가리켜 죄책감을 형상화했다고 말하면, 그건 우리 인간을 너무 과대평가하는 셈이다. 자신의 악행에 쉽게 죄책감을 느낄 정도로 인간이 자기반성적인 존재는 아니니까. 그렇다면 거리낌 정도가 알맞을 것이다. 본래 '거리끼다'란 아무것도 없어야 할 곳에 방해물이 있을 때 쓰는 동사니까. 거리끼는 마음이란 내가 원하지 않은 무언가가 들어온 마음이다. 옷에 묻은 얼룩처럼. 옷이야 갈아입으면 되지만, 얼룩진 마음은 기억에서 잊혀질지언정 완전히 지워지지는 않는다.

관계에 대한 이야기를 만든다면, 무엇보다 이 얼룩진 마음을 먼저 이해해야 한다. 말했다시피 이 얼룩진 마음은 흔히 죄책감으로 과장된다. 물론 솜씨 좋은 예술가들은 그런 과장의 유혹을 잘 피해간다. 소설에서는 레이먼드 카버가 그런 솜씨 좋은 예술가다. 영화라면, 고레에다 히로카즈일 것이다. 지난 몇 년 동안 나는 아주 천천히 그의 영화에 빠져들었는데, 그 이유는 이 얼룩진 마음을 그가 정확하게 이해할뿐더러 영화적으로 적절하게 표현하기 때문이었다. 이번에 개봉하는 〈그렇게 아버지가 된다〉에서도 마찬가지다. 그의 다른 작품들에서처럼 이 영화에서도 마음의 얼룩들은 한 사람을 타인과 연결시키는 다리가 된다.

노노미야 료타를 시점인물로 하는 이 영화에서 가장 큰 얼룩은 어느 날 갑자기 다른 부부의 아이로 밝혀지는 아들 케이타일 것이다. 처음에 이 얼룩은 그간의 미스터리를 해결하는 실마리로 료타에게 다가온다. 아이가 뒤바뀌었다는 말을 듣고 유전자 검사를 통해 그 사실을 확인한 뒤, 료타의 첫 반응은 "역시 그랬던 거군"이었다. "역시 그랬던 거군", 이 말은 '역시 그래서 그동안 뭔가 꺼림칙했던 것이군'이란 말로 들린다. 이로써 그 사실이 밝혀지기 전까지 료타 가족을 둘러싸고 있던 불협화음의 원인이 설명되는 듯하다. 왜 료타와 달리 케이타는 달리기 경주에서 져도 분해하지 않는지, 왜 매일 피아노를 연습하는데도 좀체 실력이 늘지 않는지. 그건 케이타가 료타 가족의 일원이 아니라 바깥에서 온 오점이기 때문이라는 설명.

이 지점을 넘어가면 당연히 료타는 이 얼룩을 자신의 삶에서 제거하려 시도하고, 이 시도에 뒤이은 좌절과 재시도가 서사를 이끌어가는 표면상의 동력이 된다. 그런데 이 표면상의 서사를 곧이곧대로 따라가자니, 영화를 보는 내 쪽에서 뭔가 꺼림칙한 게 생긴다. 나는 나의 아버지를 얼마나 닮았을까? 아버지와 나를 아는 사람들은 당연히 내가 아버지를 닮았다고 말하지만, 그건 그 사람들 생각이다. 1980년대 후반, 고교 시절 나는 아침이면 이따금 아버지와 정치적인 문제로 언쟁을 벌였고, 그때마다 어른이 되면 절대로 아버지 같은 사람이 되지 않겠다고 다짐했다.

　나는 그랬다고 치고, 그럼 아버지는 아들이 마음에 흡족했을까? 필경 그렇지 않았을 것이다. 가족이란 본래 그런 것이니까. 가장 친밀한 동시에 가장 오해하기 쉬운 관계니까. 표면적으로 서사를 이끌어가는 료타의 욕망이 꺼림칙하게 느껴지는 건 바로 이 때문이다. 영화 초반에 그들 역시 서로를 충분히 만족시키지 못하는 모습을 보여주는데, 이 점만 보면 그들은 지극히 정상적인 가족이랄 수 있다. 그럼에도 료타는 불협화음의 원인을 가족이 아니라 혈연에서 찾고 있기 때문에 그의 욕망은 애당초 좌절될 수밖에 없다. 대신 그는 좌절을 통해 뭔가를 배우게 될 텐데, 그건 가족 서사에서 얼룩이란 제거해야 하는 불순물이 아니라 오히려 그들이 정상적임을 보여주는 근거라는 사실이다.

　얼룩이 비정상적인 가족의 암시가 아니라 정상적인 가족의 근거가 될 수도 있다는 생각은 어른의 것이다. 이 영화에서는 그런 어른으로 료타 형제를 키운 새엄마가 등장한다. 그녀는 "그런 마음"으로 료타 형제를 키웠다는 말을 하는데, 여기서 말하는 "그런 마음"이란 바로 얼룩진 마음, 피로 맺어진 가족이 아니지만 아들로 받아들이는 심정을 뜻한다. 그 마음의 가장 큰 얼룩이라면 료타 형제가 자신이 낳은 아이들이 아니라는 사실일 테고, 그 큰 얼룩 주위로, 차차 밝혀지겠지만 엄마를 찾아가겠다며 료타가 가출한 일 등 소소한 얼룩들이 묻어 있다. 이 얼룩들을 모두 받아들였기 때문에 그녀는 두 형제들에게 어머니라고 불릴 만하다.

그러나 료타는 아들까지 낳았건만 여태 아버지가 되지 못했다. 이 영화에 '그렇게 아버지가 된다'라는 제목이 붙은 이유는 그 때문이다. 처음에는 케이타가 그의 아들이 아니기 때문에 료타의 아버지 되기는 미완성으로 남은 것처럼 보인다. 그렇다면 진짜 아들을 찾는 순간 그 미션은 끝나야 할 텐데, 그게 그렇지가 않다. 생물학적인 아버지는 그렇게 될 수 있다 해도, 어른이 되려면 한 가지가 더 필요하다. 그건 바로 얼룩진 마음이 짓는 무표정의 기억이다. 예컨대 유키를 묻고 돌아오던 전철 안에서 아키라가 짓던 표정처럼. 이 영화에서는 마지막 장면, 료타에게서 미안하다는 말을 들으며 걸어가는 케이타에게서 아키라의 무표정을 찾을 수 있다.

케이타의 얼굴에서 그 무표정을 봤을 때, 료타의 마음에 또렷하게 생겼을 그 얼룩들에 대해 말하는 대신, 내 이야기를 해야겠다. 이상한 일이기도 하지, 료타가 케이타를 쫓아 걸어가는 그 장면을 보는데 케이타의 마음이 고스란히 내게 전해지는 것이었다. 영화관의 어둠 속에서 나는 적잖이 당황했다. 그 장면이 조금만 더 길었더라도 나는 그만 울어버렸을지도 모르겠다. 그 순간 나는 왜 료타가 아니라 케이타에게 감정이입이 되었을까? 그건 어른이 된 뒤로 잊고 지냈던 감정들이 한꺼번에 떠올랐기 때문이었다. 예컨대 아버지에게 버림받았을지도 모른다고 생각했던 일들.

초등학교에 들어가기도 전이었을 텐데, 남대문시장에서 아버지를 놓쳐버린 적이 있었다. 김천에서 살았던 우리가 왜 그때 서울까지 가게 되었는지 나는 기억하지 못한다. 어쩌다가 남대문시장까지 가게 됐는지도. 어쨌든 아버지는 술집에 계셨고, 나는 밖에서 놀고 있었다. 그러다가 다시 술집으로 돌아갔는데, 아버지가 없었다. 그때 내가 울었는지, 어떤 기분이었는지, 무슨 생각을 했는지는 전혀 기억나지 않는다. 그런데 무표정한 얼굴로 걸어가는 케이타를 보는데, 그때가 떠올랐다. 그리고 그때 내가 얼마나 약한 존재였는지, 아버지에게 얼마나 의지했는지, 다시 나타난 아버지를 보고 얼마나 안심했는지가 하나하나 떠올랐다. 그 장면을 보기 전까지는 내 마음 어딘가에 그런 아이의 공포가 남아 있으리라고는 한 번도 생각해본 적이 없었다.

내게 일어난 것과 같은 일이 케이타를 뒤쫓아가던 료타에게 일어났을 것이다. 케이타는 걸어가면서 료타에게 "아빠는 아빠가 아냐"라고 말하는데, 그건 진실이다. 아빠는 아빠가 아니다. 그러나 케이타는 아직 자기가 한 말의 의미를 모른다. 그 진실의 의미를 이해하려면 아직 많은 세월이 더 필요하다. 그렇기 때문에 아키라와 마찬가지로 케이타 역시 그 가혹한 진실 앞에서 어떤 표정도 짓지 않는 것이다. 슬픈 표정을 짓는 사람은 오히려 료타(와 나)다. 료타(와 나)는 그 진실의 의미가 무엇인지 알기 때문에. 케이타의 마음에 영영 잊히지 않을 얼룩이 생겼다는 것을 알기 때문에. 그리고 그 얼룩이 자신에게도 있다는 사실을 막 깨달았기 때문에. 그렇게 케이타의 무표정에 완벽하게 감정이입하는 순간, 료타는 비로소 아버지가 된다.

〈그렇게 아버지가 된다〉는 '가족이란 어떻게 형성되는가?'라는 질문에 대해 '내 안에 들어온 꺼림칙한 타자의 존재를 받아들일 때 우리는 서로를 이해할 수 있다'라는 오답을, 하지만 어떻게 생각하면 더없이 정확한 대답을 제시하는 영화다. 가족일지라도 그를 타자로 인정할 때 관계는 정립된다. 케이타가 찍은 사진들을 보던 료타처럼 뭔가 거리끼는 바가 생길 때, 우리는 비로소 아버지가, 어른이 되는 것이다. 어른의 마음이 어떻게 생겼는지 사진으로 찍어달라면 나는 다른 무엇보다 이 영화의 한 장면을 보여주겠다. 아이들을 교환하기 전, 두 가족은 서로 상대방의 아이를, 아들이 아닌 아들을 앞에 두고 기념사진을 찍는다. 내 마음속으로 들어온 타자의 존재를 있는 그대로 받아들일 때, 나는 비로소 어른이 된다는 사실을 이보다 분명하게 보여주는 영상은 없을 것이다.

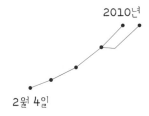

2010년

2월 4일

1

어떤 불은 그 의미를 이해하려는 사람들에게 배타적이다. 더구나 재난과도 같은 화재라면 바라보면 바라볼수록 그 불 바깥으로 내팽개쳐지는 느낌을 받게 된다. 여기에는 물리의 법칙이 작용한다. 그 불길에 강하게 끌렸기 때문에 같은 강도의 힘으로 밀려나는 것이다. 모든 걸 태워버릴 듯 기세등등하게 타오르는 불길은 주검의 이미지를 닮았다. 나를 완전히 밀어내는 듯한 느낌의 시체를 처음 본 건 대학 시절이었다. 학교에서 광주항쟁 사진전이 열렸다. 그때 나는 그 사진들을 똑바로 쳐다보지 못했다. 아니 그 앞에 서기도 전에 그럴 것 같다는 생각부터 들었다. 그건 그 사진들의 추문과도 같은 속성 때문이었다. 그래서 더 보고 싶었지만, 그럴수록 볼 수 없을 것 같다는 복잡한 심

제1부 장래희망은, 다시 할머니

사였다. 나를 망설이게 한 건 어느 틈엔가 내 마음에 생긴 검은 그림자였다. 이 그림자가 무엇인지를 이해하는 건 몹시 어려운 일이었다. 죄책감일 수도 있고, 인간에 대한 연민일 수도, 감정 이입에 따른 개인적인 슬픔일 수도 있었지만, 그런저런 생각들도 다 시간이 지난 뒤에 들었다. 처음에는 그저 검은 그림자일 뿐이었다.

이 검은 그림자가 어떤 식으로 문화를 생산하는지에 대해서는 『아무도 기억하지 않는 자의 죽음』에 실린 권명아의 「죽음과 생존을 묻다」의 한 구절이 잘 설명하고 있다.

비평가로서의 과민함일지는 모르지만, 죽음의 책임이라는 모티프가 촛불과 광장과 조문 행렬에서 극장가와 서점가로 이동하는 이 과정은 한국 사회에서 죽음에 대한 감각, 그리고 애도의 위치가 뒤바뀌는 어떤 징후로 보인다. 이동이나 변화라고 해서 이 과정이 어떤 시간적인 선후관계나 논리적인 원인-결과의 관계를 맺는다는 것은 아니다. 오히려 애도와 죽음의 책임이라는 모티프가 놓인 두 공간, 광장과 극장은 죽음과 삶, 죽은 자의 자리와 산 자의 자리를 둘러싼 어떤 스펙터클이 상연되는 장소일 것이다. 이런 맥락에서 볼 때 무고한 죽음들, 부당한 죽음들에 대한 책임의 문제와 애도의 열기가 광장에서 사그라진 것이 단지 사람들이 죽음에 대해 무감각해졌다거나, 애도에 대한 열정이 소진되었기 때문으로 보기는 어렵다고 할 것이다. 오히려 죽음의 책임이나 애도의 욕망, 상실감 등은 여전히 사람들을 사로잡고 있다. 〈워낭 소리〉, 『엄마를 부탁해』(그리고 일련의 엄마 시리즈의 문화 생산물들의 잇단 흥행들), 〈해운대〉로 이어지는 베스트셀러 행렬의 공통점은 이 작품들이 소진되어가는 삶의 어떤 형식들에 대한 슬픔, 죽음에 대한 감응을 '촉구'한다는 점이다.

어떤 불길들은 의미화되지 않았다는 사실 그 자체만으로 사람들의 시선을 잡아끈다. 검은 연기를 내면서 도심에서 타오르는 불기둥은 스펙터클하다. 그 불길들은 안타깝게 지켜보는 사람들의 마음에 검은 그림자를 만들어낸다. 시간이 흐르면 이 불길은 의미화되는데, 그 과정에서 우리는 공동체의 일원으로서 어떤 감정을 느끼게 된다. 그건 아마도 책임감일 것이다. 이 책임감은 최초에 의미화되지 않은 불길을 바라볼 때 마음에 드리워지던 검은 그림자와는 상관없는 것이다. 그 그림자는 불길 자체의 스펙터클한 속성에서 비롯했으니까. 워낙 큰 불길이라서 생긴 그림자다. 당연히 그 불길을 지켜보지 않은 사람들에게는 생기지 않는다. 더 많이, 더 오래 지켜본 사람들의 마음에 더 크고 더 긴 그림자가 드리워진다. 『아무도 기억하지 않는 자의 죽음』은 '왜 노무현의 죽음에는 그토록 슬퍼했던 사람들이 용산참사에는 슬퍼하지 않았는가?'라는 질문에 대한 답변들로 이

제1부 장래희망은, 다시 할머니

뤄진 책이다. 노무현의 죽음에 더 많은 사람들이 슬퍼했다면 그건 아마도 노무현을 둘러싼 스펙터클―단순한 흥밋거리로 검찰에 소환되는 노무현 전 대통령의 생중계 장면을 본 사람의 숫자가 어디 좋은 투자처가 없는가 해서 용산 지역의 재개발 정보를 검색해본 사람보다 훨씬 많을 테니까―이 더 많았고, 기간도 더 오래였기 때문이 아니었을까?

이 검은 그림자는 이미지와 강하게 연결돼 있다. 불타오르는 숭례문, 무너져내리는 용산의 망루, 대검찰청에 출두하는 전 대통령 등. 이중에서도 노무현 대통령의 경우에는 서거 직후에 집중적으로 이미지들이 생산됐다. 사람들은 이런 이미지들을 스펙터클, 즉 볼거리로 받아들였지만, 결국에는 어떤 종류의 감정을 느끼게 됐다. 그게 정확하게 어떤 감정인지, 슬픔인지 죄책감인지 구분하기 힘든 것이긴 하지만, 어쨌든 전반적인 정서는 '지켜주지 못해서 미안하다'는 것이었다. 『아무도 기억하지 않는 자의 죽음』의 몇몇 글들은 '그렇다면 당신들이 지켜주고 싶었던 노무현의 가치는 무엇이었냐?'고 묻고 있지만, 대부분의 사람들은 노무현의 가치를 상실했기 때문에 슬퍼한 것 같지는 않다. 사람들은 그 찌꺼기 같은 감정을 없애기 위해 슬퍼한 게 아닐까. 하지만 그 뒤에 그들은 자기 안에서 그 감정을 말끔하게 없애는 것은 불가능하다는 걸 알게 됐을 것이다.

『지금 내리실 역은 용산참사역입니다』에 실린 이선우의 「용산, 추방당한 자들의 나라」에는 다음과 같은 글이 나온다.

그러니 '작가선언 6.9'가 아니었다면 나는 끝내 용산을 찾아가지 않았을 것이다. 눈치챘겠지만 나는 늘 도망만 다녔던 사람이니까. 이번에도 예외는 아니었다. 어려운 이들이 철거민만 있는 것도 아니고 철거민들이 용산에만 있는 것도 아닌데 굳이 '용산'에만 집중하는 것은 그곳에서 사람이 죽었기 때문이고, 그렇다면 이는 결국 또 다른 방식으로 우리의 비정을 드러내는 것일 수도 있다는 어설픈 자의식. 모든 '현장'에 다 참여하기란 현실적으로 불가능하고 용산에 한번 가봤네 자위하는 것으로 끝날 거라면 차라리 안 가는 게 낫다는 설익은 합리화. 내가 용산에 간다고 해서 달라지는 게 있겠나, 한두 명 더 관심을 갖는다고 해서 해결될 문제가 아니라는 만성화된 패배의식과 습관화된 무관심…… 더 나열할 수도 있지만, 실은 단 한마디로 정리할 수도 있다. 타인에 대한 윤리의 부재. 이는 물론 "내 집, 내 가족, 내 돈과 내 일이 아니면 어디에도 마음 쓸 시간을 내지 못하게 하는"(이명원) 우리 사회의 구조에서 비롯하는 측면이 크지만 우리에게 책임이 없는 것은 아니다.

일단 스펙터클이 된 타인의 불행에 사로잡히면 찌꺼기처럼 어떤 감정이 우리에게 들러붙는다. 목구멍 안에 들러붙어서 떨어지지 않는, 하지만 이물감 외에는 그다지 고통을 주지 않는 생선 가시 같은 것. 고통이라기보다는 불편함에 가까운, 우리 내부의 타자. 그 불편함을 견디지 못하고 슬퍼한 뒤에야 우리는 우리 안의 이 타자를 애도하는 게 불가능한 일이라는 걸 깨닫게 된다. 어떤 슬픔으로도 그 타자를 애도하기에는 충분치 않다. 타자에 대한 윤리의 기본은 그냥 불편한 채로 견디는 일이다. 이렇게 견디기 위해서 소설가들은 소설을 쓰고 감독들은 영화를 만들고 시인들은 시를 쓰는 것이다. 마찬가지로 견디기 위해서 사람들은 소설과 시를 읽고 영화를 본다. 애도를 완결짓기 위해서가 아니라, 애도는 불가능하기 때문에 그들은 날마다 읽고 써야만 한다.

2

'내 마음에 생긴 검은 그림자'라는 비유를 나는 김동인의 「감자」에서 빌려왔다. 칠성문 밖에 있던 채마밭에서 감자를 몰래 훔치다가 그 밭의 소작인 중국인 왕서방에게 붙잡힌 복녀는 그 뒤로 돈을 받으며 왕서방에게 몸을 판다. 왕서방의 돈으로 복녀는 빈민굴의 큰 부자가 된다. 그러다가 왕서방이 백원을 주고 젊은 색시를 사온다는 소문이 들린다. 이 소문에 대한 복녀의 반응은 다음과 같다.

그때 왕서방은 돈 백원으로 어떤 처녀를 하나 마누라

로 사오게 되었다.

"흥."

복녀는 다만 코웃음만 쳤다.

"복녀, 강짜하갔구만."

동리 여편네들이 이런 말을 하면, 복녀는 흥 하고 코웃음을 웃고 하였다.

내가 강짜를 해? 그는 늘 힘있게 부인하고 하였다. 그러나 그의 마음에 생기는 검은 그림자는 어찌할 수가 없었다.

김동인은 복녀의 마음에 생기는 이 검은 그림자에 대해 독자들에게 설명해주지 않는다. 이 소설에서 그게 상품이든 품삯이든 몸값이든, 정확한 가격을 밝히는 데 김동인이 상당히 공을 들이는 걸 보면, 이 검은 그림자는 자신의 상품가치가 이제 떨어졌다는 사실을 확인하는 데서 오는 불안감일 가능성이 제일 크지 않을까? 하지만 정확하게 그런 것인지는 장담할 수 없다. 이제 더이상 생계를 유지할 수 없을지도 모른다는 데서 오는 두려움일 수도 있고, 단순히 자신보다 젊은 여성에게 상대를 빼앗긴 데 대한 본능적인 시기심일 수도 있다. 그게 무엇이든 중요한 건 복녀가 "내가 강짜를 해?"라고 코웃음을 치며 힘있게 부인하는 그 순간 이 검은 그림자가 마음에 생긴다는 점이다. 바로 그 이유로 이 검은 그림자는 복녀의 마음을 붙들고 놔주지 않는다.

「감자」와 유사한 소설로 최서해의 「홍염」이 있다. 「홍염」에도 돈에 팔려가는 조선 여인과 그녀의 몸을 성적으로 착취하는 중국인 남성이 나오며, 서사의 완결로 살인이 등장한다. 「감자」가 몸을 파는 여인의 관점에서 쓰여졌다면, 「홍염」은 그 아버지의 관점에서 쓰여졌다. 당사자의 관점에서 쓴 「감자」가 더 격한 감정을 담고 있을 것 같지만, 「홍염」의 감정이 더 격하다. 중국인 지주의 횡포에 딸의 정조와 아내의 목숨을 빼앗긴 남자의 분노는 살인 장면에 시각적 이미지를 부여하는 불길로 표출된다. 「홍염」의 성취는 이 불길을 정염의 불길로 만들었다는 데 있다. 한국문학사에서는 이 불길을 '신경향파의 한계'라고 부르지만, 내가 보기에 이 불길은 한계가 아니라 성취다. 도입 부분의 자연 묘사와 결말 부분의 불길에 대한 묘사는 서로 잘 호응한다.

「홍염」의 한계는, 오히려 그 직전에 나오는 아내의 임종 장면에 있다. 전체 다섯 부분 중에서 네번째 부분을 차지하는 이 임종 장면은 일단 너무 길다. 게다가 죽어가는 아내를 보면서 문서방은 너무 많이, 너무 오래 슬퍼한다. 말하자면 충분할 정도로 그는 아내의 죽음을 애도한다. 그래서 이 장면이 끝날 때 그의 애도도 완전히 끝난다. 그러지 않았다면 다음 장면에서 그가 중국인 남자를 살해하고 그 집을 방화하는 일은 일어나지 않았을 것이다. 그리하여 「홍염」의 마지막 장면은 다음과 같다.

"룡녜야! 놀라지 마라! 나다! 아버지다! 룡녜야!"

문서방은 딸을 품에 안으니 이때까지 악만 찼던 가슴
이 스르르 풀리면서 독살이 올랐던 눈에서 뜨거운 눈물이
떨어졌다. 이렇게 슬픈 중에도 그의 마음은 기쁘고 시원하
였다. 하늘과 땅을 주어도 그 기쁨을 바꿀 것 같지 않았다.

그 기쁨! 그 기쁨은 딸을 안은 기쁨만이 아니었다. 적다
고 믿었던 자기의 힘이 철통같은 성벽을 무너뜨리고 자기
의 요구를 채울 때 사람은 무한한 기쁨과 충동을 받는다.

불길은, 그 붉은 불길은 의연히 모든 것을 태워버릴 것
처럼 하늘하늘 올랐다.

처음 「홍염」을 읽었을 때, 나는 여기에 나오는 '기쁨'이라
는 단어를 잘 이해할 수 없었다. 정확하게 말하면 '이렇게 슬픈
중에도 기쁘고 시원한 마음'이겠다. 과연 정말 기쁘다는 것일
까, 의심이 들었다. 바로 뒤에 나오다시피 이 기쁨은 다시 딸을
안은 기쁨만이 아니라 적다고 믿었던 제 힘이 철통같은 성벽을
무너뜨리고 자신의 요구를 채울 때 느끼는 무한한 기쁨이다. 몇
번 다시 읽고 나서야 바로 직전 장면에서 문서방은 충분히 슬
퍼했기 때문에 살인과 방화 장면에서 진짜로 기뻐할 수 있었다
는 사실을 알게 됐다. 아내의 임종 장면에서 실질적으로 애도는
완결됐다. 바로 이 점이 「홍염」을 나 대신 기도해주는 기도바퀴
로 만든다. 최서해가 「홍염」에서 애도를 완결지을 수 있었던 건,

그의 특수한 작가적 위치 때문이다. 김동인의 말마따나 "서해는 그 생장부터가 재래의 작가와는 달랐다". 그러므로 기쁘고 시원하게 타오르는 「홍염」의 불길은 성취라고 봐야만 한다. 하지만 최서해가 아니라면 어떨까? 충분하게 애도하는 일이 가능할까? 「감자」의 경우와 같이 그건 불가능하다. 타인의 고통에 대해 그저 쓸 수 있는 건 "힘있게 부인"하는 중에 "마음에 생기는 검은 그림자" 같은 모호한 문장일 뿐이니, 쓰는 순간 형상화에 실패하는 그런 문장들뿐이다. 묘사할 수 없는 타인의 고통에 직면한 소설가의 문장이 어떻게 나오는지는 「감자」의 마지막 장면을 보면 잘 알 수 있다.

복녀의 송장은 사흘이 지나도록 무덤으로 못 갔다. 왕서방은 몇 번을 복녀의 남편을 찾아갔다. 복녀의 남편도 때때로 왕서방을 찾아갔다. 둘의 새에는 무슨 교섭하는 일이 있었다. 사흘이 지났다.

밤중에 복녀의 시체는 왕서방의 집에서 남편의 집으로 옮겼다.

그리고 그 시체에는 세 사람이 둘러앉았다. 한 사람은 복녀의 남편, 한 사람은 왕서방, 또 한 사람은 어떤 한방의사. 왕서방은 말없이 돈주머니를 꺼내어, 십원짜리 지폐 석 장을 복녀의 남편에게 주었다. 한방의의 손에도 십원짜리 두 장이 갔다.

여기에는 분노도 기쁨도 없으니 「홍염」과 비교하면 의심의 여지없이 충분한 애도에 실패한 문장들이다. 자신에게 찾아온 밤의 그림자에서 이들은 결코 벗어날 수 없다. 그것은 이들의 삶과 죽음을 지켜본 작가도 독자도 마찬가지다. 그러므로 김동인은 「감자」를 다시 써야 할 것이다. 그게 그의 운명이다. 그렇다면 우리 역시 다시 읽어야 할 것이다. 그게 우리의 운명이다. 타자의 고통 앞에서 문학은 충분히 애도할 수 없다. 검은 그림자는 찌꺼기처럼 마음에 들러붙어 떨어지지 않는다. 애도를 속히 완결지으려는 욕망을 버리고 해석이 불가능해 떨쳐버릴 수 없는 이 모호한 감정을 받아들이는 게 문학의 일이다. 그러므로 영구히 다시 쓰고 읽어야 한다. 날마다 노동자와 일꾼과 농부처럼, 우리에게 다시 밤이 찾아올 때까지.

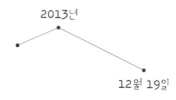

2013년

12월 19일

그게 소설이든 시든, 어떤 젊은이가 갑자기 책상 앞에 앉아서 뭔가를 쓰기 시작한다면, 그건 지금 그의 내면에서 불길이 일어났다는 뜻이다. 불은 결코 홀로 타오르는 법이 없다. 그러니 그 불은 바깥 어딘가에서 그의 내면으로 번졌으리라. 하지만 그 불이 어디서 왔는지는 중요하지 않다. 불은 어디에서든 옮겨붙을 수 있으니까. 불은 바로 옆에 앉은 사람에게서도, 수천 년 전에 죽은 사람에게서도 전해질 수 있다. 수천 킬로미터의 거리와 수천 년의 시간을 사이에 두고도 그 불은 원래의 열기를 고스란히 보존한 채 순식간에 번져간다. 그게 불의 속성이다. 책상 앞에 앉아 뭔가를 쓰기 시작하는 젊은이의 가슴속에서 이는 불 역시 마찬가지다. 순식간에 타오르고, 그는 이 열기에 놀란다. 그러므로 "몇 살 때 작가가 되셨나요? 작가가 되었을 때 놀라셨나요?"라는 질문에 무라카미 하루키는 이렇게 대답하는 것이다. "제가 스물아홉 살 때 작가가 되었지요. 물론 놀랐어요."

　　그러나 이 불은 곧 잦아들 것이다. 그것 역시 불의 속성이다. 순식간에 타오르고, 또 그만큼 빨리 꺼진다. 그러므로 모든 소설가들의 데뷔작은 검정색이어야 한다. 그건 어떤 불이 타오르고 남은 그을림의 흔적이니까. 예민한 작가라면 첫 작품을 다 쓰자마자 그 사실을 깨달을 것이다. 그러나 아무리 늦더라도 두번째 책을 펴낼 즈음이면 누구라도 자신의 데뷔작이 검게 그을렸다는 사실을, 하지만 두번째 책은 그렇지 않다는 사실을 발견하게 된다. 이 지점에서 시인과 소설가의 길은 갈라진다. 시인은 계속 불을 찾아나설 것이다. 하지만 소설가에게는 이제 불이 아니라 다른 것들이 필요한데, 예컨대 건강이나 체력 같은 것이다. 마라톤을 한다는 사실이 널리 알려진 무라카미 하루키가 "긴 소설을 쓰는 것은 서바이벌 훈련과 비슷해요. 신체적인 강함이 예술적인 감수성만큼이나 중요하거든요"라고 말한다면 놀랄 사람이 많지 않겠지. 그러나 다음과 같은 마르케스의 말을 들을 때도 과연 그럴까?

　　그 자신에게 글쓰기란 권투와 같다는 헤밍웨이의 글이 제게 큰 감명을 주었습니다. 그는 자신의 건강을 잘 돌보았지요. (……) 훌륭한 작가가 되기 위해, 글을 쓰는 매 순간 작가는 절대적으로 제정신이어야 하며, 건강이 좋아야

　　　　　　　　　　제1부　장래희망은, 다시 할머니

합니다. 글 쓰는 행위는 희생이며, 경제적인 상황이나 감정적인 상태가 나쁘면 나쁠수록 좋은 글을 쓸 수 있다는 낭만적인 개념의 글쓰기에 대해 저는 강력하게 반대합니다. 작가는 감정적으로나 육체적으로나 아주 건강해야만 한다고 생각합니다. 문학작품의 창작은 좋은 건강 상태를 필요로 한다고 생각하며, 미국의 '잃어버린 세대' 작가들은 이것을 잘 알고 있었습니다.

소설가에게 건강과 체력이 이토록 중요한 까닭은 소설가란 임시의 직업, 과정의 지위를 뜻하기 때문이다. 나름대로 정의하자면, 소설가란 소설가가 되어가는 과정에 있는 사람을 뜻한다고 말하겠다. 소설가란 지금 소설을 쓰고 있는 사람을 뜻한다는 얘기다. 소설 쓰기에 영적인 요소가 있다면, 바로 이것이다. 소설가는 자기 자신이 되기 위해 소설을 쓴다. 결국 그는 매일 소설을 쓰게 될 텐데, 그러자면 건강과 체력은 필수이다. 이 건강과 체력은 하루에 십 킬로미터를 달릴 수 있는 육체를 뜻하는 동시에, 더 깊은 의미를 가리키는 은유이다. 소설가는 불꽃이 다 타버리고 재만 남은 뒤에도 뭔가를 쓰는 사람이다. 이때 그에게는 아무것도 없다. 다 타버렸으니까. 이제 그는 아무도 아닌 존재다. 소설을 쓸 때만 그는 소설가가 될 것이다. 그러므로 한 권 이상의 책을 펴낸 소설가에게 재능에 대해 묻는 것만큼 어리석은 일은 없다. 그들에게 재능은 이미 오래전에, 한 권의 책으로 소진돼버렸으니까. 재능은 데뷔할 때만 필요하다. 그다음에는 체력이 필요할 뿐이다.

체력이 있어야 소설가는 이전의 모든 위대한 소설가들이 한 번쯤 맞닥뜨렸을 운명을 만날 수 있다. 이 운명에 대해 가장 잘 설명하는 사람은 윌리엄 포크너다. 그는 "우리 모두는 우리가 꿈꾸는 완벽함에 필적할 수 없습니다. 그래서 저는 불가능한 것을 얼마나 멋지게 실패하는가를 기초로 우리들을 평가합니다. 제 생각으로는, 만일 제 모든 작품을 제가 다시 쓸 수만 있다면, 더 잘 쓸 수 있을 것이라고 확신합니다"라고 한 인터뷰에서 말했다. 새로 시도할 때마다 실패하는 것, 그게 바로 데뷔작 이후, 그을린 이후, 모든 소설가의 운명이다. 그러므로 움베르토 에코가 "저는 모든 것을 후회해요. 삶의 모든 분야에서 수없이 많은 실수를 저질렀기 때문이지요"라고 말하거나 이언 매큐언이 "여러 주 동안 다른 하는 일 없이 유령하고만 소통해야 하고, 책상에서 침대로, 그리고 다시 책상으로 왔다갔다해야만 한다"라고, 또 레이먼드 카버가 "한 단편에 스무 가지나 서른 가지 다른 수정본이 있는 경우도 있어요. 열 개나 열두 개 이하인 경우는 없답니다"라고 말한대도 놀라지 말아야 한다.

십여 년 전, 나는 두어 권의 책을 펴낸 삼십대 초반의 젊은 소설가였다. 그즈음, 나 역시 내 재능이 모두 타버리고 난 뒤의 그을음을 보고 있었다. 하지만 서가를 다 뒤져도 그 그을음에 대해 말해주는 책은 없었다. 그러다가 우연히 노란색 표지의

제1부 장래희망은, 다시 할머니

『파리 리뷰 인터뷰』라는 책을 발견하게 됐다. 거기에는 내가 열
광했던 소설가들의 인터뷰가 실려 있었다. 그리고 그들은 육성
으로 자기 직업에 대해, 그리고 스스로 터득한 기술에 대해 말
하고 있었다. 그들에게서 나는 허세라고는 조금도 찾아볼 수 없
었다. 그들은 마치 매일 아침 작업장으로 나가는 시계 기술자들
같았다. 늘 실패한다는 사실을 운명처럼 받아들여야만 한다는
점만 다를 뿐. 그제야 나는 내가 되고자 하는 소설가가 어떤 사
람인지 알게 됐다. 단 한 번의 불꽃, 뒤이은 그을음과 어둠, 그리
고 평생에 걸친 글쓰기라는 헌신만이 나를 소설가로 만든다는
것을. 그게 바로 소설가의 운명이라는 것을. 언젠가 토머스 울
프가 다음과 같이 썼다시피.

　　나는 결국 나 스스로 지핀 불에 데었다는 것, 나 자신의
　　화염에 소진되었다는 것, 그리고 여러 해 동안 내 삶을 흡
　　입한 맹렬하고 만족할 줄 모르는 욕망의 송곳니에 의해,
　　내 존재가 갈가리 찢겼다는 것을 알았다. 말하자면, 빛의
　　세포 하나가 낮이건 밤이건 내 삶의 모든 깨어 있는 순간
　　에, 또한 모든 잠자는 순간에, 뇌와 마음과 기억에서 언제
　　나처럼 빛나리라는 것, 벌레가 내 몸을 먹으면서 자신의
　　빛을 유지하리라는 것, 어떤 오락, 어떤 음식과 음료도, 어
　　떤 여행과 어떤 여자도 그 빛을 깨뜨릴 수 없으리라는 것,
　　그리고 죽음이 그 전적이고도 결정적인 어둠으로 내 삶을

덮을 때까지, 나는 결코 그 빛에서 해방될 수 없으리라는 것을 깨달았다. 하여 마침내 나는 내가 작가가 되었다는 사실을 깨달았다. 나는 자신의 삶을 작가의 삶으로 바꾼 사람에게 어떤 일이 일어나는지를 깨달았다.

제2부

진실의 반대말은
거짓이 아니라
망각

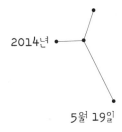

2014년

5월 19일

"인간은 비루하고, 인간은 치사하고, 인간은 던적스럽다. 이것이 인간의 당면 문제다. 시급한 현안 문제다"라고 소설가 김훈은 『공무도하』에 썼다. 지난 4월 16일, 400명이 넘는 승객을 침몰하는 세월호 안에 남겨둔 채 팬티 바람으로 조타실을 빠져나온 선장이 해경에게 구조되는 모습을 TV 화면으로 지켜보는데, 그 문장이 떠올랐다. 분명, 그 순간 선장은 비루하고 치사하고 던적스럽게 보였다. 그러나 나는 그 비루함과 치사함과 던적스러움을 향해 어떤 조롱의 말도 던질 수 없었다. 내 눈에는 가라앉는 배만 보였다. 거기 배가 서서히 가라앉고 있었다. 숨이 막혀서 나는 아무 말도 할 수 없었다.

올해로 나는 44세가 됐다. 세월호의 3층과 4층 객실에 앉아 구조되기만을 기다리던 아이들만할 때만 해도 이런 나이가 내게도 찾아올 줄은 짐작도 못했다. 내가 그 나이였을 때는 1987년으로, 그해에는 유난히 충격적인 죽음들이 많았다. 서울 대생 박종철씨는 물고문을 받다가, 연세대생 이한열씨는 시위에 나섰다가 최루탄을 맞고 숨졌다. 여름에는 용인의 한 공장에서 35명이 자살하는 괴사건이 발생했다. 오대양 집단 자살 사건이었다. 11월에는 대한항공 858편이 인도양 상공에서 폭파되면서 탑승객과 승무원 115명이 전원 사망했다. 그럼에도 고등학교 2학년이라면, 그런 사건들이 아니라 일 년 내내 교실에 앉아 공부만 하던 무채색의 기억을 배경으로 그해 가을 수학여행지였던 설악산 여관촌 마당에서 빨갛게 타오르던 캠프파이어 불꽃이 먼저 떠오른다. 그때 우린 기껏해야 열여섯 살 아니면 열일곱 살이었고, 지금 누군가는 죽어간다거나 고통받고 있다는 사실을 몰라도 괜찮았다. 저마다의 꿈에만 몰두해도 좋은 시절이었다. 그러나 다들 알다시피, 그런 시절은 곧 지나가고 아이는 성인이 된다. 성장한다는 건 알을 깨고 나오는 새와 같은 것이라고 헤르만 헤세는 말했다. 이제 그 새는 타인의 세계를 향해 날아갈 것이다. 그렇게 관계는 형성되고 우리는 책임이라는 단어의 뜻을 배운다.

　1989년에 대학에 들어간 나는 수강신청을 하기도 전에 타인의 고통을 외면해서는 안 된다는 사실부터 배웠다. 당시의 선배들은 유별났다. 입학하자마자 잘못 배운 게 많다며 스터디를 시작할 정도였으니. 도대체 우리가 뭘 잘못 배웠느냐고 물으면, 곧바로 "전부 다!"라는 대답이 돌아왔다. 때로 그런 확신이 거슬리기도 했지만, 그때 한국 사회가 오랜 미몽 속에서 깨어나고 있었던 것만은 분명했다. 그 미몽이란 사회적 약자들의 고통에 대한 집단적 무지 혹은 망각의 상태를 뜻했는데, 이는 역사적으로 뿌리가 깊어 한국인들에게는 일종의 처세술에 가까웠다. 예컨대 "모난 돌이 정 맞는다"나 "팔은 안으로 굽는다" 등의 속담으로 압축되는. 그런 처세술을 소설화하면 채만식의 『태평천하』가 되리라.

시대 배경은 1937년. 주인공 윤직원은 지주이자 고리대금업과 부동산 투기를 통해 부를 쌓은 부자다. 그에게는 괴로운 기억이 하나 있으니, 바로 아버지의 죽음이다. 구한말 고을 수령과 화적떼에 시달리던 아버지 윤용규는 화적떼의 요구에 돈을 내놓지 않고 버티다 살해됐다. 이에 윤직원은 피에 물들어 참혹히 죽은 아버지의 시체를 안고 땅을 치면서 "이놈의 세상이 어느 날에 망하려느냐!"라고, 또 "오냐, 우리만 빼놓고 어서 망해라!"라고 소리친다. 이 소설에 따르면, 윤직원의 처세술이란 무슨 수를 써서라도 악착같이 돈을 모아서 "우리만" 잘사는 일이다.

대학 시절, 아버지 세대까지 면면히 이어져온 이 처세술을 거부하는 청년들을 많이 봤다. 자신들이 꿈꾸는 새로운 세상에 가 닿으려면 타인의 고통과 연대해야 하는데, 그러자면 이 처세술을 뛰어넘어야 했던 것이다. 그들은 고난을 자처했는데,

제2부 진실의 반대말은 거짓이 아니라 망각

그건 『태평천하』 식으로 말하자면 "아버지의 삶을 반복하지 않겠다!"라는 선언적 행동과도 같았다. 나는 그게 우리 세대의 선언이라고 생각했다. 물론 이제는 안다. 우리 이전의 모든 젊은 세대들이 그렇게 선언했고, 또 거의 대부분이 실패했다는 사실을. 하지만 그 사실을 이렇게까지 뼈저리게 확인하게 될 줄이야. 그로부터 채 삼십 년도 지나지 않았는데, 우리 눈앞에서 배가 가라앉았다. 우리가 꿈꾼 새로운 세상 역시 그 배와 함께 가라앉았다. 가장 뼈아픈 것은 거기에 우리의 아이들이 타고 있었다는 사실이다.

그러므로, 이것은 완벽한 실패다. 이 실패 앞에서 신속한 위로를 원해서는 안 된다. 전문가들의 분석으로, 하룻밤의 토론으로, 신문의 특집 기사로 단숨에 사건의 전말을 이해하려는 욕심을 버려야 한다. 미심쩍은 부분이 완전히 없어지기 전까지는 차라리 아무것도 모르는 사람처럼 행동하는 게 낫다. 만약 이것이 적폐의 소산이라면, 기꺼이 이 적폐를 마주하되 요령부득의 문장을 읽을 때처럼 꼼꼼히 따져봐야 한다. 아주 작은 진실이라도 놓치지 않기 위해서 가장 어두운 무지의 상태도 마다하지 말아야 한다. 완벽한 실패에서 빠져나오는 유일한 통로는 완벽한 절망뿐이다.

이 완벽한 절망 속에서 우리는 자문해야 한다. 우리는 왜 실패한 것일까? 무엇이 우리를 비루하고 치사하고 던적스럽게 만들었을까? 지금 우리의 당면 문제이자, 시급한 현안 문제는 과연 무엇일까? 지난 대선에서 아버지의 후광을 등에 업은 박근혜 후보가 대통령에 당선되던 그 순간, 어쩌면 역사는 우리에게 암시를 준 것인지도 모른다. 그러니까 이 현실은 우리가 예전의 삶을 반복한 결과물에 불과하다는 사실을. 이는 지금까지 한국 사회를 지탱한 기본 원리에서 우리가 한 치도 벗어나지 못했다는 뜻이니, 이 반복은 스스로 적폐가 되는 반복이다. 적폐는 적폐를 청산할 수 있을까? 국가는 국가를 개조할 수 있을까? 책임이라는 단어를 말하지 않고 타인의 고통 속으로 들어갈 수 있을까?

이 오랜 적폐의 원리가 무엇인지에 대해서는 1989년의 대학생들도, 채만식도 알고 있었다. 타인의 고통에 대한 집단적 무지 혹은 망각을 기반으로 축적된 부가 한국 사회를 움직이는 힘의 근원이다. 그러므로 부의 축적을 위해 한국 사회는 사회적 원인에서 비롯한 고통이라 할지라도 개인적 차원으로 축소시켜 관리한다. 물속 아이를 구해달라고 호소하는 부모들에게 미개하다고 말하는 까닭이, 그들을 '순수한 유가족'이라고 일컫는 까닭이 여기에 있다. 그러나 딜레마가 바로 여기에 있다. 이들의 고통이 개인적 차원에 머무는 한, 지금까지의 관행은 되풀이될 수밖에 없다. 적폐는 적폐를 청산할 수 없고 국가는 국가를 개조할 수 없다. 타인의 고통을 향한 연대에서 나온 책임감만이 이 일을 할 수 있기 때문이다.

2000년대 중반, 그러니까 삼십대를 지나는 동안, 우리 세대는 경제적 풍요를 가장 큰 가치로 삼기 시작했다. 그건 이제 가족을 이끌게 된 세대가 해야 하는 가장 중요한 일이었다. 그러나 타인의 고통에 무지하거나 망각하는 방식이 아닌 다른 길을 찾아보려 하지 않았다는 점에서 우리의 실패는 예정돼 있었다. 어떤 풍요인가라는 질문 없이 경제적 풍요만을 최고의 가치로 여겼기 때문에, 우리 세대는 이 끔찍한 실패 앞에서도 사회적 약자의 고통에 공감하는 것은 사회 불안과 분열을 야기해 경제에 악영향을 끼친다고 주장하는 정부를 투표로 뽑은 것이다. 이런 세상이라면 다시 이십 년이 지나 더 많은 평형수를 줄이고 더 많은 화물을 적재한 위태로운 여객선을 계약직 선장이 운행한다고 해도, 그래서 이십 년 전의 서해 훼리호와 마찬가지로 이십 년 뒤의 또 다른 여객선이 우리의 손자들을 태우고 가라앉는다고 해도 이상할 일은 하나도 없다.

결국 이런 사회밖에 못 만들어 아이들에게 정말 미안하다. 아이들은 우리의 실패를 반복하지 말기를 바랄 뿐이다. 그러기 위해서는 가라앉는 세월호의 모습을 보고 또 보기를, 그리하여 우리처럼 망각하지 말고 어른이 되어서도 꼭 기억하기를. 그 배에 어떤 사람들이 타고 있었으며, 그들은 어떻게 그리고 왜 죽어야만 했는지. 세월호라는 이름이 잔인하게만 들리는 건, 오래전부터 사람들은 가족을 잃은 이들에게 세월이 약이라거나, 세월이 가면 모든 게 잊힌다고 말해왔기 때문이다. 그러나 세월은 가지 마라. 아직은 잊을 때가 아니다. 우리에게 필요한 건 약이 아니라 진실이다. 그 진실을 모두 알아낼 때까지 대한민국의 시간은 이제 막 잠에서 깨어난 아이들이 수학여행지인 제주도에 도착하기만을 기다리던 2014년 4월 16일 아침에 멈춰 있어야 한다. 가라앉는 그 배는 이제 우리가 지킬 테니, 봄꽃처럼 짧은 생을 살다 가버린 아이들은 부디 우리를 용서하지도 말고, 이 땅에 미련을 두지도 말고, 좋은 곳으로 떠나기를.

제2부 진실의 반대말은 거짓이 아니라 망각

2014년

6월 3일

　연이틀 영화관을 찾았다. 장미가 만발하고 벚나무 가지마다 버찌가 익어가는 계절이어서인지 관객들은 많지 않았다. 먼저 본 〈그녀〉. OS컴퓨터 운영장치와 사랑에 빠진 남자의 이야기인데, 이상하게도 슬펐다. 영화관을 나와서도 줄곧 왜 슬픈 것일까 의문이 들었다. 늦은 밤, 혼자 책상에 앉아 그날 보고 들은 것들에 대해서 쓰는데 문득 그 해답을 알 것 같았다. 문제는 그 사랑의 대상이 OS냐 사람이냐가 아니었다. 우리는 이 세상 모든 것과 사랑에 빠질 수 있으니까. 문제는 우리가 사랑하는 대상은 이 물질세계에서 유일무이해야만 한다는 점이었다. 인간의 사랑은 물질세계에서 유일무이한 존재를 대상으로 일어나는 어떤 애착의 감정이니까. 물질세계에서 유일무이한 존재란, 결국 육체다. 우리는 이 우주에 단 하나뿐인 육체와 사랑에 빠진다. 영화 속의 OS는 목소리로만 존재하지만, 그 목소리 역시 이 우주에 단 하나뿐인 목소리인 것은 분명하다. 그녀가 6,000명이 넘는 사용자와 사랑에 빠진다고 해도 상관없다. 주인공이 사랑한 것은 유일무이한 그 목소리였으니까. 사랑이 끝난다는 것은 그 목소리를 더이상 듣지 못한다는 뜻이다. 슬픔은 거기서 비롯한다.

다음 날에는 〈에너미〉를 봤다. 역시 관객들은 한 손으로 꼽을 정도로 적었다. 하룻밤이 지났을 뿐인데, 달력은 5월에서 6월로 넘어갔다. 이 영화는 〈그녀〉와는 전혀 다른 지점에서 같은 이야기, 즉 우리는 유일무이한 육체와 사랑에 빠진다는 이야기를 하고 있었다. 이 영화에는 분신doppelgänger이라는 오래된 주제가 나온다. 제 분신을 만나면 죽는다는 속설이 있는데, 이 영화 속에서도 똑같이 생긴 두 사람 중 한 사람은 사고로 사망한다. 이로써 자신과 꼭 닮은 사람이 나타나면서 시작된 혼란은 사라지고 다시 우리가 사는 이 세계에 질서가 잡힌다. 우리가 사는 이 세계, 물질세계의 질서란 무엇인가? 그건 우리의 몸은 단 하나뿐이라는 것. 〈에너미〉에서처럼, 같은 육체가 둘이라면 그를 향한 사랑은 이분의 일로 줄어드는 게 아니라 그냥 없어진다는 것. 죽는다고 해도 똑같은 몸이 하나 더 있다면, 그에게 애착을 가질 이유가 있을까? 그러므로, 왜 누군가를 그토록 사랑하느냐면, 대체불가능하기 때문에.

또 그렇기 때문에 우리는 비통해진다. 사랑하는 사람이

죽어가고 있다면, 우리는 마땅히 울부짖으며 그를 살려달라고 애원하리라. 신에게든, 권력자에게든, 부자에게든. 흔한 표현처럼 내가 대신 죽겠다고 간청하리라. 그럼에도 사랑하는 이가 죽는다면, 그땐 어떻게 해야 할까? 그다음에는 할 수 있는 일이 없다. 죽지만 않는다면 어떻게라도 해볼 테지만, 죽고 나면 아무 방법이 없다. 유일무이한 그 육체가 사라지고 나면, 우리의 사랑은 대상을 잃고 방황할 수밖에 없다. 이제 무엇이 우리가 사랑했던 육체의 유일무이함을 증명할까? 제주도로 수학여행을 가는 단원고 학생들을 태운 여객선이 서서히 침몰하고 한 달 보름이 지나는 동안, 보름달이 두 번 찾아오고 맹골수도의 조류가 빨라졌다가 다시 느려졌다가를 반복하는 동안, 우리는 그 유일무이한 육체를 잃어버린 부모의 통곡을 지켜봐야만 했다. 그들이 원하는 건 일관되게 하나뿐이었다. 잊지 말아달라는 것. 거기 침몰하는 배 안에 봄꽃처럼 갓 피어난 아이들이 어른들의 말만 믿고 가만히 앉아 있었다는 사실을, 그리고 그 아이들 하나하나가 부모에게는 목숨을 바쳐서라도 지키고 싶은 존재였다는 사실을.

그러나 이 간절한 소망은, 역설적이게도 우리의 사랑이 얼마나 무능력한 것인지 말해주기도 한다. 인간은 자신이 감각하는 것만 안다. 감각 너머에 무엇이 있는지 우리는 알지 못한다. 하다못해 〈그녀〉에서처럼 내가 구분할 수 있는 목소리라도 있어야 그 대상의 존재를 믿을 수 있다. 손잡고 걸어갈 때 이따금 힘을 주던 그 느낌도 사라지고, 다른 사진은 못생기게 나왔으니 이 사진만 기억하라고 말하던 그 음성도 더이상 들리지 않고, 살아 있다면 지금쯤 키가 얼마나 컸을까 생각할 때 전혀 짐작할 수도 없는 상태가 되면, 우리는 우리의 사랑이 얼마나 무능력한 것인지 깨달을 수밖에 없다. 감각을, 몸을 통하지 않고는 그의 유일무이함을 사랑할 수 없는 것일까? 그의 영혼의 유일무이함을 사랑할 수는 없나? 내 육체의 감각을 뛰어넘어서 그를 감각할 수는 정말 없는 것일까? 이 모든 질문들 앞에서 내가 본 두 편의 영화는, 그게 불가능한 일이라고 말한다.

세월호 참사로 나라 전체가 비탄에 빠져 있는 동안, 여러 공연들이 취소됐다. 그렇게 취소된 공연 중, 내가 사는 동네에서 열리기로 돼 있던 야외 공연도 있었다. 이런 상황에서 공연하는 일이 과연 온당한가는 생각이 나 역시 들었지만, 도무지 판단을 내릴 수가 없었다. 그때 지방선거에 나선 시장 예비후보 중 한 사람이 공연 강행을 비판하는 글을 발표했다. 그 글에서 그는 노래하고 연주하는 일을 두고 "풍악을 울린다"고 표현했다. 나는 그 단어에 대해 생각했다. 바람 풍風에 노래 악樂, 사전에 "예로부터 전해오는 우리나라 고유의 음악"이라고 설명돼 있는 단어. 글자 그대로 풀자면, 바람의 노래. 그가 말하는 풍악이란 술 마시며 춤출 때 나오는 음악을 뜻하는 것이었겠지만, 그런 편견과 무관하게 문득 궁금해졌다. 우린 왜 예로부터 음악을 일컬어 '바람의 노래'라고 불렀을까? 그러다가 어느 밤, 외국 뮤지션들이 연주하고 노래한 〈아리랑〉 모음집을 듣는데, 리사 오노가 서투른 한국어로 부르는 〈아리랑〉이 흘러나왔다. 나를 버리고 가시는 님은 십 리도 못 가서 발병 난다. 그동안 얼마나 많은 사람들이 이 노래를 불렀을까? 그들은 저마다 무슨 이유로 이 노래를 부르기 시작했을까?

그러다가 리사 오노가 노래를 끝내는데, "세상만사를 헤아리니"까지만 알아들을 수 있었다. 그다음 가사가 잘 들리지 않아 찾아보니 가사는 다음과 같았다. "물 위에 둥둥 뜬 거품이라." 거품처럼 물 위를 떠다니던 유일무이한 육신이 한순간 사라지고 나면, 우리가 사랑했던 그를 꼭 껴안고 또 그의 목소리에 귀를 기울이는 일은 이제 불가능해진다. 이제 다시는 그 몸을 만날 수 없다. 우리의 무능력한 사랑으로는 이제 그를 다시는 사랑할 수 없다. 그렇게 비탄의 시간이 흐르고, 우리의 몸으로는 더이상 그를 기억하지 못하는 먼 훗날의 어느 날, 우리에게 바람이 부는 저녁이 찾아오리라. 그때 우리는 가만히, 그저 가만히, 불어오는 바람을 맞으며 앉아 있다가, 문득 그 바람이 자신에게는 단 하나뿐인 바람이라는 사실을 깨닫게 되리라. 그렇게 그 바람에 귀를 기울일 때, 우리가 사랑했던 그 육체처럼, 그 바람의 노래는 내게 유일무이한 단 하나의 노래가 된다. 그렇게 우리는 그를 다시 만나리라.

2014년

6월 28일

　　빛과 어둠의 문턱을 넘어서면 갑작스레 축축하고 서늘한 공기. 천마총에 들어간다는 것은 내게 그 공기를 맛본다는 뜻이었다. 초등학교 6학년 수학여행 때의 일이니까 벌써 삼십여 년 전의 일이다. 오래전에 죽은 왕들의 봉긋한 무덤 사이로 구불구불 늘어진 대기줄을 한참 따라간 뒤에야 겨우 안으로 들어갈 수 있었다. 얼마 전 영화 〈경주〉에서 찻집 주인 역의 신민아가 능 위에 배를 깔고 엎드려 두 손을 입가에 모으며 "안에 들어가도 돼요?"라고 묻는 장면을 보는데, 그 시절 일들이 문득 떠올랐다.

　　그때 나는 빨리 그 안에 들어가고 싶었다. 낯선 여행으로 좀 지쳤고, 한참을 줄 서서 기다리느라 좀 지루했고, 햇살을 피할 수 없어 좀 더웠다. 그래서인지 무덤 속 축축하고 서늘한 공

　　　　　　　　제2부　진실의 반대말은 거짓이 아니라 망각

기가 꽤 좋았다. 벽을 따라 걸어가면서 나는 왕관이며 허리띠, 천마도 등을 구경했다. 그런 부장품은 고스란히 남았는데, 정작 왕의 몸만 사라졌다니 기분이 묘했다. "왕관이 머리보다 더 오래 살아남았어요"라는, 폴란드 시인 쉼보르스카의 시구가 떠오르는 풍경이었달까.

그 느낌 역시 축축하고 서늘한 것이었다. "칼은 있는데 분노는 어디 있나요?"라고, 쉼보르스카는 같은 시 「박물관」에 썼다. 인간의 몸과 그에 딸린 감정이란 잠시 동안의 것들이다. 전사의 분노를, 미녀의 미소를, 왕의 고뇌를 전시하는 박물관은 이 세상 어디에도 없다. 인간의 몸이란 아무리 길어야 백 년쯤 일렁이다가 절로 사그라드는 불꽃 같은 것이고, 제아무리 격렬하다 해도 그 몸에 딸린 감정들 역시 마찬가지다. 고작 백 년만 지나도 오늘의 희로애락을 증언할 입술은 이 땅에 하나도 남지 않는다.

하지만 바로 그런 이유로 우리는 이 몸을 사랑한다. 사기 조각보다도 더 쉽게 사라지는 것이기에. 영원할 수 없는 것이기에. 무엇보다 우리는 자신의 몸을 가장 사랑한다. 황금 보관을 준다고 해도 제 몸을 버릴 사람은 이 세상에 한 명도 없을 것이다. 무덤에 대고 "안에 들어가도 돼요?"라고 묻는 장면이 애잔하게 느껴진 건 그 때문이다. 그건 마치 '나는 내 몸을 사랑하지 않아요'라는 말처럼 들렸기 때문에.

어쩌다보니 이십 년이 넘도록 소설을 쓰고 있다. 처음에는 내가 왜 소설을 쓰는지 전혀 알 수 없었다. 글쓰기는 열병 같은 것이었고, 무조건 쓰는 증상으로만 그 병을 진단할 수 있었다. 몇 권의 소설을 펴낸 뒤에야, 나는 십대에 접했던 한 죽음의 의미를 이해하려고 그토록 많은 글을 썼다는 사실을 깨닫게 되었다. 정확하게 말하자면, 1988년 5월 15일 명동성당에서 스스로 목숨을 끊은 조성만씨의 죽음이었다. 가장 사랑하는 몸을, 그것도 절망에 빠져서가 아니라 어떤 희망을 향해 던진다는 게 나로서는 잘 이해되지 않았다.

그렇게 이십 년도 더 넘게 소설을 쓰면서, 나는 타인의 죽음을 이해한다는 건 거의 불가능하다는 사실 또한 깨달았다. 들어가도 되냐고 묻고 또 물어도 우리에게 되돌아오는 건, 그 누구도 타인의 죽음은커녕 손가락 끝으로 파고든 가시만큼의 고통 속으로도 들어갈 수 없다는 진실뿐이다. 타인의 고통과 그의 죽음은 그토록 견고한 것이라 결코 이해되지 않은 채로 우리 마음속에 영영 남을 것이다. 그렇다면 그건 분명히 괴로운 일이리라. 누군가의, 결코 이해할 수 없는 죽음을 가슴에 묻고 살아가야 한다면 말이다. 그럼에도 남은 삶은 계속된다는 건 무슨 의미일까?

오랜만에 경주 대릉원을 찾아 왕릉의 부드러운 선과 민가의 낮은 지붕들이 서로 잇대어 하늘과 맞닿은 풍경을 바라보며 천천히 걸었다. 마치 사랑하는 이를 가슴에 묻고도 계속 살아가야만 하는 우리 모두의 마음을 그린 풍경화 같았다. 영화 〈경주〉

에는 찻집 주인의 남편이 죽기 전에 벽에 걸어놓은 그림 한 점
이 나온다. 거기에는 이런 글귀가 쓰여 있다. "사람들 흩어진 후
에 초승달이 뜨고 하늘은 물처럼 맑다人散後, 一鉤新月天如水." 사람
들은 결국 흩어질 뿐이니 삶도 사랑도 덧없다. 그러나 그 순간
에도 초승달은 어김없이 떠오른다. 우리는 이 몸에 불과하지만,
달을 바라볼 때 우리는 거기에도 있다. 오늘 다시 그 달이 새롭
게 눈을 뜬다. 이해할 수 없다 해도, 그럼에도 계속되는 우리의
삶처럼.

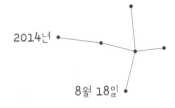

2014년

8월 18일

그 기차는 대전이 종착역이라고 했다. 광복절 연휴 첫날이라 좌석이 모두 매진이라더니 웬일인지 객실은 한산했다. 대전에 도착해서야 나는 그 이유를 알았다. 뒤쪽 객실에 프란치스코 교황이 타고 있었다. 그는 나와 마찬가지로 계단을 밟고 역사로 올라왔다. 몰려든 사람들이 자신을 알아보고 환호하자, 그는 손을 흔들었다. 순간, 나는 좀 어리둥절했다. 이렇게 가깝게 교황을 뵈어도 되는 것인가는 걱정과 함께, 금기를 뛰어넘는 듯한 쾌감도 느껴졌다.

그러나 그 금기는 내 쪽에서 만든 것이었다. 프란치스코 교황은 방문 기간 동안 이를 행동으로 보여주었다. 그는 한국인들에게 '왜 안 된다고 생각하는가?'라고 묻는 듯한 행보를 이어갔다. 비즈니스석과 작은 차와 숙소에 만족했으며, 퍼레이드 중에도 아이들을 보면 그 자리에서 안아들고 너무나 기쁜 듯 입을 맞췄다. 지방선거가 끝나자마자 정치인들에게 헌신짝처럼 버림받은 세월호 유가족들을 향해 교황은 먼저 손을 내밀어 위로했다.

그 모습에, 올 한 해 매정한 한국 사회를 향해 빗장을 걸어잠갔던 내 마음으로도 조금씩 빛이 스며들었다. 나는 그의 말에 귀를 기울였다. "우리 인생은 걷는 일입니다. 걸음을 멈추면 일이 안 됩니다. 늘 걸어야 합니다"라든가 "젊은이들이여, 잘 들으시오! 시류에 거슬러가시오! 마음이 든든해집니다" 혹은 "기쁨! 절대로 슬픈 남자, 슬픈 여자가 되지 마십시오" 같은 말들. 교황을 가까이에서 뵙기 전이었다면 위로조차 안 되는 흔한 말들이라고 여겼을 그 말들이 새롭게 들렸다.

교황의 말이 가장 환하게 빛난 건 16일 오전, 윤지충을 비롯한 124위의 순교자를 복자와 복녀로 모시는 시복 미사 때였다. 그가 마침내 "법으로 정한 장소와 방식에 따라 해마다 5월 29일에 그분들의 축일을 거행할 수 있도록 허락합니다"라고 선언하자, 광장에 모인 신자들이 일제히 환호성을 질렀다. 그 순간 광화문은, 역사란 강물과도 같아서 아무리 힘든 여정이라도 끝내 바다에 이르고 만다는 교훈을 직접 눈으로 확인했을 것이다.

윤지충, 정약종, 강완숙 등 복자와 복녀 중 다수는 1801년에 일어난 신유박해 때 순교한 분들이다. 이 일의 여파로 유배를 가게 된 정약용이 강진에서 『여유당전서』를 쓴 일은 우리에게 잘 알려져 있다. 정약용은 왜 그토록 읽고 써야 했을까? 유배지에서 아들에게 보낸 편지에 따르면, 자신들의 집안은 폐족이 되었으니 이제 살길은 오직 독서뿐이라고 했다. 그러니까 살기 위해서 그는 읽고 쓴 것이다. 그리고 그토록 살아남아야만 했던 이유는, 신유년에 일어난 일들의 진상을 남기기 위해서였다.

십팔 년간의 유배생활을 마치고 북한강변 마현 본가로 살아 돌아온 정약용은, 1822년 신유박해로 억울하게 죽은 권철신과 이가환의 묘지명墓誌銘을 새로 쓰면서, 정조대왕이 갑자기 돌아가신 1800년 여름에 "물이 스미고 불이 타오르듯" 천주교가 서울 여항에 퍼져나갔다고 썼다. 이 묘지명에 "정권 잡은 사람들이 무얼 알았겠는가. 평소에 그들을 죽여야 한다고만 익히 알고 있다가 이때에 이르러 죽였을 뿐이다"라고 써서, 정약용은 권력에 눈이 먼 무리들이 반대 세력을 천주교인으로 몰아서 잔혹하게 배척했음을 끝내 밝히고야 말았다.

광화문은 그 모든 일을 묵묵히 지켜봤으리라. 사람을 역적으로 몰아 도막 내어 죽여도 찍소리 못하는 무정한 세월이 흘러갔다. 그 무정한 세월을 무정하다고 몇 줄이나마 쓸 수 있게 되기까지 이십일 년이 필요했다. 그러나 그런 아우 정약용으로서도 형 정약종에 대해서는 "우리 형제 세 사람이 모두 기괴한 화란에 걸려들어 한 사람은 죽고"라고밖에 쓸 수 없었다. 그러니 자신의 믿음 때문에 죽어간 자들의 삶이 결코 헛되지 않았다는 사실을 밝히는 데에는 이백 년이라는 세월이 필요한 것인지도 모르겠다.

이백 년은 긴 시간일까, 짧은 시간일까? 역사의 눈으로는 짧을 수도 있겠지만, 우리 인간에게는 너무나 길다. 우리는 그만큼 살지 못한다. 그렇기에 이백 년 전의 사람들을 상상하면 "해마다 5월 29일에 그분들의 축일을 거행할 수 있도록 허락합니다"라는 교황의 선언은 믿기 어려운 복음처럼 들렸다. 신유박해 때 순교해 이번에 복녀가 된 이순이는 처형되기 전 옥중편지에 이렇게 썼다. "그러나 사람이 죽을 때가 되면 그 말이 착하다 하지 않던가요. 죽을 사람의 말은 그르지 않으니 눌러보세요*." 오늘도 광화문에서는 죽음의 진상을 밝혀달라며 세월호 유가족이 삼십여 일이 넘게 목숨을 건 단식 중이다. 교황의 말이 복음처럼 들렸다면, 이제 그들의 말에도 귀를 기울일 때다.

* 눌러보다: 잘못을 탓하지 않고 너그럽게 보다.

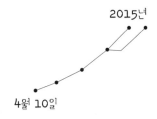

2015년

4월 10일

　　진도 팽목항의 한쪽에는 개발사업과 관련한 조감도가 그려진 입간판이 서 있다. 해양레저복합시설, 관광레저시설, 주거단지 등이 묘사된 조감도 속의 바다 위로는 날렵하게 그린 선박들이 파도를 가르며 달려가고 있다. 그러나 지난 4월 6일 팽목항을 찾았을 때는, 비가 오락가락했다. 그 통에 사위가 어둡고 바람이 세차서 오래 조감도를 올려다볼 마음이 나지 않았다. 장사를 하는 것인지 잘 분간되지 않는 식당 건물과 삐걱대는 문을 열고 들어가면 어둡고 좁은 대합실이 나오는 여객선 매표소 건물뿐인 지금의 팽목항에서 바라보는 그 미래상은, 솔직히 잘 믿기지 않았다.

　　대신에 나는 사방연속무늬처럼 흔들리는 바다를 내려다봤다. 팽목 앞바다는 파도에 일어난 개흙들로 한 치 앞을 알아볼 수 없을 만큼 혼탁했다. 뒤편의 조감도가 막연한 미래를 보여준다면, 팽목의 바다는 세월호가 진도 앞바다에서 가라앉은 후 일 년, 그동안의 현실을 구체적으로 상징하고 있었다. 사실과 사실이 서로 부딪치며 견해를 낳았고, 이는 주장이 되어 밀려가다 상반된 주장을 만나 맥없이 흩어졌다. 실로 사실과 견해와 주장의 삼각파도 속에서 속절없이 세월만 보낸 일 년이 아닐 수 없다. 팽목의 바다를 바라보며, 도대체 왜 그럴 수밖에 없었는지, 나는 궁금하기만 했다.

세월호는 침몰하면서 역설적으로 우리 사회의 감춰진 치부를 드러내보였다. 2014년 4월 16일, 우리는 진도 앞바다에서 여객선이 침몰하고 있다는 뉴스 속보를 접하며 아침을 맞은 뒤, 단원고 학생들은 전원 구조됐다는 희소식과, 하지만 그것은 오보였다는 뒤이은 비보에 혼란스러운 오후를 보낸 후에야 거꾸로 뒤집힌 여객선의 진실을 직시하는 밤을 맞이했다. TV 화면으로 보이는 것은 선수뿐이었지만, 우리가 마음으로 보는 것은 물에 잠긴 객실이었으니 그것은 고통스러운 직시였다. 마찬가지로 가라앉은 건 채산성을 높이기 위해 과적한 뒤 평형수를 뺀 위태로운 여객선이었지만, 우리 마음속에서는 한국 사회가 침몰했다.

불의의 사고는 인과율에 따라 흐르던 시간을 단절시킨다. 레이먼드 카버의 단편소설 「별것 아닌 것 같지만, 도움이 되는」은 뜻밖의 교통사고로 아이를 잃은 부부의 삶을 다룬다. 가벼운 접촉사고라 당연히 깨어날 것으로 여겼던 아이가 죽은 뒤, 부부는 자신들이 이제 그 사건 이전으로 돌아갈 수 없다는 진실을 깨닫는다. 세월이 약이라는 말 속의 '세월'이란 이 준엄한 진실을 받아들이는, 일련의 지극히 고통스럽고 잔인한 시간을 일컫는다. 그건 원하지 않는 삶으로의 환생 같은 것이라, 이를 받아들이는 과정이 남은 이들의 여생을 이룰 것이다. 이 과정에서 유가족들이 쇼크, 부인, 분노, 회상과 우울증, 용서와 수용, 재출발의 단계를 밟는다는 것은 그간의 대형 참사 유가족에 대한 연구 결과로 밝혀졌다.

그런데 우리가 모두 지켜본 것과 같이 세월호의 침몰은 개인적인 사건이 아니다. 6.25, 4.19, 5.16, 7.4, 10.26, 5.18, 6.10 등의 날짜들과 다르지 않은 의미가 4월 16일에 부여됐다. 세월호 참사를 해상 교통사고에 불과하다고 아무리 강변해도 이 의미는 지워지지 않는다. 따라서 유가족들과 마찬가지로 한국 사회 역시 세월호 이후의 시간을 받아들여야 한다. 그렇다면 지난 일 년간의 극심한 갈등과 혼란은 이해관계가 서로 상반된 사회 구성원들이 각자의 위치에서 쇼크, 부인, 분노, 회상과 우울증의 단계들을 밟는 과정에서 생성된 삼각파도 같은 것이라고 말할 수도 있으리라.

이 사회적 삼각파도 속에 휩쓸려보낸 지난 일 년의 경험은 결코 유쾌하지 않다. 한국 사회는 세월호 이후의 시간을 받아들이지 못한 채, 여전히 119에 최초로 신고가 접수된 4월

16일 오전 8시 52분에서 단원고 학생에 의해 마지막 카카오톡 메시지가 발신된 오전 10시 17분 사이의 시간 속에 갇혀 있다. 내가 팽목의 혼탁한 바다를 내려다보던 그 시각까지도, 이 사건에 의미를 부여해서 세월호 이후로 나아가려는 힘과 이 사건을 단순한 해상 교통사고로 여겨 세월호 이전으로 되돌아가려는 힘은 여전히 길항하고 있었다. 지난 일 년, 이처럼 모두가 쇼크, 부인, 분노, 회상과 우울증의 단계를 밟았다면 이제는 사회적으로 용서와 수용, 재출발의 단계로 나아가는 게 마땅하다. 이 용서와 수용으로 향하는 첫 단계는 진상 규명이다.

———

지난겨울은 너무나 추워서 이불 속에서 나올 수조차 없었다고 권오복씨는 말했다. 세월호 참사로 동생 가족을 잃은 그는 일 년째 팽목항에 머물며 실종상태인 남동생 권재근씨와 조카 권혁규군의 시신이 돌아올 날만을 기다리고 있다. 베트남 출신의 아내와 함께 다문화가정을 이룬 권재근씨네는 제주에서 새 삶을 시작하려고 세월호에 올랐으나 침몰 초기 우리가 화면으로 구조되는 모습을 반복해서 지켜본 바 있는 어린 딸만 살아 돌아왔다. 해서 팽목항까지 가는 도로 연변에는 벚꽃들이 만발했지만, 권오복씨에게 봄은 아직 먼 이야기다. 방파제를 따라 노란 깃발이 그려진 빨간 등대까지 걸어가노라면, 그 마음을 실감할 수 있다. 철제 난간에 매단 노란색 플래카드와 리본은 해풍 앞에서 곧 찢어질 것처럼 흔들린다. 거기 등대 아래에 서면 뼛속까지 파고드는 바람에 온몸이 사시나무처럼 떨려 지금이 과연 봄인가는 의심이 든다.

팽목항 등대 아래에서 불현듯 솟구치는 이 의심은 지난 일 년간 유가족들이 느꼈을 감정과 흡사할 것 같다. 단원고 2학년 8반 김제훈 학생의 어머니인 이지연씨는 『금요일엔 돌아오렴』에 수록된 인터뷰에서 "팽목항에서의 기다림은 어두움의 기다림이에요"라고 말했다. 왜 어두운가 하면 그들이 원하는 진상이 제대로 규명되지 않았기 때문이다. 진상 규명이라는 것은 세월호는 왜 넘어갔으며, 어째서 퇴선 명령은 끝내 내려지지 않았으며, 어떻게 해서 객실 내에서 대기하던 승객은 단 한 명도 구조되지 못했는가의 이유를 철저히 밝히는 것에 그치지 않는다. 어떤 이유로 가족이 죽었는지를 아는 것은 용서와 수용의 전제 조건이며, 진상 규명을 통해 사회가 조금이라도 바뀌게 됐다는 것을 확인하는 것은 재출발의 시작 지점이다. 이는 유가족뿐만 아니라 일 년 내내 극심한 갈등을 겪은 우리 사회에도 적절한 처방이다.

2014년 6월 10일 첫 공판 준비 기일이 열린 날부터 11월 11일 판결이 내려질 때까지 오 개월간 총 33차례의 공판이 진행된 세월호 선원 재판에서는, 선박 전문가를 포함한 증인만 75명, 증거 기록이 20,000쪽, 공판 기록이 10,000쪽에 달할 정도로 세월호 침몰과 관련한 다각도의 검토가 있었다. 1심 재판부는 이준석 선장 등 선원들을 징역 5년에서 징역 36년에 처하면서 침몰 원인을 다음과 같이 판단했다. 증개축으로 복원성이 약해진 배에, 화물 최대적재량 기준을 어기고 과적해 복원성을 더욱 약화시킨 뒤, 고박조차 제대로 하지 않고, 주의해야 할 맹골수도에서 우현으로 대각도 조타를 하는 과실을 범했기 때문이라고. 또한 초기에 구조가 제대로 이뤄지지 않은 부분에 대해서는, 세월호의 갑판부와 기관부 선원들이 승객의 안전한 퇴선을 위한 조치를 수행하지 않고 먼저 퇴선했으며, 구조에 나선 해경 123정의 정장 김경일 역시 대공 마이크 등으로 퇴선을 유도하지 않았기 때문이라고 판단했다.

여기까지가 세월호 재판에서 재판부가 법적 책임을 묻기 위해 사실로 판단한 진상의 전부다. 방금 진상이라고는 했으나, 법정에서는 드러난 사실과 견해 들의 위법성 유무만을 판단할 수밖에 없다는 점에서, 이는 진상이라기보다 현상에 가깝다. 진상과 현상의 차이에 대해 알기 위해서는 2014년 4월 16일 밤, 우리가 TV를 통해 본 장면을 떠올리는 게 좋겠다. 화면에는 침몰된 세월호의 선수만 간신히 보였지만, 말했다시피 우리는 그 부분을 본 게 아니다. 우리는 바닷속에 가라앉은 선체를 보고 있었다. 마찬가지로 세월호를 둘러싼 사고 전개 과정에서도, 드러난 현상만이 아니라 가라앉은 진상도 있으리라 우리는 짐작한다. 세월호 재판 과정을 통해, 우리는 드러난 의혹은 상당 부분 해소됐다는 사실을 알게 됐다. 그렇다면 이제는 현상 아래 가라앉은 부분에 대해 좀 더 따져봐야만 할 것이다. 이를 위해서는 법적 책임 외에 정치적, 사회적 책임을 묻는 절차가 반드시 필요하다.

———

팽목항으로 내려가던 자동차 안에서 나는 해양수산부 유기준 장관이 여론조사를 통해 세월호 인양 여부를 결정하자고 했다는 뉴스를 접했다. 나중에 그런 말을 한 적이 없으며, 그럴 필요도 없다고 그는 해명했다. 국가가 주도적으로 나서야 할 인양 문제를 여론에 묻겠다고 장관이 고려했다면, 그건 아마도 국민들이 천문학적인 금액으로 체감할 인양 비용 때문일 것이다. 하지만 세월호 침몰을 둘러싸고 지난 일 년간 벌어졌던 수많은 사회적 갈등과, 그에 따른 보이지 않는 손실까지 따져본다면 과연 인양에 드는 금액을 비용으로만 보는 게 타당할까. 이와 비슷한 의문을 나는 세월호 재판 과정을 기록한 책『세월호를 기록하다』에서 여러 차례 접한 바 있었다.

이젠 다들 알다시피 애당초 세월호는 운항할 수 없는 배였다. 2009년 해운법 시행 규칙을 개정하지 않았다면 선령 이십 년째가 되던 2013년에 운항을 중단했어야 했다. 재판 과정에서는 청해진해운으로서도 세월호 도입은 실수였다는 사실이

드러났다. 그래서 대표이사였던 김한식은 세월호의 무리한 도입으로 발생한 비용을 더 많은 여객과 화물 운송으로 충당하고자 배의 증축 및 수리를 지시했고, 그 결과 복원성이 나빠지면서 오히려 적재 가능한 화물량이 기존의 2,525톤에서 1,077톤으로 줄어들었다. 이 의외의 결과를 두고 대책회의를 한 끝에 청해진해운 측은 수지타산을 맞추기 위해서는 복원성 기준을 무시하는 수밖에 없다는 결론을 내렸다. 이들은 평형수를 비용으로, 화물을 수익으로 계산했다. 비용을 줄이는 것은 간단했다. 평형수를 빼면 되는 일이었다.

세월호 참사가 아니었다면, 내가 배에 평형수라는 게 있다는 걸 알았겠는가. 그렇다고 해서 앞으로 배에 올라탈 때마다 직접 평형수를 점검할 수는 없으니 선사 측을 믿어야만 한다. 그런 측면에서 평형수는 비용이 아니라 신뢰를 뜻한다. 이 신뢰를 비용으로 여겨 줄이려는 노력은 우리 사회 전반에 만연해 있다. 세월호로 경제가 위축됐다고 말할 때, 세월호를 둘러싼 치유 과정은 오직 경제에 타격을 주는 돌발적인 비용으로만 여겨진다. 세월호 희생자들의 유가족이 당연히 받아야 할 보상금 지급에 반대한다고 시위할 때, 그들의 슬픔과 생계 지원은 국가의 비용이 된다. 급기야는 법적 책임과는 별개로 정치적, 사회적 책임을 따져봄으로써 또 다른 세월호 참사를 방지하고자 출범할 세월호 진상규명특위를 두고 세금도둑이 될 거라 확신한다는 말까지 나왔다. 모든 것을 비용으로 환산하기 때문이다.

그렇게 해서 청해진해운은 얼마나 많은 수익을 창출했는가? 이 일로 유병언은 변사체로 발견됐으며, 아들 유대균은 구속됐고, 프랑스에 있던 딸 유섬나는 범죄인 인도 요청 대상이 됐다. 대표이사인 김한식을 비롯한 임직원 7명은 최고 징역 10년에 이르는 형을 받았다. 정부는 세월호 사고를 수습하는 데 드는 총비용을 5,548억원으로 추정하는데, 청해진해운과 유병언 일가에 구상권을 청구한다는 계획을 가지고 지난 3월 말 1,281억원의 재산을 동결했다. 청해진해운은 세월호를 116억원에 사들였는데, 산업은행에서 받은 차입금을 뺀 자체 지불 금액은 고작 16억원이다. 구상권 청구액으로 세월호 같은 배를 사들였다면, 청해진해운은 347척의 여객선을 소유할 수 있었다. 그들의 눈물겨운 비용 절감의 결과가 바로 이것이다. 여기에는 세월호 참사 이후의 사회적 비용은 전혀 들어가지 않았다. 이솝우화에나 실릴 만한 이야기다. 그런데도 세월호 인양과 진상 규명에 드는 돈을 비용으로 생각한다면, 우리는 또 얼마나 많은, 수익 아닌 수익을 창출할 것인가?

김제훈 학생의 어머니 이지연씨는 아무리 어두워도, 또 아무리 오래 걸려도 기다릴 수 있다고 말한다. 대신에 그동안 뭔가를 하고 싶다며, 십 년 정도 하다가 몸이 아파서 그만둔 서예를 다시 시작할 예정이라고 한다. 우울증에 걸릴 정도로 목이 아팠는데, 이상하게도 4월 16일 이후로 전혀 아프지 않아 아들이 엄마를 많이 사랑해서 엄마 병을 가져갔나보다, 는 말까지

들었다. 어둠 속에서 기다리며 이지연씨는 말한다. "손끝에서 느껴지는 붓놀림 같은 것들이 눈에 삼삼해요. 하고 싶은 걸 하면서 다른 사람들 마음에 큰 빛이 되면 참 좋겠구나, 밝은 빛이 되면 참 좋겠구나, 그런 생각을 해요."

이튿날은 날이 개어 봄햇살이 따뜻했다. 진상 규명이란, 어쩌면 졸지에 사랑하는 가족을 잃은 유가족들을 원래의 밝은 빛으로 이끄는 일일지도 모른다. 그리고 이 일이야말로 지난 일 년 국가적 참사 앞에서 극심하게 양분됐던 우리 사회를 용서와 수용, 재출발로 이끄는 첫걸음이 될 것이다.

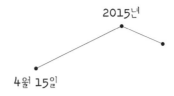

2015년

4월 15일

　지금까지와는 전혀 다른 빛이 찾아오는 것, 어쩌면 그게 부활일지도 모르겠다고 생각하게 된 건 내가 자란 고향의 풍토 때문이다. 만약 내가 서귀포나 청진에 살았다면 그런 생각은 하지 못했으리라. 삼월에는 들어갈 때의 날씨와 나올 때의 날씨가 서로 다른데, 이는 춘분이 지나면 빛이 달라지기 때문이다. 그러고 나서 달이 한 번 차오르고 나면 부활절이다. 그래서 부활절은 삼월 하순에서 사월 하순까지, 그 한 달 안에 찾아오게 되는데, 내 기억 속에서는 언제나 늦잠에서 깨어 동네 벚나무들이 모두 꽃을 피웠다는 사실을 깨닫게 되는 일요일이었다. 문을 열고 나가면 동네가 온통 벚꽃의 환한 빛이라는 게, 어린 시절 내 고향에서 맞는 부활절 아침의 느낌이었다.

　덕분에 나는 벚꽃을 볼 때마다 부활 이야기를 떠올린다.

ㅇ　　89　　제2부　진실의 반대말은 거짓이 아니라 망각

산상수훈만큼이나 나는 부활 이야기를 좋아한다. 그중에서도 외젠 뷔르낭의 그림 〈부활 아침 무덤으로 달려가는 베드로와 요한〉 속 이야기를 가장 좋아한다. 이 그림의 배경이 되는 것은 「요한복음」 제20장이다. 예수가 죽은 뒤 마리아 막달레나가 무덤에 가보니, 무덤을 막았던 돌이 치워져 있었다. 마리아 막달레나는 베드로에게 달려가 "누가 주님을 무덤에서 꺼내갔습니다"라고 말한다. 이에 놀란 베드로와 요한이 무덤까지 달려가는데, 그림은 이 두 사람이 달려가는 모습을 그대로 담고 있다. 성경에는 "두 사람이 함께 달렸는데, 다른 제자가 베드로보다 빨리 달려 무덤에 먼저 다다랐다"고 나온다.

　뷔르낭의 그림을 보면, 확실히 요한 쪽이 베드로보다 반 걸음 정도 앞서 있다. 이른 아침에 일어난 일이기 때문에 둘은

잠을 설친 듯하지만, 그게 아니더라도 제대로 잘 수는 없었을 것이다. 그즈음의 상황은 매우 혼란스러웠다. 처형되기 전부터 예수는 죽은 지 사흘 만에 무덤에서 일어서리라는 예언을 남겼고, 그 때문에 수석 사제들과 바리새인들은 빌라도에게 찾아가 예수를 사기꾼으로 지칭하며 그 제자들이 시체를 훔쳐가지 못하도록 무덤을 지켜달라고 청원하기까지 했다. 이에 빌라도가 시큰둥하자, 청원한 사람들은 스스로 경비병들을 세워 무덤을 지켰다.

그렇게 소문은 났으나, 제자들은 시체를 훔칠 생각까지는 하지 못했다. 그러기에는 정신적 공황이 너무 컸다. "나는 물고기를 잡으러 가겠소"라던 베드로의 말을 고려하면, 이제 모든 게 끝났으니 다들 원래의 생업으로 돌아갈 마음이었는지도 모를 일이다. 당시 제자들의 심정이 과연 어땠는지 조금이라도 이해하려면 피에타를 찾아보면 된다. '자비를 베푸소서'라는 뜻의 이탈리아어 '피에타pieta'는, 성모 마리아가 죽은 예수를 안고 있는 모습을 표현한 그림이나 조각상을 말한다. 어렸을 때 내 주변에는 피에타가 흔했다. 성당에도 그림이 걸려 있었고, 친척 집의 장식장 속에는 작은 조각상도 있었다.

그러나 그게 무슨 뜻인지 불현듯 깨닫게 된 것은 마흔 살에 가까울 무렵이었다. 스페인을 여행 중이었는데, 어느 성당에 들어갔다가 벽에 걸린 피에타 그림을 보게 됐다. 유명한 화가의 걸작이 아니라 그저 구도만 같은, 김천 평화동 성당에 걸려 있

제2부 진실의 반대말은 거짓이 아니라 망각

던 것과 별반 다를 바 없는 평범한 그림이었다. 별 기대 없이 죽은 아들을 안고 있는 성모의 얼굴을 들여다보는데, 그림 속 두 눈이 말 그대로 '텅 비어' 있었다. 그 순간, 아들이 죽었다는 사실을 확실히 깨닫게 된 엄마의 공포가 고스란히 전해졌다. 죽지만 않았어도 어떻게든 할 수 있었을 것이다. 빌라도든 사제들이든 용서할 수 있었으리라. 하지만 죽은 다음이라면 모든 게 부질없는 일이 아닌가.

예수가 십자가에 못 박혀 처형된 뒤, 제자들 역시 마찬가지의 절망에 빠졌을 것이다. 「누가복음」에는 예수의 죽음 이후 제자들의 절망을 보여주는 또 다른 일화가 나온다. 요한과 베드로가 무덤으로 달려가던 그날, 제자들 중 두 사람이 예루살렘을 떠나 근처의 엠마오라는 마을로 향하고 있었다. 이들의 예루살렘 탈출은, 예수가 죽고 난 뒤 제자 공동체가 급격히 와해되고 있음을 보여준다. 아마도 그들은 예수의 억울한 죽음과 잔인한 세상에 한없이 절망했기에 예루살렘을 빠져나간 것이리라. 그때 한 사람이 그들과 함께 걷고 있다고 「누가복음」은 말한다. 부활 이야기에서 가장 극적인 부분이 바로 이 지점이다. 절망에 빠진 사람들과 함께 걷는 사람이 있다는 것, 그러나 그들은 아직 그 사람을 알아보지 못한다는 것.

그 사람은 누구이며, 절망에 빠진 사람들은 왜 그가 함께 걷고 있다는 것을 모르는지에 대해 알려면 뷔르낭의 그림으로 돌아가는 게 좋겠다. 하얀 옷을 입은 요한은 두 손을 모으고 있고, 검은 옷을 입은 베드로는 왼쪽 가슴에 오른손을 갖다대고 있다. 요한의 손은 인간의 슬픔을, 베드로의 손은 인간의 근심을 나타낸다. 슬픔과 근심은 언제나 사람의 삶에서 떠나지 않는 것이지만, 지금 그들에게 닥친 슬픔과 근심에 비할 것이 또 있을까. 이틀 전, 예수가 비참하게 죽는 것을 목격하는 것으로도 모자라 그의 시체가 사라졌다는 뒤이은 비보에 놀라 달려가는 중이니.

이때만 해도 두 사람은 예수의 부활을 믿지 않았다. 예수가 다시 살아난 것 같다는 마리아 막달레나의 말을 듣고 달려가는 이 순간에도, 그날 저녁 엠마오로 가던 길에 예수와 동행한 제자들이 예루살렘으로 돌아와 그 사실을 말했을 때도 믿지 않았다. 시체가 사라졌다는 사실에 놀란 경비병들이 사제들의 사주를 받아 퍼뜨렸다는, "예수의 제자들이 밤중에 와서 우리가 잠든 사이에 시체를 훔쳐갔다"는 소문을 그들마저도 믿었던 것일까. 「마태복음」은 이 소문이 "오늘날까지도 유대인들 사이에 퍼져 있다"고 굳이 적어, 부활 같은 대사건에도 여론의 물타기는 얼마든지 가능하다는 것을 보여준다.

뷔르낭은 그림을 그릴 때 종교적 상징 같은 것은 전혀 고려하지 않은 것처럼 보인다. 자세히 보면 지평선 쪽에 노란 빛이 남아 있는데, 이는 성경에 나오는바 이 사건의 시간적 배경이 동틀 무렵이기 때문이다. 요한과 베드로의 얼굴을 보면 화면 왼쪽 약간 높은 곳에서 비치는 빛을 받고 있으므로, 예수의

제2부 진실의 반대말은 거짓이 아니라 망각

무덤은 제자들의 거처에서 동쪽에 있었다는 사실을 알 수 있다. 화가는 그곳으로 향하는 들판의 북쪽에 서서 두 제자의 모습을 지켜보고 있다. 그러나 부활의 의미를 생각할 때, 예수의 무덤은 동서남북 어디에 있었다고 해도 상관없다. 부활이란 새로운 빛을 접하는 일이기 때문이다.

어둠 속에서 우리는 어둠만을 볼 뿐이다. 그게 바로 인간의 슬픔과 절망이다. 어둠 속에 있는 사람이 이 세계를 다르게 보려면 빛이 필요하다. 슬픔에 잠긴 마리아 막달레나와 절망에 빠진 두 제자가 처음에 부활한 예수를 알아보지 못한 건, 그래서 당연하다. 그 상황에서 예수를 알아본다는 건 빛을 알아본다는 뜻이고, 이 세계를 다르게 바라보는 방법을 배운다는 뜻이다. 어떻게 하면 슬픔과 절망에서 벗어나 이 세계를 다르게 바라볼 수 있는지는 나도 잘 모르겠다. 다만 하룻밤 자고 일어났더니 온 동네 꽃들이 모두 피어나던, 내 고향의 부활절 풍경이 그런 새로운 빛 속에서 세계를 바라보는 것과 비슷하지 않을까 짐작만 할 뿐.

2016년

4월 18일

　자정 가까운 시간, 경의선 막차를 타고 집으로 돌아왔다. 막차라면 취객들만 듬성듬성 앉아 졸고 있으리라 생각했는데, 뜻밖에 사람들로 북적댔다. 불그스레 물든 얼굴도 몇 있었지만, 대부분은 멀쩡한 얼굴로 귀가하는 사람들이었다. 생활은 늘 짐 작보다 견고했다.

　대곡역에서 지하철로 갈아타고 집에 들어가니 한시가 넘어 있었다. 옷을 갈아입고 별 생각 없이 켠 TV에서는 구명조끼를 입은 소년이 여객선 복도로 밀려드는 물 위에 떠 있는 영상이 흘러나왔다. 자정이 지났으니 이제 4월 16일이구나, 나는 중얼거렸다.

　숨막히는 영상이 지나가고, 중년의 부부가 화면에 등장했다. 남자는 그다음에 소년이 잠수를 시도했다고 말했다. 걔가

하는 말이, 아빠, 아빠랑 잠수하고 놀 때는 숨이 막혀서 오래 못했는데 그때는 내가 살려고 그랬는지 정말 오래 잠수하더라구요, 그러더라구요. 거기까지 말하고 남자는 눈에 눈물이 맺혀 더 말을 잇지 못했다.

남자의 눈물을 보면서 나는 안도했다. 그래도 저 아이는 살았구나. 그렇게 소년은 2014년 4월 16일, 진도 앞바다에서 살아 돌아왔다. 안경을 쓴 앳된 얼굴의 소년은 그로부터 이 년이 지난 올해, 봄이 찾아오기도 훨씬 전인 1월, 단원고등학교를 졸업했다.

언론사의 수많은 카메라가 지켜보는 가운데, 가족이라도 비표가 없는 사람은 학교 안으로 들어갈 수도 없는 특별한 졸업식이 끝난 뒤, 소년은 계획 하나를 세웠다. 그건 남는 건 사진뿐이라고 서로 말했던 친구들과 가지 못한 수학여행지에 가서 사진을 찍는 일. 소년은 친구들의 이 년 전 모습이 담긴 사진을 들고 제주도의 유명한 곳은 다 가서 함께 사진을 찍을 계획이었다.

그러나 소년의 제안에 다른 친구들은 시큰둥했다. 어쩌면 선뜻 내키지 않거나 차마 못하겠다는 마음이었는지도 모르겠다. 사실 그건 소년도 마찬가지였다. 이 특별한 여행에 소년이 정말로 데려가고 싶었던 친구는 다른 반의, 그 일이 있기 전까지는 말도 붙여보지 못했던 여학생이었다. 그런데 이러저러한 여행을 계획하고 있으니 사진이 필요하다는 말을 여학생의 부모님에게 건넬 자신이 소년에게도 없었다. 나처럼 평범한 마음으로는 그저 남모르게 그 아이를 좋아했던 모양이네, 정도로밖에는 생각하지 못했다. 하지만 그게 아니었다. 그런 게 아니었다.

잠수하기 전, 소년의 옆에는 소녀가 있었다. 서로 학교에 그런 학생이 있다는 정도만 알 뿐인 사이였지만 그 순간 잡은 손을 놓을 수는 없었다. 그러나 물이 복도로 세차게 밀려드는 어느 순간, 소년은 소녀의 손을 놓치고 말았다. 그리고 소년은 자신도 믿기지 않을 정도로 오랫동안 잠수했고, 결국 살아남았다.

그 손을 놓은 게 너무나 미안해서 졸업할 때까지 소년은 소녀의 교실로 찾아가지 못했다. 그러니까 이 여행으로 소년은 이 년 만에야 소녀에게 다시 손을 내미는 용기를 낸 셈이다. 이 용기에 소녀의 중학교 친구와 또 다른 친구가 가세해 셋은 제주도로 스무 살의 졸업여행을 떠났다. 열여덟 살 무렵의 사진으로만 남은 친구들과 섭지코지에서 기념 촬영을 하며 셋은 문득 그게 자신들의 스무 살 첫 여행이라는 걸 깨달았다. 그게 끝이 아니라 출발이라는 것을. 아울러 자신들은 스스로 일어섰다는 것을.

———

"그때 일 자주 생각나요?"

화면 바깥의 누군가가 물었을 때, 내내 웃는 모습이던 소년의 표정이 미묘하게 바뀌었다.

"예. 한번은 꿈도 꿨어요."

제2부 진실의 반대말은 거짓이 아니라 망각

소년은 그렇게 말했다. 그 꿈속, 물이 차오르는 복도에서 한 소년과 한 소녀가 손을 잡고 있다. 그러다가 바닷물이 세차게 밀려들고, 어느 순간 소년은 소녀의 손을 놓치고 만다. 충분히 짐작이 가는 꿈이다. 그런데, 소년이 이상한 말을 한다.

　　"그런데 꿈에서는 제가 아니라 그 아이의 시점이었어요. 제가 그 아이가 되어서 그 일을 바라보는 거예요."

　　아이들의 시점이 되어야 할 사람들은 침몰하는 그 배를 무기력하게 자기 입장에서만 바라본 어른들인데, 마지막까지 손을 놓지 않으려고 했던 소년이 그 일을 대신한 셈이었다. 구조 책임자는 청문회에 나와서 추궁을 받자, "제가 신입니까? 어떻게 그 일들을 다 합니까!"라고 항변했다. 억울하다는 것이었다. 분하다는 것이었다. 자기 입장을 이해해달라는 것이었다. 자기 입장이라면 당신도 똑같았으리라는 것, 그러니 이해해달라는 것, 그러지 않아주니 답답하고 분하다는 것.

　　이건 충분히 가능한 마음이리라. 어른들이 이런 가능한 마음을 꼭 붙들고 있는 동안, 그 소년은 어떤 꿈을 꿨다. 그러니까 소녀의 눈으로 멀어지는 자신을 바라보는 꿈. 가능한 마음들이 저마다 자기부터 이해해달라고 아우성치는 이런 세상에서, 소년은 그런 불가능한 꿈을 꿨다. 글쓰기에도 꿈이 있다면, 아마도 그런 것이 아닐까? 그런 꿈을 꾸기 위해서 작가가 신이 될 필요는 없다. 아니, 그 누구도 신이 될 필요는 없다. 단 한 번만이라도 다른 사람의 시점으로 세상을 바라보기만 하면 된다.

2017년

3월 25일

　지난 23일 아침, TV를 켰더니 세월호를 인양했다는 뉴스가 나왔다. 바닷물에 살짝 잠긴 세월호의 옆면이 보였다. 시커멓게 물때가 끼고 녹슬어 있었지만, 'SEWOL세월'이라는 글자가 희미하게 보였다. 차마 뭐라고 말하기 곤란한 감정이 들었다. 굳이 말한다면, 외진 수로에 방치된 강아지의 웅크린 사체를 보는 것 같았다. TV에서는 그 배가 바닷속에 1,073일이나 잠겨 있었다고 했다. 가여웠다.

　　그 가여운 배를 보며 나는 연대표timeline와 역사history의 차이에 대해 생각했다. 연대표는 별들의 밝기를 기록하는 일과 같다. 연대표에서 사건들은 독립적으로 기록된다. 2017년 3월 10일, 헌법재판소는 박근혜 대통령의 탄핵소추안을 인용했다고. 또 같은 날, 해양수산부는 세월호 인양 결정을 내렸다고. 이

　　　　　제2부　진실의 반대말은 거짓이 아니라 망각

와 달리 역사는 이 독립적인 사건들을 서로 연결해 별자리를 만드는 일과 같다. 역사는 이야기이기 때문에 스스로 두 사건 사이에 인과관계를 만들어낸다.

그러므로 사람들은 누가 가르쳐주지 않아도 '박근혜가 내려가니 세월호가 올라오네'라고 생각하게 된다. 재킹 바지선 사이에서 그 모습을 드러내던 세월호를 보면서 내가 느낀 감회도 별반 다르지 않았다. 이 인과관계를 알아내는 데 대단한 통찰력이 필요하진 않다. 그저 이 세상을 살아가는 데 필요한, 지극히 평범한 정도의 상식만 있으면 된다. 그리고 상식이 있는 사람이라면 그 배 앞에서 의문을 갖지 않을 수 없을 것이다.

박근혜 전 대통령과 그의 변호인이 진실에 대해 말한 적이 있다. 탄핵되어 삼성동 자택으로 돌아간 직후에, 그리고 검찰 조사를 마친 뒤. 박 전 대통령에게 어떤 진실이 있었는지는 잘 모르겠지만, 그는 진실이란 밝고 아름다워 자신의 결백을 밝혀주리라 믿었던 모양이다. 하지만 내게 진실이란 밝지도 아름답지도 않은 것, 대면하기 두렵고 끔찍한, 말하자면 인양된 세월호의 선체 같은 것이었다.

박 전 대통령에게는 세월호 참사에 대해서도 말하고 싶은 진실이 있을지 모르겠다. 하지만 안타깝게도 아직까지 세월호는 진실의 대양은 고사하고 상식의 해협조차도 빠져나가지 못한 채 표류하는 중이다. 이렇게 된 데에는 지금 자신들의 진실을 밝히고자 안간힘을 쓰고 있는 박 전 대통령과 참모들의 책임이 크다. 이 사건을 상식조차 통하지 않게 만든 그들과 진실을 얘기한다는 건 어리석은 일이다. 아직은 상식에서 시작해야 한다.

상식적으로 생각해보자. 종이배도 아니고 항해하다가 넘어지는 배라니 상상할 수도 없다. 설사 그런 일이 생긴다 하더라도 구명정도 있고 탈출 시간도 충분했으니 승객들은 구조되어야 마땅했다. 배가 완전히 뒤집힐 때까지 구명조끼를 입고 객실에서 구조를 기다리다가 빠져나오지 못하는 일은 있을 수가 없다. 그럼에도 참사를 피할 수 없었다면 이후 정부는 모든 역량을 총동원해 침몰의 원인과 구조 실패의 책임을 철저히 규명하고 실종자 수습과 유가족 지원에 최선을 다해야 했다.

그러나 이런 상식은 하나도 통하지 않았다. 그러니 의문이 드는 건 당연했다. 세월호는 왜 침몰했는가? 왜 전체 476명 중 304명의 승객이 죽거나 실종되어야 했는가? 많은 승객들이 그 자리에서 기다리다가 죽어가는 동안, 어떻게 선원들만 구조될 수 있었는가? 왜 안산 단원고 학생 338명 전원 구조라는 오보가 나왔는가? 사람들의 시선은 자연스레 정부를 향했다. 전대미문의 이 비상식적 혼란을 정부가 해결해줄 거라 믿었다.

다들 기억하겠지만, 박근혜 정권의 국정 어젠다는 '비정상의 정상화'였다. 공식 홈페이지의 설명에 따르면 이는 과거로부터 지속되어온 국가와 사회 전반의 비정상을 혁신하여 '기본이 바로 선 대한민국'을 만드는 것이라고 한다. 다시 상식적으

제2부 진실의 반대말은 거짓이 아니라 망각

로 생각하자면, 정부는 이 국정 어젠다에 맞게 행동했어야 할 것이다. 그렇다면 사건의 진상부터 규명해 세월호 참사를 둘러싼 비정상을 파악하고 재발 방지를 위해 최선을 다해야 하는 게 당연했다.

하지만 그런 일은 일어나지 않았다. 오히려 2014년 여름이 되면서 정부는 진상 규명을 요구하는 유가족들을 마치 반정부단체인 양 대하기 시작했다. 그런 정부의 태도를 나는 도무지 이해할 수 없었다. 내가 알지 못하는 다른 이유가 있지 않고서는 그럴 수가 없었다. 할 수 있는 한 뭐라도 해야겠다고 마음먹은 건 그 때문이었다. 나보다 훨씬 더 잘할 수 있는 정부가 그들을 외면하는 것으로도 모자라 핍박까지 하니 견딜 수가 없었다. 내 주변에는 세월호 참사 후 정부가 보인 태도에 삶이 바뀌었다는 사람이 꽤 된다. 공동체를 유지하는 기본 상식이 뿌리부터 흔들렸기 때문이다.

그런 맥락에서 나는 2014년 여름에 글을 하나 발표했다. 세월호의 침몰은 우리 모두의 책임이라는, 지극히 당연한 내용의 글이었다. 그 글은 다른 작가들의 글과 함께 『눈먼 자들의 국가』라는 책으로 묶여 출간됐다. 그리고 올해 초, 나는 그 글을 썼다는 이유만으로 내가 문화체육관광부의 블랙리스트에 올랐다는 사실을 알게 됐다. 박영수 특별검사팀에 따르면 박 전 대통령은 이 책을 펴낸 출판사를 '좌파'라 지칭하며 지원을 줄이라고 지시했다고 한다. 출판계를 조금이라도 아는 사람이라면

의아하지 않을 수 없을 것이다. 박근혜 정부가 말한 좌파는 과연 어떤 것일까? 그런 맥락이라면 '비정상의 정상화'라는 것도 좌파들이나 할 수 있는 국정 어젠다가 아닐까?

맹골수도에서 떠오르는 세월호의 선체는 '비정상의 정상화'가 무엇인지 우리에게 눈으로 확인시켜주었다. 세월호의 인양은 지난 삼 년 동안 좌파라는 딱지를 붙여 억압해온 사회적 상식을 복원하고 이 나라를 정상 국가로 복귀시키는 일의 첫 단계다. 박근혜 정권은 일찌감치 세월호를 인양했어야 했다. 이 일을 자신의 탄핵과 연계시킨 것은 박근혜 전 대통령 본인이다. 그래서 사람들은 어떤 악의적인 마음도 없이 담담하게 "박근혜가 내려가니 세월호가 올라오네"라고 중얼거릴 수 있는 것이다. 이렇게 해서 역사의 한 페이지가 또 완성됐다. 여기에는 어떤 교훈이 있을 것인가?

인양 과정을 전하는 뉴스를 지켜보는데 세월호가 침몰하고 난 뒤의 여러 날들이 떠올랐다. 혼란과 두려움과 부끄러움과 고통의 날들이었다. 그때와 마찬가지로 기도하는 심정으로 보도를 지켜봤다. 다른 점이 있다면, 여러 고비들을 넘기고 인양에 성공했다는 뉴스에 진심으로 기뻤다는 사실이다. 이 기쁨의 경험은 소중하다. 애당초 건강한 공동체였다면, 이미 오래전에 경험하고 지나왔어야 하는 기쁨이니까. 이 기쁨은 조금씩 우리 사회가 상식을 되찾고 있다는 신호다.

세월호 인양의 교훈은 우리가 이 당연한 기쁨을 뒤늦게라

제2부 진실의 반대말은 거짓이 아니라 망각

도 느꼈다는 데 있다. 진상은, 매실밭에서 발견된 백골의 변사체와 같은 것이라, 직시하려면 슬픈 일에는 슬퍼하고 기쁜 일에는 기뻐할 줄 아는 사람의 건강한 이성이 반드시 필요하니까. 그러지 않으면 견디지 못하고 외면할 수밖에 없게 된다. 외면한다는 건 눈으로 보지 않고 귀로 듣지 않으며 머리로 생각하지 않는다는 뜻이다. 그런 공백 상태가 진실이라고 주장하는 사람들이 있다. 그들은 무지와 무능의 증명이 결백의 증거라도 되는 양 자신은 전혀 몰랐다며, 자신은 아무것도 하지 않았다며, 무지와 무능을 자처한다. 이것이 그들이 행할 수 있는 최선의 변론이다. 최선일 때, 무지하고 무능한 정권이었다는 얘기다.

그러나 주장과 달리 그들은 전혀 무지하지 않았고 무능하지 않았다. 무능 안에서 그들은 많은 일을 했다. 예컨대 그들은 거기 맹골수도 아래 누워 있던 세월호를 인양하지 않았다. 이를 두고 무능했다고 말할 수 있겠는가? 또한 유가족들 앞에서 대통령이 공개적으로 한 약속을 전혀 기억하지 못하는 것처럼 행동했다. 이를 두고 무지했다고 말할 수 있겠는가? 그렇지 않다. 그들은 무지하지도 무능하지도 않았다. 그들은 자신이 아는 바에 따라 권력을 행사했다. 그런데 이상하다. 진상을 외면한 그들이 무엇을 알았다는 뜻일까?

그건 그들이 진상이 아닌 허상을 알았다는 뜻이다. 2014년 여름, 진상을 요구하는 유가족에 대한 정부의 태도 변화는 바로 이 헛것의 감각에 기반하고 있었다. 이 헛것의 감각은 '공통 감각common sense'이라고 말할 때의 상식에서 벗어나 있으므로 그들과는 대화하기가 어렵다. 그럼에도 환영을 보고 환청을 듣는 사람들은 자신이 비상식적인 게 아니라 초월적이라고 생각한다. 초월적이라는 건 이 세상을 뛰어넘는다는 뜻, 그러니까 인양된 배의 뒤쪽에 희미하게 남아 있던 '세월世越'이라는 글자가 의미하는 바다. 이 세상을 뛰어넘어 구원받을 수 있다고 믿는 것은 종교의 영역이다. 그 영역에서는 때로 이성과 상식에 벗어나는 일들이 일어난다.

하지만 정치는 초월적일 수가 없다. 그래서는 안 된다는 게 아니다. 그럴 수가 없다. 지지자들을 제외한 다수의 국민들이 적으로 보이는 환영과, 진상을 밝혀달라는 요구가 정권에 위해를 가하려는 음모의 목소리처럼 들리는 환청에 사로잡혔던 박근혜 정권은 종교적 맹신을 떠올리게 만드는 이 초월적 감각에 의해 스스로 붕괴됐다. 붕괴된 그 자리에서 세월호가 인양되고 있다. '비정상의 정상화'라는 박근혜 정권의 국정 어젠다는 이렇게 완성되고 있다. 역사의 아이러니다.

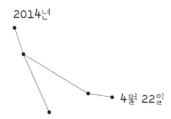

2014년

4월 22일

　어제, 대한출판문화협회 4층 대강당에서 열린『작가세계』
100호 발간 기념식에 갔다. 그간『작가세계』로 등단한 작가들
을 대표해서 소감을 말해달라는 부탁을 받고 참석한 자리였다.
　꼭 이십 년 전 봄에 나는 같은 곳에서 시와 소설로 각각
작가세계신인상과 작가세계문학상을 동시에 받았다. 그때만 해
도 이십 년이 지난 뒤까지 내가 소설을 쓰고 있으리라고는 전
혀 예상하지 못했다. 1994년 봄, 작가가 됐다는 것을 전혀 실감
하지 못한 채 단상에 올라간 나는 얼떨결에 이 모든 것은 앞에
앉으신 선배님들 덕분이니 이 상도 선배님들이 받아야 한다고
말했다. 그랬더니 그날 술자리에서 책으로만 보았던 무서운 선
배들이, 그렇다면 상금도 내놓으라고 말하더라. 문단의 무서움
을 그때 처음 느꼈달까.

이십 년 만의 소감을 생각하며 자리에 앉아 있는데, 이어 령 선생의 축사가 귀에 들어왔다. "라틴어에서 진실veritas의 반대말은 거짓falsum이 아니라 망각oblivio입니다." 진리를 뜻하는 고대 그리스어 '알레테이아aleteia' 역시 부정어 'a'와 망각을 뜻하는 'leteia'의 조합이라고 한다. 진실한 것은 잊을 수 없는 것이기 때문이다. 역으로 말하자면, 우리가 기억하는 것만이 진실이 되리라.

이십 년 전에 뭔가 쓰고 싶은 욕구를 느낀 것도 바로 그 때문이었다. 잊지 말아야 할 것들이 생겨서. 그렇게 이십 년이 흘렀고, 나는 내가 쓴 것들로 인해 그전에 상상도 못한 어떤 사람이 됐다. 다시 그만큼의 시간이 흐르면, 지금의 아이들 역시 지금으로서는 상상할 수도 없는 어떤 사람이 되어 있으리라. 아이들이 태어나고, 그 아이들이 자라 우리가 상상조차 못했던 어떤 사람이 된다는 점에서 우리는 오지도 않은 시간에 미래라는 이름을 붙이고 희망을 가질 수 있는 것이다.

하지만 그런 시간이 순식간에 사라진다면? 지난 일주일간, 불쑥불쑥 분노와 우울이 치밀었다. 뉴스를 안 보려고 했지만, 어쩔 수 없이 눈이 갔다. 그럼에도 어떤 반응도 보일 수 없었다. 반응을 보이는 것 자체가 구조 작업에 어떤 영향을 끼칠 것 같았다. 그러다가 오늘 아침에 침몰하는 배에서 단원고 학생들이 남긴 카카오톡 단체 대화방의 문자가 '부디'라는 단어로 끝난다는 기사를 읽었다. 그 기사 앞에서 내가 보인 반응이라고는 고작 사전을 뒤져서 '부디'라는 단어를 찾는 일이었다.

사전에는 "'기어이' '꼭' '아무쪼록'의 뜻으로 남에게 부탁할 때 또는 청원함을 나타낼 때 쓰는 말"이라는 설명이 나와 있었다. 아이들이 남은 우리에게 부탁할 게 있다면 과연 무엇일까? 그건 아마도 자신들을, 자신들에게 일어난 일을, 자신들이 어떻게 죽어갔는지를 잊지 말아달라는 것이 아닐까. 부디, 그러니까 기어이, 꼭, 아무쪼록……

제3부

그렇게
이별은
노래가 된다

2014년

12월 8일

2008년에 시작해 올해로 다섯번째 챕터, 그러니까 다섯
번째 앨범이 출반된 '사랑의 단상' 시리즈는 처음부터 사랑의
부재를 노래하는 모음집처럼 보였다. 자연스레 궁금증이 생기
지 않을 수 없었다. '사랑의 단상'이라면서 가수들은 왜 이별에
대해 노래하는 걸까? 그건 아마도 사랑을 잃고 난 뒤의 사람들
이 노래를 더 많이, 더 잘 듣기 때문이리라. 어쩌면 슬픔이나 외
로움에 빠졌을 때, 우리는 다른 사람들에게 더 많이 공감하는
것인지도 모르겠다.

가수들이 사랑의 기쁨보다 이별의 슬픔을 더 많이 노래하
는 데에는 또 다른 이유도 있으리라. 사랑할 때 우리는 잘 모르
다가 사랑을 잃어버린 뒤에야 거기 사랑이 '있었다'는 것을 비
로소 깨닫게 된다. 즉, 사랑은 사라진 뒤에야 보이기 시작한다.

그러므로 사랑은 그 부재를 노래할 때 확실히 표현될 수도 있겠다. 말하자면 없어진 뒤에야 그 소중함을 알게 되는 물이나 공기 같은 것, 없어지면 우리에게 치명적인 것, 그러나 있을 때는 그 존재가 전혀 느껴지지 않는 것, 그게 바로 사랑이기 때문에.

이 컴필레이션 시리즈에 이름을 빌려준 롤랑 바르트의 『사랑의 단상』을 펼치면, 그래서인지 곧바로 '부재자'라는 항목을 만나게 된다. 사랑은 구덩이로서만, 부재로서만 그 존재를 증명한다는 것이 그의 주장. 이 사실을 롤랑 바르트는 다음과 같은 불교 공안公案으로 설명한다. "스승이 제자의 머리를 오랫동안 물속에 붙잡고 있었다. 점차 물거품이 희박해지고, 마지막 순간에 가서야 스승은 제자를 꺼내고 되살린다. 네가 지금 공기를 원했던 것처럼 진실을 원할 때, 너는 비로소 진실이 무엇인지를 알게 되리라."

물속에 빠진 사람이 공기를 원하는 것처럼, 사랑을 잃고 난 뒤에야 우리는 사랑이 무엇인지를 알게 된다. 그런 점에서 사랑은 젊음을 닮아 있다. 더이상 젊은이가 아닐 때, 우리는 비로소 젊음이 무엇인지를 알게 된다. 그래서 젊음은 젊음을 모른다. 사랑도 그렇다. 무지할 때에만 우리는 깊이 사랑할 수 있다. 그게 사랑이라는 걸 아는 순간 우리는 사랑을 잃어버린다. 그러므로 이 노래들을 듣는 사람들은 이제 뭔가를 알게 된 사람들, 더이상 천진할 수 없는 사람들, 청춘을 잃고 조금은 늙어버린 사람들이다.

　그렇게 사랑은 부재의 흔적으로만 드러난다. 다섯번째 앨범은 이 부재의 흔적에서 '사랑의 증거'를 찾기 위한 노력의 결과다. 이 앨범을 만들기 위해 레코드사는 2014년 8월 7일부터 10월 12일까지 사람들에게 사랑에 대한 사연을 보내달라고 요청했다. 가수들은 사연을 읽고 그중에서 하나를 골라 노래를 만들기로 했다. 그리하여 1,000통이 넘는 이야기와 사진 들이 도착했다. 나 역시 그 사연들을 하나하나 살펴보았다. 거기에는 "책 사이사이 고이 말려둔 꽃잎, 이제는 다시 낄 수 없을 그 사람과의 커플링, 서툰 글씨로 써내려간 손편지, 여기저기 구멍이 숭숭 났지만 정말 따뜻했던 네가 손수 떠준 목도리, 처음으로 함께 보러 갔던 영화의 티켓, 부끄러워서 사실 한 번도 같이 입고 만난 적은 없었던 커플티, 더이상 혼자 가지 않는 빽빽하게 스탬프가 찍힌 우리의 단골 카페 쿠폰, 수없이 주고받았던 문자들"이 있었다.

　자신들의 사랑 이야기를 들려주며 사람들은 슬퍼하고 후회하고 뒤늦은 깨달음에 한탄했다. 하지만 사진에는 지금은 존재하지 않는 어떤 것, 그러니까 한때의 사랑이 그대로 남아 있었다. 거기에는 외로움이나 후회 혹은 깨달음의 목소리가 없었다. 그저 소리 없는 기쁨, 은은한 빛이 남아 있을 뿐이었다. 예컨대 서로 꽉 잡은 두 개의 손, 함께 걸어가는 두 사람의 다리, 벚꽃 아래에 함께 있는 모습 등등으로.

시간은 흐르고, 우리는 서로에게 낯설어지고, 한때는 간절한 마음이 전부였던 시절이 우리에게도 있었건만, 이제는 서로를 비추는 두 개의 거울처럼, 서로의, 서로에 대한 기억들만이 원망의 목소리도, 흐느낌도, 한숨소리도, 웃음소리도 없이 순수한 묵음으로 남아 있을 뿐이다. 그러므로 이 다섯번째 '사랑의 단상'은 그 충만한 부재, 이제는 텅 빈 사랑에 따뜻한 음률을 공급하는 프로젝트라고 말할 수도 있겠다. 그리하여 "당신은 하늘에 살고 있지. 하늘에 있는 사람들과 놀아요"라는 삐뚤삐뚤한 글씨체의 짧은 글도 하나의 노래가 됐고, '잘 지내자, 우리'라는 제목으로 게시판에 올라온 글은 거의 고쳐지지 않은 채 같은 제목의 노래가 됐다. 서로에 대한, 연인들의 간단하고도 명료한 그리움은 〈나의 사랑 노래〉처럼 미니멀한 곡으로 바뀌었다.

레이먼드 카버는 단편 「사랑을 말할 때 우리가 이야기하는 것」에서 사랑에 대해서 뭔가 아는 것처럼 말할 때, 우리는 우리가 말하는 것을 부끄럽게 여겨야만 한다고 썼다. 왜냐하면 사랑에 대해서 말할 때, 우리가 말할 수 있는 것은 거기 사랑이 '있었다'는 것, 그 어떤 사랑이 이제 여기 없다는 것뿐이니까. 그걸 빼면 우리가 사랑에 대해 말할 수 있는 것은 많지 않다. 그러니 글을 쓰고, 사진을 찍고, 노래를 부른다면, 그건 모두 사랑이 끝난 뒤에나 가능하다. 또 그 사연과 사진과 노래는 다만 그때 거기에는 사랑이 있었지만 지금 여기에는 사랑이 없다는 사실만을 말할 뿐이다. 사랑이 끝난 뒤에는, 우리가 할 수 있는 말이 겨우 그 정도뿐이다.

그렇게 이별은 노래가 된다.

• 컴필레이션 음반 〈사랑의 단상 chapter 5. The Letter From Nowhere〉에 수록.

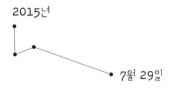

2015년

7월 29일

　　몇 달 전, 새벽 세시의 라디오에서 너무나 평범한 목소리
가 흘러나와 놀란 적이 있었다. 이야기 역시 대학가의 카페에
앉아 있노라면 옆 테이블에서 들려올 만한 보통의 연애담이었
다. 그러니까 누군가를 사랑했으나 뜻대로 되지 않았다는. 유명
인의 멋진 사랑 이야기라면 그냥 꺼버렸을 텐데, 대단찮은 이야
기라 오히려 더 솔깃했다. 처음에는 떨리던 목소리도 시간이 흐
르면서 차분해졌고, 이야기도 점점 진솔해졌다.

　　방송이 끝날 즈음에야 그게 일반인이 일일 DJ로 참여하
는, 〈심야 라디오 DJ를 부탁해〉라는 프로그램이라는 걸 알게
됐다. 특별할 게 하나도 없었던, 오히려 그래서 특별하다고 말
할 수 있는 까닭이 거기에 있었다. 그후에도 계속 들어보니 교
사, 만화가, 회사원, 대학생, 주부 등이 날마다 마이크 앞에 앉아

자신의 꿈을 얘기하고 누군가를 추억했다. 어쩌면 이뤄질 수 없는 꿈들에 대한 이야기여서, 남들에게 들려주기에는 너무나 평범하고 사소한 이야기여서, 사랑했던 사람을 영영 잃어버린 이야기여서 그들의 목소리는 때로 한없이 낮아졌다.

새벽 세시가 아니었다면 그런 프로그램이 송출되는 일은 없었으리라. 일산 호수로 교차로가 보이는 내 책상에서 바라볼 때, 새벽 세시는 세상이 가장 고요해지는 시간이다. 그 시간이면 신호등의 색깔에 따라 파도 소리처럼 끊임없이 밀려왔다 밀려가는 자동차들의 소리가 뜸해진다. 시끄럽고 북적대는 세상의 대척지에 와 있는 것과 같으니 글을 쓰기에는 가장 좋다. 글쓰기 가장 좋을 때의 나는 가장 고독한 나다. 작가를 꿈꾼다면, 피할 수 없는 고독이다.

그러나 이제는 알 것 같다. 작가가 아닌 다른 것을 꿈꾼다 하더라도 고독을 피할 수는 없다는 것을. 그게 도저히 불가능할 것 같은 미래든, 더이상 나를 사랑하지 않는 누군가를 향한 그리움이든, 이제는 다시 돌아갈 수 없는 과거의 한때든. 새벽 세시에 라디오를 켜는 까닭이 바로 여기에 있다. 거의 모든 사람들이 잠들었다고 해도 심야 라디오는 방송되니까. 단 한 사람이라도 듣고 있다면. 그게 바로 심야 라디오의 본질이리라. 한 사람을 위한 목소리처럼 들린다는 것. 그래서 그 목소리가 나보다 더 고독하게 느껴진다는 것.

최근에 출간된 소설 『우리가 볼 수 없는 모든 빛』에는 나치 시절 독일의 고아 소년 베르너가 쓰레기장에서 주운 고장난 라디오를 고쳐 여동생과 몰래 듣는 장면이 나온다. 라디오를 켜자 단파대로 누군가 '즈'와 '스'가 잔뜩 들어간 생경한 언어로 말하는 소리가 들린다. 베르너는 헝가리어일 것이라고 짐작한다. "헝가리는 여기서 얼마나 멀어?" 여동생의 물음에 베르너는 말한다. "수천 킬로미터쯤?" 둘은 그렇게 라디오에서 들리는 낯선 도시의 이름을 받아적는다. 베로나, 드레스덴, 런던, 로마, 파리, 리옹. 그리고 생각한다. "야밤의 단파대. 길을 거니는 사람과 꿈꾸는 사람, 미친 사람과 고함치는 사람들의 세상."

그 장면을 읽으며 나는 1980년대 중반, 내 방에 놓여 있던 라디오를 떠올렸다. 그때까지 내가 들어보지 못한 음악이 이 세상에 그토록 많다는 사실에 무한한 기쁨을 느끼며 나는 새벽 한시부터 전영혁씨가 진행하던 심야 음악 프로그램에 빠져 있었다. 한국 노래 아니면 영어 노래 일색이던 낮 방송과 달리 그 시간에는 이탈리아, 스페인, 독일, 오스트리아, 프랑스 등에서 만든 음악이 흘러나왔다. 도저히 제목을 알아들을 수 없어 들리는 대로 한글로 받아적으며 나는 그 먼 나라들을 떠올렸다. 제스로 툴의 〈엘레지〉를 배경으로 전영혁씨가 한 편의 시를 읽어주며 방송이 끝날 때까지, 그 먼 곳을 향한 알 수 없는 그리움이 느껴졌다.

그러고 나면 경직된 목소리의 남자가 나와서 "여기는 대한민국의 수도 서울에서"라든가, 뭐 그런 멘트를 한 후 애국가를 들려줬다. 그렇지만 그 밤에 혼자 일어나 경례를 하는 일 따위는 없었다. 나는 고등학교 1학년이나 2학년이었고, 눈만 감으면 언제든 잘 수 있었으니까. 때로는 애국가까지 듣지 못하고 잠드는 날도 있었는데, 그럴 때면 아침에 다른 프로그램을 들으면서 깨곤 했다. 아침 라디오에서는 늘 맨손체조에 구령을 붙이는 체육 선생님 같은 목소리가 흘러나왔다. 심야 라디오와 아침 라디오는 서로 다른 나라에서 송출되는 듯했다.

때로는 애국가가 끝나고 백색소음이 시작된 뒤까지도 잠들지 못하는 날이 있었다. 그런 밤이면 물 위에 뜬 기름처럼 내 마음은 검은 밤 위를 둥둥 떠다녔다. 그럴 때면 나는 모든 방송이 끝났다는 사실을 뻔히 알면서도 라디오 다이얼을 이리저리 돌려가며 목소리를 찾았다. 새벽 라디오에서는 낮에는 들을 수 없는 소리들이 많이 잡혔다. 윙윙거리는 기계음과 함께 목소리가 커졌다가 작아지기를 반복해서 제대로 들을 수 없는 방송은 북한에서 송출되는 것이었다. 방해 전파는 중국 방송이나 일본 방송에는 관대했다. 우리 쪽에서 북쪽을 향해 송출하는 방송에서는 '흑룡강성'이니 '길림'이니, 그런 낯선 지명의 도시에 사는 친척들에게 보내는 편지가 흘러나왔다.

그날도 아마 잠 못 드는 어느 밤이었을 것이다. 다이얼을 이리저리 돌리면서 나는 알아들을 수 없는 외국어를 듣고 있었다. 그 순간, 베르너에게 헝가리어가 들리듯 한 번도 들어보지 못한 언어가 라디오에서 흘러나왔다. 그건 러시아어였다. 물론 나는 러시아어를 단 한마디도 몰랐으나 그 말만은 알아들을 수 있었다. 블라디보스토크. 라디오 속 목소리의 주인공은 블라디보스토크에 사는 남자인 모양이라고 나는 생각했다.

나는 블라디보스토크를 상상했다. 무엇도 상상할 수 없었다. 무엇도 상상할 수 없는 도시에 사는 한 남자의 목소리에 나는 귀를 기울였다. 단지 그는 말하고 나는 듣는다는 사실만으로도 나는 그 사람을 이해할 수 있을 것 같았다. 그리고 그런 식으로라도 나 역시 누군가에게 이해받고 싶었다. 깊은 밤, 떠다니는 마음이란 바로 그런 마음이었다. 심야 라디오는 바로 그런 마음의 소유자를 향한, 단 한 사람만을 위한 방송이다.

소설 속 베르너와 같은 시기를 살았던 스위스의 민담학자 막스 뤼티는 1960년대 초반 베로뮌스터 라디오 방송에 나와 청취자들에게 유럽 민담들의 특징을 강의했다. "아직 라디오도 없고 책도 없었던 옛날에는 저녁때면 모여서 이야기를 들었다"라고 말할 때, 그는 이야기가 지닌 치유의 힘을 믿고 있었고, 이제는 책과 더불어 라디오가 바로 그 일을 해야 할 때라고 생각했던 모양이다. 라디오로 방송된 강연들은 『옛날 옛적에』라는 책으로 출판됐다.

그 책 199쪽을 펼치면 제2차 세계대전의 기억이 아직도 생생하던 1960년대 초반, 옛날이야기를 들려주면서 그 의미를 설명하는 노학자의, 다음과 같은 말이 라디오를 통해 흘러나오는 듯하다. "암흑 속의 빛Lux in Tenebris. 이것이 세상에서 기적이

갖는 의미다. 기적은 어둠 속의 빛으로서 민중과 작가의 표상 속에 살아 있다. 왜 우리는 성탄절 밤에 촛불을 켜는가? 우리는 그 빛을 그 밤에 일어났던 기적의 상징으로 느끼기 때문이다. 모든 민족의 종교와 문학은 빛의 상징을 알고 있다."

　　암흑 속의 빛. 그건 단 한 사람만을 위한 빛이다. 그렇기에 기적이다. 『우리가 볼 수 없는 모든 빛』의 베르너처럼, 깊은 밤 심야 라디오에서 흘러나오는 낯선 목소리에 단 한 번이라도 귀를 기울여본 사람이라면, 이 말이 무슨 뜻인지 잘 알 것이다.

　　　　　　　　　　　　　　제3부　그렇게 이별은 노래가 된다

2015년

5월 6일

　김천은 나의 고향이다. 경부선이 깔리면서 역 주변으로 자연스럽게 형성된 20세기의 도시다. 그다지 크진 않지만, 원한다면 질리도록 기차를 구경할 수 있다. 요컨대 교통의 요지라는 뜻이다. 철길은 남북으로 이어져 있다. 그 철길을 따라 북쪽 끝까지 가면, 서울이 나온다. 소년 시절, 나는 시간이 날 때면 북행 기차를 보러 갔다. 자전거를 타고 시가지를 벗어나면 철길을 따라 황혼에 물드는 논들이 보였다. 저물녘의 기차는 불을 환하게 밝힌 채, 그 풍경 너머로 떠났다. 그럴 때는 비둘기호마저도 반짝반짝 빛을 내는 것 같았다. 고교 시절, 내 꿈은 그 기차를 타고 고향을 떠나는 것이었다.

　몇 년 뒤, 나는 서울의 대학에 합격해 북행 기차에 올라탈 수 있었다. 서울에 처음 가는 것은 아니었지만, 살기 위해 가는 건 처음이었다. 서울에서 산다는 게 어떤 의미인지 나는 금방 알게 됐다. 그건 먼저 방부터 구해야 한다는 뜻이었다. 서울성곽 바로 아래의 캠퍼스에는 기숙사를 지을 만한 공간이 없었다. 아름드리 은행나무 그늘 아래, 옛 성균관 건물에 학생들의 숙사가 있다는 말을 들었으나 그건 유학과 학생들이 독차지했다. 신입생 시절에 내가 A+를 받은 과목은 유학이 유일했으나, 영문학과 학생에게 돌아갈 몫은 마루 한 쪽도 없었다.

그래서 수강신청보다도 방 구하는 일이 더 시급했다. 아버지가 수유리에 살던 친척 누나에게 시외전화를 넣어 도움을 청했다. 꼭지 누나라고 했다. 그 이름 때문에 나는 만나기 전부터 그 누나가 좋았다. 그러나 막상 만나보니 꼭지 누나는 나보다 나이가 많은 아들을 둔 중년 부인이었다. 결혼하자마자 상경해 갖은 고생 끝에 수유리에 정착한 분이라, 서울의 셋방 사정에 밝았다. 꼭지 누나는 명륜동은 방세가 비싸니 아리랑고개 쪽으로 가보자고 했다. "아리랑고개라고요?" 내가 되물었다. 꼭지 누나가 고개를 끄덕였다.

꼬부랑 할머니가, 꼬부랑 고갯길을, 꼬부랑 꼬부랑, 걸어가고 있네. 5번인가 5-1번인가, 시내버스를 타고 북쪽으로 가는 동안, 그런 노래가 내내 귓가에 울렸다. 내가 아는 서울은 점점 더 멀어져갔고, 꼬부랑 꼬부랑, 그렇게 내 마음도 조금씩 꼬이기 시작했다. 아리랑고개는 생각만큼 구불구불한 고갯길은 아니었다. 조용한 동네였고, 복덕방에서 보여주는 방들도 한옥에 딸린 것들이나마 널찍널찍했다. 하지만 나는 꼭지 누나에게 다시 명륜동으로 가자고 했다. 방값이 차이가 난다고 했지만, 계속 고집을 부렸다. 왜 그랬을까? 그로부터 육 개월쯤 지난 뒤였다면, "거기서는 남산타워가 보이지 않잖아요"라고 말했을지도 모르겠다.

고향에서 여름방학을 보내고 다시 서울로 올라오던 8월 말의 저녁이었다. 기차가 한강철교를 건너자 오른쪽으로 남산타워가 보이기 시작했다. 그 풍경을 쳐다보는데, 문득 모든 게 분명해졌다. 거긴 타지이고, 나는 집을 떠난 여행자이니, 그 타워 아래에 있을 때 어디에 있든 나는 임시의 존재일 뿐이라는 사실이. 남산타워 아래, 잠정적인 관계 속에서 겨우 존재하는 일시적 거주자. 그때 내게 서울 생활이란 바로 그런 의미였다. 그렇게 기차에서 내려 서울역 광장으로 나오면 모든 게 새롭게 다가왔다. 대우빌딩의 불빛도, 신문과 잡지를 사라는 외침도, 어묵 국물에서 피어나는 김도, 공회전하는 택시가 뿜어내는 매캐한 매연도. 서울에서 나는 영원히 여행자로 지내고 싶었다.

항구적인 주소지가 없던 내게 서울은, 한쪽을 움켜쥐면 온몸이 꿈틀거리는, 살아 있는 짐승의 맨살과 같았다. 가두시위가 격렬해지는 날이면, 종로와 충무로와 을지로에 축포처럼 최루탄 연기가 피어올랐다. 하지만 다음 날이면 살수차가 아스팔트에 물을 뿌리며 지나갔고, 아무 일도 없었다는 듯 노점상들은 다시 거리를 메웠다. 서울에서 제일 흔한 건 사람이었던지라 청계천의 야바위꾼과 약장수 들은 호객의 기술을 따로 익힐 필요가 없었다. 서울의 거리는 신사와 사기꾼을, 반정부인사와 고문경찰을 가리지 않았다. 그래서일까, 고향에서와 달리 서울에서 만난 사람들과는 단숨에 친해졌다가도 사소한 다툼으로 영영 헤어지곤 했다.

그즈음, 나는 성북동 언덕 아래에 있는 하숙집 3층에 살고 있었다. 이따금 아래층에서 전화를 받으라고 소리를 쳤다. 대개 친구의 전화였다. 이십대 초반의 잠정적인 관계, 그러니까 친밀과 소원 사이를 정처없이 오가는 누군가. 이십대 초반이니 어김없이 착시가 일어났다. 무엇을 배경으로 놓고 보느냐에 따라 관계의 성격이 달라졌으니까. 이십대 초반에는 외로움을 배경으로 관계를 바라본다. 그러다보니 소원하다는 말은 상대의 반응이 나만큼 친밀하지 않은 경우를 뜻하기도 했다. 요컨대 이십대 초반에게 관계의 친밀과 소원은 그다지 멀리 떨어져 있지 않았다.

그러므로 그게 누구든, 친구를 만나러 나가는 저녁은 언제나 생각보다 설렜다. 내가 그토록 그 전화를 기다렸던가 혼자 놀라며 혜화동으로 넘어가는 야트막한 언덕길을 올라가다보면, 어느 지점에서부터인가 남산타워가 눈에 들어왔다. 그 언덕길에서 남산타워가 나타나는 모습을 바라보는 마음은 용산을 지나는 기차의 창밖을 내다볼 때와는 또 달랐다. 넌 지금 여기에서 수많은 사람들을 만나고 또 수많은 일들을 경험할 거야. 잊

제3부 그렇게 이별은 노래가 된다

지 못할 정도로 행복한 순간도 있겠지만, 죽고 싶을 만큼 힘들 때도 있을 거야. 그 어떤 경우라도 이게 너의 여행이라는 사실만은 변함이 없어. 그게 바로 서울의 일시적 거주자에게 남산타워가 전하는 말이었다.

서울에서 여행자로 지내고 싶다는 소원은 반만 이뤄졌다. 대학을 졸업한 뒤, 나는 서울을 떠나 일산에 영구적인 주소를 갖게 됐다. 일산에서는 아무리 눈을 치켜떠보아도 지금 여기는 타지이며, 나는 여행자라는 사실을 끊임없이 일깨워주는 무언가가 잘 안 보인다. 게다가 올해로 일산에서 산 지 이십일 년째가 되는데, 이 말은 곧 고향인 김천에서 산 기간보다 일산에서 산 기간이 더 길어졌다는 뜻이기도 하다. 덕분에 서울은 여전히 내게 스쳐가는 곳이지만, 남산타워는 그 이름이 바뀐 뒤부터 예전과는 사뭇 달라졌다. 언제부턴가 나는 거기 남산타워가 있다는 사실을 잊고 있었다.

그러다가 2009년 가을, 슬픈 일이 생겼는데 어디 갈 만한 곳이 한 군데도 없었다. 그때 남산타워가 떠올랐다. 혜화동 언덕길에서 문득 남산타워가 눈에 들어오듯. 남산타워로 갔다. 아직도 케이블카가 있는지 궁금했는데 그대로 있었다. 관광객들과 함께 케이블카를 타고 남산으로 올라갔다. 거기서 철망에 빼곡하게 매달린 자물쇠에 적힌 이름들을 구경하다가 엘리베이터를 타고 전망대까지 올라갔다. 케이블카에서도, 전망대에서도, 심지어는 자물쇠의 글자들에서도 슬픈 표정은 하나도 발견할 수 없었다. 회전 전망대에서 관광객들은 다들 즐거운 표정으로 서울 시내를 내려다보고 있었다.

그들처럼 나도 낯선 도시의 풍경인 양 서울을 내려다봤다. 그제야 알 것 같았다. 남산타워에 그토록 끌렸던 까닭은, 아마도 그래서였으리라. 거기 온갖 일들이 벌어지는 서울에서 누군가는 천국에라도 온 것처럼 기뻐하고 누군가는 지옥에 떨어진 죄인처럼 괴로워할 테지만, 그러는 동안에도 남산타워는 그저 물끄러미 바라보는 거대한 눈동자처럼 서 있었기에. 인생이 여행이라도 되는 양, 짐짓 여행자처럼, 그 모든 기쁨과 고통을 바라보는, 그러나 더없이 무기력하고 무책임한 눈동자로. 그런데도 때로는 그 눈동자를 흉내내는 것만으로 위로받는 경우가 있다. 그 가을의 내가 꼭 그랬다.

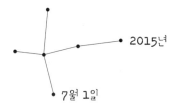

2015년

7월 1일

몇 년 전, 제주도 협재의 한 식당에서 저녁식사로 갈치조림을 먹으려는데 전화 한 통이 걸려왔다. 스무 살 언저리에 알고 지낸 이의 이름이 핸드폰 화면에 나타났다. 조용하게 지내고 싶어 찾은 곳이었던지라 나는 잠시 망설였다. 전화벨은 계속 울었다. 한참 듣다보니 어쩐지 벨소리의 결이 다르게 느껴졌다. 나는 전화를 받았다. 서울의 그 사람은 내게 우리가 아는 어떤 사람이 위암에 걸렸다는데 그 사실을 알고 있었냐고 물었다. 나는 몰랐다고 대답했다.

전화를 끊고 나니 갈치조림은 잔뜩 졸아 있었다. 양념에 파묻힌 흰 살점을 젓가락으로 깨작거렸다. 나는 정말 몰랐다. 우리의 삶이 이토록 빨리 죽음 쪽으로 내몰리게 될 줄은. 이십여 년 전, 신입생으로 서울의 한 대학에 유학 온 나였다면 더군

다나. 그때는 청춘의 찬란한 빛에 눈이 멀어 나와 나를 둘러싼 세계는 무조건 좋아지리라 믿었다. 장차 소설가가 될지 무엇이 될지는 알 수 없었지만, 어쨌든 시간이 흐르면 더 나은 사람이 되어 있으리라 생각했다.

그러나 시간이 우리 편이 아니라는 사실을 깨닫는 데에는 이십여 년이면 충분했다. 그 이십여 년 동안 세상은 나아지기는 커녕 더 나빠졌고, 그건 우리도 마찬가지다. 흘러가는 대로 내버려둔 것도 아니고, 그토록 원했음에도 불구하고 이런 세상 속의 우리를 만나게 되니 당황스럽지 않을 수 없다. 이 명백한 실패를 경험하고 나서야 나는 이 실패는 인류가 존재한 이래 수없이 반복되어온 것이라는 사실을 깨달았다. 시간이 멈춰 있지 않은 한, 청춘의 푸른 꿈에게 실패는 예정된 것이라는 사실을.

그런 줄도 모르고, 그 시절의 나는 가방에 카를 마르크스와 무라카미 류를 되는대로 쑤셔넣은 채 서울 시내를 쏘다녔다. 두 사람의 책은 1980년대 내내 금서였다. 마르크스의 책이야 국가 체제를 바꾸는 방법을 청년들에게 가르치니 그럴 만하다지만, 1976년 아쿠타가와 상 수상작인 『한없이 투명에 가까운 블루』가 번역, 출판되자마자 판매 금지와 압수 처분을 당한 건 무슨 이유에서였을까? 1990년 예하에서 출판된 번역본에 소설가 박인홍이 쓴 해설에 따르면, "미풍양속을 해치는 외설물"이라는 이유 때문이었다.

2015년의 관점에서 돌이켜보면 활자뿐인 소설이 아름답

고 건전한 풍속을 해쳐봐야 얼마나 해칠 수 있을까는 의문이
들 수도 있겠다. 그도 그럴 것이 이 소설에 등장하는 마약 남용
및 환각상태에서의 그룹 섹스와 잔인한 폭력 등의 소재가 이제
는 더이상 충격적이지 않을뿐더러, 이 때문이라면 영화 쪽을 권
하고 싶으니. 그럼에도 이 소설에는 외설물 이상의 불온한 주제
가 숨어 있어 지금도 읽을 만하다. 마르크스가 청년들의 혈관에
뜨거운 피를 수혈했다면, 류의 이 소설은 그 피를 마음껏 탕진
하라고 말하고 있달까.

　　이 소설이 국내에서 판매 금지된 직후인 1977년 3월, 정
부는 새 국민체조법 12가지를 만들어 각 학교에 보급했다. 내
가 막 초등학교에 입학했을 때였다. 그때부터 고등학교를 졸업
하던 1989년까지 나는 정기적으로 스피커 속 남자의 구령에 맞
추어 국민체조를 했다. 초등학교 시절에는 날마다, 그 뒤로도
체육시간이면 어김없이. 그 목소리의 주인공은 경희대학교 유
근림 교수였다고 하는데, 그분이 "국민체조 시이작"이라고 외치
면 나의 두 팔은 의식의 통제에서 벗어나 저절로 앞을 향하고
만다. 그럴 때 내 몸의 일부는 국민이 되고, 그건 국가의 자산으
로 편입된다.

　　바로 그 국가의 자산인 청년의 육체를, 마치 저주한다는
느낌이 들 정도로 탕진하는 일. 그게 바로 『한없이 투명에 가까
운 블루』의 참된 주제이니, 정부가 이 소설을 판매 금지시킨 것
은 당연한 처사였다. 1990년 다시 출판된 이 소설을 처음 읽었

을 때, 나는 슬픔을 느꼈더랬다. 너무 외설적이라 오랫동안 숨어서 읽어왔다는 소설을 마침내 읽었는데, 슬픔이라니…… 당시에는 이 슬픔을 설명할 수가 없었다. 그래서 문장이 아름다워서, 혹은 자신을 학대하는 청춘들이 안쓰러워서 그런 줄 알았다.

그러나 이제는 그 슬픔이 어디에서 비롯하는지 알겠다. 주인공인 류가 소설에서 이렇게 말하고 있으니. "옛날에는 여러 가지가 있었는데 지금은 아무것도 없어. 아무것도 할 수가 없어. 텅 비었으니까." 류는 지금 청춘이 빠져나간 육체에 대해 말하고 있다. 예전에는 마약에 취한 채 그룹 섹스를 하고 폭력을 휘두르는 과잉의 육체만 눈에 들어올 뿐, 그 육체의 텅 빔에 대해서는 눈길이 가지 않았다. 소설 속 등장인물들처럼 제멋대로 탕진하지 않는 한, 세월이 흘러야만 경험할 이 육체의 소진에 대해 내가 시큰둥한 것은 당연했다.

류의 말을 들은 오키나와가 "그런 노인 같은 소리 작작해, 류. 경치가 신선해 보인다니, 그건 일종의 노화현상이야"라고 말할 때, 이 핀잔은 적절했다. 노화현상이란, 시간이 흐르면 과잉의 육체는 저절로 소진된다는 사실을 뜻한다. 제아무리 마음만은 청춘이라고 강변한들 무의미하다. 그저 건강한 것만으로는 부족하다. 과잉의 육체를 지녀야만 청년이라고 부를 수 있다. 그런데 겨우 이십 년쯤이면 이 과잉의 육체들은 예외 없이 소멸된다. 그걸 예상하지 못하고 육체의 불변을 전제로 청년들의 미래는 기획된다. 그러니 실패는 불가피하다. 유사 이래 청

제3부 그렇게 이별은 노래가 된다

년들은 모두 이 실패를 반복했고, 이제 우리도 마찬가지다.

『한없이 투명에 가까운 블루』에서 가장 인상적인 부분은 벌거벗은 채 너부러져 있던 일행과 함께 경찰서에 다녀온 류가 히비야 야외 음악당에서 옛 친구 메일을 만나는 장면이다. 음악다방에서 핑크 플로이드의 음악만 나오면 양손을 벌리고 빙빙 돌던 메일은 류에게 교토에서 오르간 연주를 시켜달라고 찾아온 메구라는 여자애를 기억하느냐고 묻는다. 류가 이사간 뒤, 메일은 그 여자애랑 같이 살았다. 메구가 아직 도쿄에 있느냐고 묻자, 메일은 종아리의 화상 자국을 보여준다.

불이 난 것은 실수였다고 메일은 말하지만, 그건 필연적인 결과였을지도 모른다. 메일과 메구는 아파트에서 춤을 추고 있었는데, 난로의 불이 메구의 스커트로 옮겨붙었다. 순식간에 메구의 몸이 까맣게 타버렸다. 마치 초자연적인 에너지를 감당하지 못해 자연발화한 육체처럼. 이 소설에 등장하는 모든 이들의 육체는 그렇게 불이 붙은 상태다. 과잉의 육체에 불이 붙으면, 그 몸은 소진할 수밖에 없다. 소진, 그러니까 흔적도 남지 않을 때까지 불타버리는 것. 그리고 이어지는 메일의 말.

"도어스의 〈수정의 배〉를 옛날에 연주했었잖니? 그 곡은 지금 들어도 눈물이 난단 말이야. 그 피아노곡을 듣고 있으면 흡사 나 자신이 치고 있는 것 같아서 못 견디겠거든. 이제 곧 어떤 곡을 들어도 못 견디게 될지 모르지만, 아무튼 모두가 그리워지는 일들뿐이야. 나는 이제 싫증이 났어. 류, 너는 어떻게 할

계획이니? 메구처럼 되는 건 싫단 말이야."

이 부분은 언제나 도어스의 〈The Crystal Ship〉을 들으면서 읽었다. 메일이 말하는 간주의 피아노 소리를 듣노라면 그와 마찬가지로 어떤 슬픔을 느끼게 된다. 그건 모든 청년들이 불안하게 예감하는, 그러나 과잉의 육체를 단숨에 소진시키지 않는 이상 이십 년 정도는 흐른 뒤에야 경험하게 될 실패, 그 예정된 청년의 실패에서 비롯한다. 이 실패의 교훈은 전수되지 않는다는 점 때문에 이 슬픔은 인류 공통의 보편적인 슬픔이 된다.

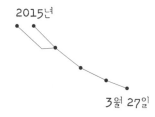

2015년

3월 27일

　십여 년 전,『춘향전』을 문자 그대로 꼼꼼하게 읽을 기회
가 있었다. 그럴 수밖에 없었던 게,『이고본李古本 춘향전』의 도
입부를 보면, "방자 놈 거둥 보소. 방짜바지 통행전 눌날경조 좋
은 신을 삭곡지로 들메이고 우단요대 전주머니 주황당사 벌매
듭 느지막히 잡아매고 한산모시 진솔 창옷 앞을 접어 부납띠를
눌러 띠고 손뼉 같은 황록피를 등채찍에 접었구나"라고 되어
있다. 한 글자씩 손가락으로 짚어가며 뜻을 알아내지 않으면 내
용을 파악하기가 어렵다.
　그래서 더듬더듬, 여기서 말하는 '통행전'이란 돈이 아니
라 아래에 귀가 달리지 않은 보통 행전, 그러니까 바지를 입을
때 정강이에 감아 무릎 아래에 대는 물건을 뜻한다는 등의 사
실을 알아가면서『춘향전』을 처음부터 한 줄 한 줄 읽어나갔다.

단어 하나하나가 죄다 처음 보는 것들이라 외국문학을 번역해서 읽는 것처럼 까다로웠지만, 그 수고를 통해 『춘향전』의 각 장면들을 손에 잡힐 듯 구체적으로 볼 수 있게 됐다. 그러면서 『춘향전』의 문장이 누군가의 상상이 아니라 당대의 현실에 기반한다는 확신을 가지게 된 건 가외의 소득이었다.

달팽이걸음으로 느릿느릿 나아가던 독서는, 간밤의 꿈이 뒤숭숭하던 차에 옥 모퉁이를 지나가던 건넛마을 허봉사의 "문수問數, 문수"란 소리를 듣고 옥중에 갇힌 춘향이 점을 보겠다며 그를 옥으로 불러들이는 장면에 이르렀다. 그런데 이상했다. 그때까지의 독서 결과 『춘향전』이 현실에 기반하고 있다는 확신을 얻었던 터라 더욱 이상했다. 죄인이 지나가던 점쟁이를 옥으로 불러들이다니, 그게 가능할까? 『춘향전』이 사실적인 이야기라면, 이런 장면이 가능할까?

이 의문에서 시작된 것이 십여 년 전에 쓴 단편소설 「남원고사南原古詞에 관한 세 개의 이야기와 한 개의 주석」이었다. 우선 나는 조선시대의 감옥부터 조사했다. 남원부도 마찬가지였겠지만, 조선시대의 감옥은 둥근 형태로 만들었고, 인가와도 가까웠다. 마을을 지나가면서 점 본다고 외치는 봉사의 소리는 충분히 들을 수 있었다. 그 봉사를 옥까지 불러들이는 일이 가능했는가에 대해서는 확언할 수 없지만, 그때까지 『춘향전』의 문장을 검토한 바에 따르면 그 에피소드 역시 사실적인 것으로 받아들여야 할 것이다.

『춘향전』에서 가장 중요한 갈등의 계기는 기생 점고다. 이제 막 부임한 변사또가 다른 업무는 다 제쳐두고 기생 점고부터 시작하는 바람에 그 모든 사달이 났다. 남원부에 도착한 신임 부사는, 제일 먼저 경기전에 들러 전패와 궐패를 마주하고 향망궐배向望闕拜를 올리며 문안례를 했을 것이다. 만약 그날이 초하루나 보름이었다면, 그는 기생 명부에 등재된 인원과 실제 인원이 일치하는지를 살피는 기생 점고를 실시할 수 있었다. 그러니 기생 점고를 한다는 게 이상한 일은 아니었다. 더구나 관기를 둘러싼 향리의 비리를 의심한다면, 강직한 부사는 오히려 부임하자마자 점검에 나설 수 있었다.

그래서 논문들을 뒤져봤더니 양란 뒤 남원부의 사정이 조금씩 드러나는데, 예를 들어 이런 식이다. "남원은 본래 문헌이 성하고 풍속이 돈후하기가 전라도에서 으뜸이었으나 왜란을 겪고 난 뒤로 경재소가 폐지되면서 사대부가 향권 잡는 것을 천하게 여겨 꺼리기 시작했다. 이즈음 향안을 불태우는 일이 두 번이나 일어나면서 이른바 신향新鄕이 대거 등장해 향청을 장악했다. 남원부의 자리는 사십여 개에 불과한데, 향안에 이름을 올린 사람은 이백 명이 넘으니 당연히 좌수나 별감 들의 위세는 더욱 올라갈 수밖에 없었다. 그리고 이들 중에는 관기를 첩으로 꿰찬 자도 있었다."

상황이 이렇다면, 기생 점고는 신임 부사와 향리들의 갈등이 시작되는 지점일 수 있었다. 모든 사정이 추문에서 시작되

듯이 말이다. 현실에서 이 갈등의 최종 목적지는 돈이다. 사랑에 빠진 청춘남녀는 세상에 자기 둘밖에 없는 줄 알겠지만, 그러는 동안에도 한국은행은 금리를 인하하고 국무총리는 공직사정을 다짐한다. 마찬가지로 『춘향전』은 시종일관 사랑 이야기로만 보이지만, 그 배경으로 희미하게 보이는 남원부청에서는 그런 일들이 벌어지고 있었다. 그래서 현실을 고려해서 냉정하게 판단하자면, 춘향의 옥고를 고래 싸움에 새우 등이 터진 격으로 이해할 수도 있다.

그러고 보면, 옥에 갇힌 춘향이 꾸는 꿈이 참 의미심장하다. 꿈속에서 춘향은 황릉묘 시녀들의 안내를 받아 중국까지 날아간다. 큰 궁전에서는 순임금의 아내인 아황과 여영이 기다리고 있다. 그들의 말인즉슨, 춘향은 본래 부용성 영주궁 운화부인의 시녀였는데, 죄를 짓고 인간 세상에 귀향을 가 시련을 겪고 있으나 머지않아 열녀로 후세에 이름을 남기게 된다는 것이었다. 이건 이야기책에서 본 것을 제멋대로 해석한 춘향의 망상일 수도 있다. 한발 더 나아가면, 아황과 여영은 죽어야 만날 수 있는 사람들이니 이야기꾼이 이 꿈을 말하는 시점에 현실의 춘향은 옥중에서 죽은 것이라고도 볼 수 있다.

픽션이란 현실에서 실현되지 않은 이야기를 뜻한다. 현실에서 일어난 일을 그대로 쓰면 논픽션이 된다. 『춘향전』은 논픽션이 아니라 픽션이다. 말인즉슨, 이도령이 암행어사가 되어 남원부청에 출두하고 춘향이 마침내 정렬부인이 되는 일은 실현되지 않았다는 뜻이다. 만약 그랬다면 『춘향전』은 픽션이 아니라 논픽션이 됐을 테고, 판소리로 만들어져 구전되지도 않았을 것이다. 그동안 『춘향전』이 사람들의 가슴에 파고든 까닭은 현실을 교정할 수 있는 픽션의 힘 때문이리라. 교정된 현실은 실제 현실만큼이나 힘이 세다.

젊은 소리꾼 김봉영의 판소리 모노드라마인 〈눈먼 사람〉역시 우리가 익히 아는 『심청전』을 픽션으로 교정되기 전의 심학규 이야기로 되돌려놓은 작품이다. 이 공연에서 심학규는 눈먼 이야기꾼으로 나오지만, 그저 자신의 인생에 대해 넋두리를 늘어놓는 노인이라고 봐도 무방할 것이다. 그는 오래전 영영 이별한 심청이나 다른 이들의 목소리를 흉내내면서 한 많은 삶에 대해 이야기하는데, 과연 그게 바로 판소리가 가진 연극적 속성의 기원이겠구나 하는 생각이 들었다.

누구도 제 삶이 실패했다고 말하기는 어려울 테니, 남에게 들려주는 이야기 속에는 거짓이 살짝 들어가게 마련이다. 픽션은 거기서 시작한다. 그러면서 이 거짓의 틈으로 현실의 민낯을 엿보게 만든다. 〈눈먼 사람〉에서는 '심봉사 눈 뜨는 대목'이 꼭 그랬다. 극 중의 심학규는 여전히 눈이 멀었으며, 그러므로 그 대목을 다 부르지 못하고 목이 메고 만다. 그제야 나는 이 신나는 대목에 어린 깊은 슬픔을 느낄 수 있었다.

2015년

2월 5일

　마흔 살을 지날 때였다. 나는 이 세상이 몹시도 싫어졌다.
그 무렵, 우편함으로 생애전환기 정기검진을 안내하는 통지서
가 배달됐다. 나는 '생애전환'이라는 네 글자를 유심히 들여다
봤다. 장년의 삶으로 전환한다는 건, 이런 염세의 태도를 받아
들이는 것인가는 감회가 들었다. 그때는 잘 몰랐으나 마음 한쪽
에 슬며시 자리잡은 그 염세의 태도는, 그러나 바위처럼 무거운
것이었다. 나는 도대체 왜 이다지도 나쁜 세계가 존재하는 것인
가, 는 의문 속에서 지난 몇 년간을 살았다고 말해도 그다지 틀
린 말은 아니다.

　생애전환이라는 말은 내 삶 역시 하나의 이야기라는 사실
을 은연중 암시한다. 내 삶이 전환됐다고 일방적으로 통보한 국
민건강보험공단은 암, 뇌혈관 질환 등 만성질환 발병률이 급상

승하기 시작하므로 이에 대한 예방적 조치가 필요한 만40세와 낙상, 치매 등 노인성 질환의 위험이 증가하고 전반적인 신체 기능이 떨어지는 만66세에 삶은 바뀌는 것이라고 설명한다. 이 설명에 맞춰 내 삶의 기승전결을 따져보면, 만40세 이후의 삶은 절정이, 만66세 이후의 삶은 결말이 될 것이다. 그렇다면 내 생의 절정은 염세로 시작된 셈인가.

이야기의 절정에 이르면, 절망이 가장 깊어진다는 사실을 소설가인 나는 잘 알고 있다. 새벽이 가까우면 밤은 더욱 어두워지는 것이며, 그렇게 가장 어두울 때야말로 아주 작은 빛일지라도 환하게 보이는 법이라는 세간의 지혜는 훌륭한 이야기의 구조 속에도 반영돼 있다. 시종일관 흔들리지 않는 낙천은 결말 역시 그러하리라는 점을 암시하기 때문에 독자는 흥미를 잃게 된다. 잘 만든 이야기는 절정에서 가장 깊은 절망과 같은 의미의, '아직 끝나지 않은 종결 상태'에 도달한다. 그러므로 이 깊은 절망에는 최종 종결을 위한 결말이 필요하다.

'아직 끝나지 않은 종결 상태'란 인간적인 절망을 가장 잘 표현하는 말이다. 국민건강보험공단은 몸에 대해서만 말하지만 사람에게는 마음이라는 게 있다. 이 마음이라는 것이 사람을 인간적으로 만든다. 몸은 이미 죽었는데 마음은 아직 죽지 않은 상태도 가능할 테지만, 현세를 살아가면서 그런 상태를 목격하기는 어려울 것이다. 하지만 마음은 죽었으되 몸은 아직 죽지 않은 상태는 가끔씩 눈에 띈다. 그게 바로 '아직 끝나지 않은 종결 상태', 가장 깊은 절망상태다. 그때, 사람이라면 당연하게도 빨리 종결짓고 싶은 욕망을 느낄 것이고, 그렇게 되면 인생에는 자살이라는 파국이 온다.

그러므로 자살은 몸을 향한 마음의 공격이다. 하지만 대부분의 마음은 차마 그렇게 하지 못한다. '차마 그럴 수가 없다'는 이 마음은 너무나 인간적이라서 언제나 눈물겹다. 마흔 살이 지날 무렵, 나는 염세의 태도를 받아들일 때 장년의 삶으로 전환된다고 생각했지만, 그 태도란 결국 염세가 아니라 '차마 그럴 수는 없다'는 마음을 뜻했다. 지난 몇 년간 신문을 읽을 때마다 나는 이다지도 나쁜 세계가 왜 존재해야만 하는가 의문을 품었고, 그때마다 이런 세계라면 차라리 지금 당장 끝장나는 게 옳겠다고 생각하기도 했다. 그럼에도 '차마 그럴 수는 없었다'.

차마 그럴 수가 없어서 계속 살아가야만 하는 것이라면 나는 그 이유라도 알고 싶었다. 생명은 소중하고 고귀한 것이기 때문이라는 설명으로는 만족할 수 없었다. 마흔 살 무렵의 내 염세란 사람들이 죽는 것을 목격하면서부터 시작된 것이었으니까. 생명은 소중하고 고귀한 것이라고 말하기에 이 세상에는 슬픈 죽음들이 너무나 많았다. 그러므로 그건 제대로 된 설명이 될 수 없었다. 그 이유를 찾아가는 동안에도 수많은 일들이 벌어졌다. 그러다가 작년에 수학여행을 떠난 고교생 300여 명이 다시는 돌아오지 못하는 비극적인 사건이 벌어지면서 나의 절망은 깊어질 대로 깊어졌다.

황병기의 가야금 연주를 처음 들은 것은 그 고등학생들과 같은 나이일 때였다. 야간자습을 하고 돌아와 야참을 먹고 나면 자정이 가까웠다. 그때부터는 공부 생각은 전혀 않고 읽고 싶은 책을 마음껏 읽었다. 그러다가 한시가 되면 즐겨 듣던 라디오 프로그램을 들었다. 방송은 두시에 끝났다. 이 세상에는 멋진 책들과 훌륭한 음악들이 너무나 많았고, 그래서 마음껏 책을 읽었으면, 음악을 들었으면, 그런 바람만이 마음속에 가득한 시절이었다. 그때는 염세에 끌렸어도 그건 '아, 세상에 이런 태도도 있구나. 멋지다!'라는 심정이었으리라.

그 프로그램에서 황병기의 〈미궁〉을 처음 들었다. 도입부를 듣는데, 지금까지 살아왔던 밝고 아름다운 세계가 일순간 무너지는 듯한 느낌이 들었다. 그렇게 해서 염세의 세계를 엿보게 된 것이었는지도 모르겠다. 그런데도 나는 그 음악이 좋았다. 왜 그렇게 좋았는지는 지금도 모르겠다. 학교에서 가르치거나 신문에서 전하는 세계의 이면을 말하는 음악이어서였을까. 대구에 가서 음반을 사서 참 많이 들었다. 하지만 그 레코드에 있던 다른 음악들은 그리 자주 듣지 않았다. 고등학생이 듣기에는 곡조가 너무 느렸던 것인지도 모르겠다.

그다음 곡인 〈국화 옆에서〉를 귀 기울여 듣게 된 것은 몇 해 전의 일이었다. 왜 이다지도 나쁜 세계가 존재하는가에 대한 답을 찾던 그즈음, 그 곡의 시 한 구절이 귀에 들어왔다. 다들 알겠지만, "이제는 돌아와 거울 앞에 선"이라는 시구였다. 고등학교 때부터 읽어온 익숙한 구절이었는데 문득 그 거울 속에 비친 얼굴이 궁금해진 것이다. 거울 앞에 선 누이는 과연 그 속에서 어떤 얼굴을 보고 있는 것일까? 마흔을 넘긴 뒤의 나처럼 이다지도 나쁜 얼굴을 보고 있을까, 아니면 좋은 얼굴을 보고 있을까?

나는 노래에 귀를 기울였다. 그 노래를 제대로 듣기까지 삼십 년 가까이 걸린 셈이다. 그제야 나는 거울은 언제나 거기 그대로 있었다는 사실을 깨달았다. 거울 속에 늙은 얼굴이 있다고 해서 그 거울이 그를 늙게 만들었다고는 볼 수 없다. 이 세계는 그 거울과 같다. 세계는 늘 그대로 거기 있다. 나빠지는 게 있다면 그 세계에 비친 나의 모습일 것이다. 오랫동안 나를 괴롭혔던 의문은, 그렇게 해서 마침내 해결의 실마리를 찾게 됐다.

제3부 그렇게 이별은 노래가 된다

2014년

12월 11일

우주가 배경인 영화는 놓치지 않고 보는 편이라 개봉하자
마자 〈인터스텔라〉를 봤다. 일부러 아이맥스관이 있는 극장까
지 찾아갔는데, 그런 사람이 나만은 아니어서 남은 표는 맨 앞
자리. 아무렴 볼 수 있으니까 돈 받고 표를 팔겠지. 안이한 생각
으로 표를 끊고 들어갔더니 스크린은 태양계만큼이나 넓어 아
무리 고개를 젖혀도 한눈에 다 들어오지 않았다. 도입부에는 아
빠와 딸이 차 안에서 얘기하는 장면이 많았는데, 인물들이 말할
때마다 나는 고개를 좌우로 돌려야 했다.

하지만 아빠인 쿠퍼가 우주로 나간 뒤부터, 나는 고개를
계속 좌우로 돌리고 있다는 걸 의식하지 못할 만큼 영화에 푹
빠져버렸다. 원래 우주란 광활한 곳이니까 우주영화는 그렇게
고개를 돌려가며 보는 게 당연한 것이라는 생각마저 들었다. 가

장 흥미로운 장면은 쿠퍼가 블랙홀로 들어갈 때였다. 블랙홀로 빠져드는 기분은 어떨까? 수영장 워터슬라이드로 미끄러지는 것 같을까? 나는 그게 언제나 궁금했다.

영화에서는 블랙홀이 마치 죽음의 문턱처럼 나왔다. 예컨대 쿠퍼가 떨어진 블랙홀 내부에는 사차원의 시공간이 평면적으로 펼쳐져 있다. 그래서 자신이 살아온 인생의 순간순간을 동시에 바라볼 수 있는데, 이건 그가 시간의 흐름 바깥에 있다는 뜻이다. 어쩐지 예전에도 많이 들어본 얘기다. 죽었다가 살아난 사람들 말을 들어보면, 몇 초밖에 안 되는 짧은 순간에 살아온 인생 전체의 일들이 한꺼번에 떠오른다고들 하지 않던가.

그러고 보면 블랙홀 속에 인류를 구할 방정식이 있다는 말도 참 의미심장하다. 그건 죽음을 이해해야 인류가 구원받을 수 있다는 뜻으로 들린다. 내게는 그 방정식이 영화에 다 나와 있는 듯했다. 그러니까, 시간의 흐름 바깥에서 자신의 삶을 바라볼 수 있으면 된다. 시간의 흐름을 벗어난다는 것은 곧 육체를 떠난다는 것이다. 시간이 흐르면 사멸하기에 육체에는 두려움이 생길 수밖에 없고, 이 두려움이 '나'라는 에고를 만든다. 에고는 욕망할 때 존재감을 느끼니, 거기서부터 인생의 모든 문제가 발생한다.

그렇기 때문에 시간의 흐름 바깥에서, 육체를 떠나, 어떤 두려움도 없이, 그러니까 무엇도 욕망하지 않는 눈으로 자신의 삶을 바라볼 수 있다면, 그것은 신의 마음, 즉 천국이 된다. 쿠퍼가 블랙홀에서 찾아냈어야 하는 인류 구원의 방정식이 바로 거기에 있다. 하지만 크리스토퍼 놀란 감독은 이 영화에서 신의 문제도 천국의 문제도 다루지 않는다.

블랙홀에 들어간 쿠퍼는 신의 마음보다는 할리우드 제작자의 마음을 더 잘 이해하는 것처럼 보인다. 블랙홀에서 그는 강한 부성애를 보이는데, 그걸 보고 나는 인류에게는 더이상 희망이 없다고 생각했다. 부성애는 분명 할리우드 배우를 더욱 돋보이게 하는 멋진 감정이지만, 인류를 구원하는 데에는 방해가 될 뿐이다. 냉정하게 봤을 때, 부성애가 넘치는 아빠는 자기 딸을 구할 수만 있다면 무슨 짓이라도 할 텐데, 그 무슨 짓 중에는 '다른 사람들이 모두 죽는다고 해도' 같은 극단적인 경우까지도 포함될 테니까. 인류는 아마도 그렇게 멸망할 게 분명하다. 자기 딸을 구하기 위해, 자기 가족을 구하기 위해, 자기 나라를 구하기 위해.

어쨌든, 다 그런 거라고 치더라도 쿠퍼는 블랙홀에서 빠져나오지 못했어야 했다. 거기서 죽는 게 옳았다. 하지만 쿠퍼는 블랙홀에서 살아남았다. 이게 어떤 의미인지를 알아내려면 영화를 조금 더 보는 게 좋겠다. 토성 주변에서 발견돼 의식을 되찾은 쿠퍼에게 귀한 손님이 찾아오는데, 바로 딸 머피다. 이 이상한 재회 장면에서, 각자가 머문 공간의 중력이 서로 다르기 때문에 아빠 쿠퍼는 여전히 젊은 반면 딸 머피는 할머니가 되어 있다. 그리고 머피는 이제 죽을 참이다.

처음부터 쿠퍼가 초점인물이었기 때문에 관객들은 당연히 쿠퍼의 관점에서 이 장면을 볼 것이다. 그건 나 역시 마찬가지였다. 그런데 영화를 다 보고 나니, 그 장면은 어쩐지 머피의 시점에서 이해해야 할 것 같다는 생각이 들었다. 가족들에게 둘러싸인 채 병상에 누워 죽음만을 기다리고 있을 때, 머피는 블랙홀에 들어간 쿠퍼와 마찬가지로 자신이 살아온 일생의 모든 순간을 동시에 바라보고 있으리라. 죽음이란 그렇게 시간의 흐름 바깥으로 나간다는 뜻이니까.

그렇다면 그 순간, 사랑하는 아빠를 보게 된다면 과연 그는 어떤 모습일까? 당연히 우리가 영화에서 본 바로 그 모습, 딸보다 훨씬 젊은, 그러니까 헤어지기 전 마지막으로 보았을 때의 그 모습이리라. 그러고 보면 처음부터 끝까지 오직 딸만 생각하는, 이 세상에 둘도 없는 아빠 쿠퍼라는 캐릭터도 어쩐지 이해된다. 그건 무조건적으로 아빠를 사랑하는 딸의 환상 속에서나 존재하는 아빠의 모습에 가까우니까. 여기에 이르면 영화는 어린 시절에 헤어진 아빠를 평생 그리워한 딸이 병상에 누워 다른 가족들에게 들려주는 아빠 이야기로 느껴진다.

과연 블랙홀에 들어가면 저런 기분이지 않을까는 생각이 들었던 건 음악극 〈공무도하〉를 볼 때였다. 첫번째 이야기 '나로부터의 이별'을 보는데, 남자가 이승을 떠나는 순간 그가 살고 있던 시공간이 갑자기 평면적으로 바뀌면서 ─ 처음부터 무대에 투사한 것이긴 하지만 ─ 저 멀리 뒤로 물러섰다. 쿠퍼가 본, 평면적으로 펼쳐진 사차원의 시공간과 똑같은 형태였다. 죽음이란 우리가 머무는 차원을 넘어선다는 사실을 표현하자면 우리의 세계를 평면적으로 낮추는 수밖에 없고, 그래서 서로 비슷한 결론에 이른 것 같았다.

그러므로 두 작품이 죽음에 대해 말할 때 이야기하고 싶은 것은 결국 삶인 셈이다. 삶이란 〈인터스텔라〉에서처럼 시간의 흐름 바깥에서 이 페이지 저 페이지를 마구 드나들 수 있는 한 권의 책이랄 수도 있고, 〈공무도하〉의 무대처럼 카메라의 초점을 어디에 맞추느냐에 따라 입체적으로 보였다가 또 저 멀리 물러나기도 하는 투사된 영상이랄 수도 있다는 것. 그 책을 덮거나 영상이 꺼지고 난 뒤에 아마도 죽음 이후의 세상이 있을 테지만, 지금까지 다른 모든 예술과 마찬가지로 그 점에 대해서는 두 작품 모두 지금 여기와 비슷한 삶이 기다리고 있을 것이라는 식으로 얼버무린다.

하지만 우리가 죽음을 직접 말할 수는 없는 법. 삶을 얘기하기 위해 죽음을 끌어들인 것처럼, 죽음이 무엇인지 보여주기 위해서는 삶을 노래할 수밖에 없다. 〈공무도하〉에는 많은 노래와 춤이 나왔지만, 내게 가장 죽음을 떠오르게 만든 것은 역설적이게도 순나가 부르는 〈난봉가〉였다. 이 세상에 대한 애착이야말로 죽음과 맞서려는 인간의 유일한 본능이다. 이 본능이 이 세상을 만들었다. 창작도 같은 본능의 작용이리라. 그 노래 참 좋구나, 생각하는 순간 눈물이 흐를 때가 있다. 향유와 치유가 동시에 일어나는 이유는 우리가 지금 그 본능에 닿아 있기 때문이리라. 왜 보고 듣고 읽느냐고 묻는다면, 바로 그 때문이라고 말할 수 있겠다.

제4부

나의
올바른
사용법

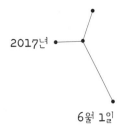

2017년

6월 1일

이 인생에서 내가 제일 먼저 배웠어야 하는 것은 '나'의 올바른 사용법이었지만, 지금까지 그걸 가르쳐주는 사람은 없었다. 그걸 모르니 인생은 예측불허, 좌충우돌의 연속이었다. 이런 형편인데도 불운한 일이 벌어졌을 때, 그게 다 '나'의 사용법을 몰라 벌어진 일이라고 생각할 수 있는 사람은 많지 않다. 나를 포함한 대부분의 사람들은 그게 다 다른 사람 때문이라고 생각한다.

사람들에게 이 사실을 납득시키기란 정말 어렵다. 하지만 그보다 더 어려운 일은 스스로 납득하는 것이다. 나이가 들고 보니 더 그렇다. 쉰 살이 넘어서까지 자신을 제대로 사용하는 법을 모르는 사람들이 수두룩하다. 그런 무지의 귀결은 역시 남 탓하기인데, 여기에서 벗어나는 가장 좋은 방법은 배움을 멈

제4부 나의 올바른 사용법

추지 않는 일이다. 그중에서도 육체적으로 버거운 과제에 도전하는 게 제일 좋다. 일단 우리가 몸을 얼마나 잘못 사용하고 있는지를 확인하면 마음의 오용에 대해서도 받아들이기가 쉬워진다.

영국 『가디언』의 편집국장이던 앨런 러스브리저가 57세의 나이에 도전한 것은 쇼팽의 〈발라드 1번〉을 연습해 일 년 안에 공개적인 자리에서 연주하는 일이었다. 『가디언』의 편집국장이라면 세계에서 가장 바쁜 사람 중의 하나일 텐데 그런 결심을 하다니. 그가 쓴 『다시, 피아노』에는 역사상 최대 규모의 국가 기밀을 세상에 폭로한 위키리크스 사건, 일본 동북부 대지진, '아랍의 봄', 영국 폭동 사건, 오사마 빈 라덴 사살 작전 등의 엄청난 사건들이 벌어지던 지난 2010년 8월부터 십육 개월에 걸쳐 쇼팽의 곡에 도전한 이야기가 일기의 형식으로 실려 있다.

처음에는 그렇게 바쁜 사람이 어떻게 피아노를 연습할 시간을 낼 수 있었는지 궁금해서 책을 펼쳤다. 나 역시 틈틈이 클래식 기타를 연습하고 있는데, 동네신문의 편집국장도 못 되면서 어찌 된 일인지 하루에 십 분도 연습하지 못하는 형편이니까. 더 안타까운 건 십몇 년째 연주 실력이 제자리걸음이라는 사실이었다. 그래서 혹시 기타 실력을 향상시키는 데 도움이 될까 싶어 책을 읽기 시작했다.

그런데 600쪽이 넘는 이 책에는 피아노 연습에 관한 이야기만 있는 게 아니었다. 아마추어로서 세계적인 피아니스트들도 혀를 내두르는 곡에 도전하는 과정이 영국 언론계의 생생한 뒷이야기와 교차하고 있었다. 숨 돌릴 틈 없는 분주한 일상과 혼자 피아노 앞에 앉아 있는 시간을 교차서술함으로써 앨런 러스브리저는 자연스럽게 무언가를 배우는 일의 효용에 대해 말한다. 그러니까 일차적으로는 본격적인 일을 시작하기 전에 뭔가에 몰두함으로써 몸과 마음을 새롭게 하는 데 도움이 된다는 것이었다. 누군가에게는 조깅이나 수영 등에 해당하는 일이 러스브리저에게는 〈발라드 1번〉 연습하기였던 셈이다.

어느새 피아노 연습은 내 일상에서 빼놓을 수 없는 부분이 되어 있었다. 현실도피라 해도 좋고, 어리석은 충동이라 해도 상관없지만, 내 몸이 피아노를 치라고 요구하고 있었다. 출근 전 이십 분을 피아노 앞에서 보낸 날은 뇌의 화학반응이 달라진 것만 같은 강력한 느낌을 받곤했다. 연습을 하고 하루를 시작하면 마치 내 뇌가 '안정'된 것처럼 느껴졌고, 앞으로 열두 시간 동안 무슨 일이 일어난다 하더라도 모두 대처할 수 있을 것만 같은 기분이들었다. 그 기분의 원천이 정확히는 화학반응이 아니라신경회로망의 재편임을 알게 된 것은 한참 뒤의 일이다.

이 "신경회로망의 재편"이라는 말은, 피아노 연습이 단순히 손가락을 빨리 움직이는 법을 익히는 데서 그치는 게 아니라 그만큼 내부에서도 어떤 변화를 일으킨다는 사실을 암시하고 있다. 바로 여기에 배우는 일의 더 중요한 효용이 있다. 그 첫 단계는 자기관찰이다. 세상에는 분명 쇼팽의 〈발라드 1번〉을 연주하는 사람들이 있는데, 왜 나는 못하는 것일까? 그건 당연히 손가락을 제대로 사용하지 못하기 때문이다. 이런 건 남 탓을 할 수 없기 때문에 금방 인정할 수 있다.

물론 엄청나게 연습했는데도 손가락을 제대로 사용하지 못한다면 그건 재능이 없기 때문이라는 결론에 도달할 수도 있다. 하지만 본격적으로 뭔가를 배우다보면, 지금까지 제 몸을 제대로 움직이는 법을 모르면서 옳게 움직이고 있다고 생각하고 있었다는 사실을 깨닫게 된다. 이 사실에 대해서는 벌써 팔십여 년 전에 프레더릭 알렉산더가 『알렉산더 테크닉, 내 몸의 사용법』에 다음과 같이 밝혀놓았다.

골프 선수는 골프를 포함한 모든 활동에서 자신의 신체를 습관적으로 사용한다. 이것은 항상 어떠한 감각 경험(느낌)을 동반하는데, 습관적 사용이 평생 쌓였기 때문에 그는 이 경험에 익숙하다. 더 나아가, 그 익숙함으로 인해 감각 경험은 '옳게 느껴지며', 그래서 그는 그 경험을 반복하는 데 상당한 만족을 느낀다. 그러므로 '공을 잘 치려고' 할 때, 골프채를 휘두르며 공에서 눈을 떼는 것은 물론 다른 잘못된 습관적 사용을 하게 된다. 이러한 사용

을 불러오는 감각 경험이 익숙하고 '옳게 느껴지기' 때문
이다.

이렇게 자신은 옳게 하고 있다는 착각 속에서 뭔가를 이
루겠다는 일념으로 애쓰는 일을 알렉산더 테크닉에서는 '함
doing'이라고 부른다. 이는 잘못을 반복하고 있으면서도 습관이
되어 자신에게 익숙해졌다는 이유만으로 그 일을 열심히 하는
걸 뜻한다. 피아노 연주에 빗대자면, 손가락 사용법을 모를 뿐
아니라 잘못 사용하고 있으면서도 자신만은 옳다고 느끼며 계
속 연습하는 일이 그렇다. 이런 건 선생이 교정해주기 전까지는
고칠 수가 없다. 고집스런 둔재의 불행, 어쩌면 인간 모두의 불
행이 바로 여기에서 비롯할 것이다. 이런 경우에 속한다면, 깨
어 있는 시간 전부를 피아노 연주에 쏟아부어도 실력은 결코
나아지지 않는다.

　　이에 대한 해법은 자신은 옳다는 느낌에서 벗어나는 일,
알렉산더 테크닉의 용어로는 'undoing'이다. 이건 '함을 하지
않음'으로 번역하는 게 좋겠다. 그러므로 앞에서 말한 것들을
하나하나 부정하면 'undoing'에 이를 수 있다. 즉, 우선 습관적
인 행동에서 벗어나고, 익숙하지 않은 방법을 찾아보고, 나만은
옳게 한다는 느낌에서 벗어나 다른 사람의 지적을 받아들여 제
대로 사용하는 법을 배운다. 'undoing'을 하는 구체적인 방법
으로 알렉산더는 습관적으로 행하던 행동의 진행 과정 하나하

나에 깨어 있을 것을 주장한다.

　이런 주장은 다시 목적 지향적인 행동을 하지 말고 과정에 집중할 것을 요구한다. 근사한 콘서트장에서 완벽하게 연주하는 자신의 모습을 상상하지 말고 오늘 연습하는 부분의 손가락 움직임 하나하나에 집중하는 것이다. 습관적인 행동에서 벗어나 의식적으로 행동에 몰두하는 일이 배우는 사람에게 어떤 영향을 미치는지에 대해서는 『다시, 피아노』에 설명돼 있다. 나이가 들어 악보 외우는 일에 곤란을 느끼던 러스브리저는 신경 행동학 연구의 선구자인 레이 돌란을 찾아간다. 그는 나이든 사람들의 학습이 뇌에 미치는 영향을 다음과 같이 설명한다.

　새로운 기술을 습득한다고 해서 신경세포가 늘어나는 건 아닙니다. 대신 기존의 신경세포에 달라붙은 촉수의 수가 늘어나죠. 이 촉수를 전문 용어로는 가지돌기라고 합니다. 가지돌기가 새싹처럼 늘어나고 뻗어나가면서 다른 세포들과 연결되기 때문에(이러한 연결부를 시냅스라고 부릅니다) 실험이 끝난 피실험자의 두뇌를 스캔하면 이전과는 차이점이 명확히 보일 겁니다. 물론 이 경우에는 손의 움직임을 관장하는 피질이 더 커지고 두꺼워져 있겠죠.

　얼마나 나이가 들었든, 육체적으로 뭔가를 새로 배울 때는 반드시 'undoing'의 과정을 거쳐야 한다. 그건 지금까지 제 몸을 제대로 사용하는 법을 모르고 있었으며, 심지어는 잘못 사용하고 있었음에도 자신만은 옳게 사용하고 있다는 느낌을 가졌다는 사실을 인정하는 일에서 시작한다. 그걸 인정해야만 제 몸을 제대로 사용하는 법을 배울 수 있다. 그리고 그럴 때만이 목표 지향적으로 행동하는 덕분에 늘 목표를 이루지 못해 남을 탓하는 삶에서 벗어나, 과정에 몰두하며 매일 만족하는 삶을 살 수 있다.

그렇다면 책을 읽을 때는 어떨까? 이때의 'undoing'이란 어떤 것일까? 그건 아마도 습관적으로 안주하고 있던 익숙한 생각, 자신은 옳게 알고 있다는 그 느낌에서 벗어나, 새로운 시각을 받아들이는 일을 뜻할 것이다. 그렇다면 다른 사람들이나 세상사를 판단할 때는 어떨까? 그때의 'undoing'이란? 몸을 제대로 사용하는 방법에서 시작된 질문은 마음의 문제로 뻗어나간다. 결국 '나'를 제대로 사용하는 일은 이런 물음에 대답하는 것에서 시작할 수 있는 셈이다.

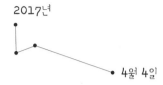

2017년

4월 4일

　다들 알다시피 "내가 그의 이름을 불러주기 전에는 그는 다만 하나의 몸짓에 지나지 않았다". 내가 그의 이름을 불러주었을 때, 그는 비로소 꽃이 되었기 때문이다. 그런데 이따금 그러지 않았으면 더 좋았겠다는 생각이 든다. 이름을 몰랐다면, 내 쪽에서 더 노력을 기울여 그 몸짓을 세밀하게 관찰하지 않았겠는가. 이름 때문에 꽃을 제대로 보지 못하는 일이, 적어도 내게는 너무나 자주 일어난다.

　어렸을 때부터 나는 꽤 낯을 가리는 사람이었다. 누군가 나를 잘 아는 것처럼 대하면 (그러니까 만나자마자 '나의 이름'을 부르면) 나는 본능적으로 움츠러들었다. 이미 내가 누구인지 파악되었다는 사실보다는 오해받을 일이 더 두려웠다. 이제 와 고백하자면, 첫 만남에서 데면데면하게 군 건 그 때문이었다. 나 역시 상대를 오해하고 싶지 않았기 때문이다.

이런 태도는 한국 사회를 살아가는 데에는 그다지 도움이 되지 않는 듯하다. 중학생 시절 자주 듣던 노래에 "뚜렷한 사계절이 있기에 볼수록 정이 드는 산과 들"이라는 가사가 있었는데, 그런 기후 탓인지 한국 사람들은 개성도 또렷한 사람을 좋아하는 것 같다. 그런 사람들을 가리켜 겉과 속이 다르지 않다고 말한다. 반면에 복잡한 문제 앞에서 골똘히 생각하며 쉽게 판단내리지 못하면 어딘가 의뭉스럽다고 여기는 듯하다.

그래서 처음에는 나의 내성적인 성격이 싫었다. 사춘기 시절에는 이 성격을 바꾸고 싶기도 했다. 하지만 스무 살이 지난 뒤부터 생각이 바뀌었다. 사람들은 타인의 처지를 잘 이해하지 못한다. 그건 나 역시 마찬가지다. 그럼에도 사람들은 타인이 자신의 처지를 잘 이해해주기를 바란다. 주는 것보다 받아야 할 것이 더 많은 셈이다. 관계의 문제는 바로 여기서 비롯한다. 그러므로 우리는 자신의 처지를 이해받지 못하더라도 타인의 처지를 이해하려 노력해야 한다. 그래야 원래의 균형을 찾을 수 있다. 다행히 나는 나를 이해시키는 게 어려운 만큼 타인을 이해하려면 시간이 많이 걸린다고 생각한다. 이렇게 누군가를 판단하는 데 걸리는 이 지체의 시간이 나는 좋다.

이런 나를 옹호해줄 만한 사람은 프랑스 철학자 피에르 자위다. 그의 책 『드러내지 않기』를 인용해서 말하자면, 그는 타인 앞에서 판단을 유보하는 나의 태도에 관해 이런 변론을 내

놓을 것이다.

　　자신의 의지를 타인의 의지로 전이시킨다기보다는
인격적 존재에게 자연스럽게 할당되는 의지를 잠시 유
예하는 것이다. 스탕달의 표현을 빌려서 말하자면 "불의
영혼들" 혹은 "안식 없는 영혼들"이 아니라, 이제 전前 인
격적이고 전前 개인적인 실체들이 중요하다. 몸짓, 미소,
이야기되지 않은 관계, 말의 이면에서 오가는 침묵이 중
요하다. 바꾸어 말하자면, 그런 때에 우리는 비로소 우리
와 타인 사이에서 일상적으로 일어나는 투사projection와
내사introjection의 영원한 유희에서 벗어난다.

　　여기서 피에르 자위가 말하는 "투사와 내사의 영원한 유
희"란 외부 세계의 대상을 하나하나 판단하면서 자아를 형성하
는 원리를 말한다. 따라서 누군가를 향한 판단을 유보한다는 건
자아의 강화를 포기한다는 뜻이다. 개성이 또렷한 사람을 더 낮
게 평가하고, 판단을 유보하려는—피에르 자위 식으로 말해
자신을 드러내지 않으려는—사람을 나쁘게 보는 집단 무의식
의 근거가 바로 여기에 있다. 사회는 자아의 강화를 원하기 때
문이다.
　　고등학생 시절, 학습지 외판원이 교실로 찾아온 적이 있
었다. 그는 우리에게 "여러분은 왜 공부합니까?"라고 물었다.

"좋은 대학에 가기 위해서입니다"라는 게 그가 원한 대답이었는데, "자아실현을 위해서입니다"라고 내가 대답했다. 교과서에 그렇게 나와 있었으니까. 그렇게 학교에서 나는 내 자아를 가꾸는 일에 대해서만 배웠다. 타인과 소통하는 데 그 자아가 방해가 된다는 사실을 깨닫게 된 건 사회에서 여러 사람들과 좌충우돌을 겪고 난 뒤의 일이었다.

다른 철학책과 마찬가지로 피에르 자위의 이 책에도 자아는 "헛바람, 허깨비, 기만에 불과하"다고 표현돼 있다. 헛된 망상 속에서 살아가지 않고 진정한 세계의 모습을 대면하기 위해서는 자아를 원래대로 되돌리는 게 필요한데, 그때 사용하는 철학적 기술이 바로 겸손이다. 물론 요즘 같은 세상에서 겸손이란 다른 꿍꿍이를 감춘 음흉한 태도로 여겨질 수도 있다. 그럼에도 겸손이 세계의 실체에 접근하는 가장 기초적인 기술이라는 점은 바뀌지 않는다. 왜냐하면 겸손을 통해 우리는 섬세한 감각을 일깨울 수 있기 때문이다.

겸손은 그저 타자가 몹시 형편없는 인간일지라도 그에게 아직도 가치 있는 무엇인가가 있다는 섬세한 지각일 뿐이다. 그리고 바로 그 지점에 우리가 오늘날 '드러내지 않기'라고 부르는 것의 기원이 있음을 인정해야 한다. '드러내지 않기'라는 경험의 중추는—아직은 그 경험이 겸손이라는 이름으로 불릴지라도—자기증오나 자기에 대한 염려와는 무관하다. 그 중추는 순전히 타자들에게로, 대타자에게로, 피조물들에게로, 세계로 향해 있다.

피에르 자위의 이 책에는 '혹은 사라짐의 기술'이라는 부제가 붙어 있다. 오래전 라디오헤드의 〈How to Disappear Completely〉라는 노래의 제목에 매료됐던 나는 서점에서 이 부제를 보자마자 책을 집어들었다. 책은 다음과 같은 카프카의 일기로 시작하고 있었다. 사라짐의 기술과 카프카의 조합이라면, 읽지 않을 수 없는 것이다.

세상에 초대받았을 때 그저 별 생각 없이 순진무구하게 문지방을 넘고 계단을 올라왔음이 분명하다. 상념에 푹 빠진 나머지 자신이 그런다는 것도 거의 깨닫지 못한 채. 그저 자기 자신과 세상에 대해서 그래야만 한다는 듯이 행동할 뿐이다.

이 일기에서 카프카는 자아의 기획이 없는 순진무구한 행동에 대해 말하고 있다. 작가의 입장에서 이를 번안하면, 위대한 작가가 되겠다는 야심 없이 매일 그래야만 한다는 듯이 글을 쓰는 행위가 될 것이다. 겸손이라는 기술을 이용한 자아의 축소 내지는 사라짐이 이렇듯 예술 행위와 연결된다는 사실을 발견한 사람은 블랑쇼다. 피에르 자위의 설명에 따르면, "블랑쇼는 아마 현대 예술의 본질을 사라짐의 기술로 규정하려는 시도를 가장 멀리까지 밀고 나간 인물"이다. 그에 따르면 "그리기, 글쓰기, 어쩌면 필름으로 기록하는 것까지도 항상 사라짐의 추구일 뿐이다".

이쯤 이르러 나는 누군가의 책이 내가 하고 싶은 말을 대신해주는, 참으로 멋진 경험을 다시 한번 할 수 있게 돼 무척 기뻤다. 예술은 사라짐의 과정으로서만 존재한다. 작가는 자신의 심리상태, 재능, 예술가로서의 위상 등등이 모두 소진되는 과정에서 작품이 탄생하는 것을 목격한다. 그러고 나면 작품 자체도 사라진다. 중요한 것은 사라짐을 경험하는 일이기 때문이다. 이 다음 문장에서 나 역시 감탄을 금치 않을 수 없었다. 이건 요즘 내가 하는 생각이기도 했다. 최상의 독서란 내가 막 쓰려고 했던 그 글을 읽는 일이라는 사실을 새삼 깨닫는다.

세잔의 말마따나 결과보다는 '실현'이 중요하기 때문이다. 완성된 대상보다는 기본적으로 대상과 입장 밖에서 방향이 결정되는 생산 과정이 중요하기 때문이다. 그래서 블랑쇼는 카프카와 발레리라는 판이하게 다른 두 작가가 서로 만나는 이 명제 '나의 모든 작품은 연습일 뿐이다'를 대하며 감탄한다.

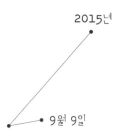

2015년

9월 9일

작가에게는 무척이나 뜨거웠던 이번 여름을 지나는 동안, '애당초 나는 왜 문학에 끌렸던 것일까'라는 질문이 떠나지 않았다. 그러다가 어느 아침, 호수공원을 달리며 문득 하늘을 올려다보는데, 거기 하늘은 푸르고 구름은 하얬다. 그리고 그 푸른빛과 흰빛 사이에서 아침 햇살이 주홍빛 파문처럼 번져나고 있었다. 새삼 내가 사는 이곳이 무척 아름답다는 생각이 들었다. 그 아름다움을 느끼는 순간, 이곳에서 나는 영주하는 자가 아니라 잠시 머무는 자라는 사실이 분명해졌다.

지구와 태양이 있는 한 아침 햇살은 영원히 반복되겠지만, 나는 곧 사라진다. 이 시간적 대비가 영원히 반복될 아침 햇살을 순간적으로 아름답게 만든다. 바꿔 말하면 아름다움의 경험은 여기에서 나는 영주할 수 없는 존재, 그러니까 임시적 존재라는 사실을 환기시킨다. 향유하고 탐닉하는 한, 나는 임시적 존재가 될 수밖에 없다. 어렸을 때, 나는 모든 게 영원하리라는 착각을 일깨우는 시와 소설을 접할 때마다 경이로움을 느꼈고, 그때마다 '나'는 더욱더 임시적 존재가 됐다. 지난 계절, 내 공부 주제는 바로 이것이었다. 임시적 존재로 돌아가기.

인터뷰 모음집인 『보르헤스의 말』을 펼쳤더니, 거기에는 "내 삶은 실수의 백과사전이었어요. 실수의 박물관이었죠"라거나 "사람들이 나를 너무 부풀려놓았어요. 나는 몹시 과대평가된 작가예요" 혹은 "최선을 다했어요. 하지만 아는 게 별로 없어요" 같은 말들이 가득했다. 나는 그 말들을 곧이곧대로 믿고 밑줄을 긋는다. 사람들은 이게 보르헤스의 의뭉이라고 생각하겠지만, 그는 진지하다. 그러면 "경험이란 우리의 실수가 쌓인 것을 가리키는 말이다"라는 이디시어 속담을 알 테니까.

폴 오스터 역시 우리가 실수로 만들어진 존재라는 걸 너무나 잘 아는 작가다. 『브루클린 풍자극』에는 환갑이 다 되어서 죽을 장소를 찾아 자신의 고향인 뉴욕 브루클린으로 돌아가는 남자가 등장한다. 남자는 남몰래 『인간의 어리석음에 관한 책』을 쓰고 있다. 그는 길고도 파란만장한 삶을 살아오는 동안 한 인간이 저질렀던 모든 실수와 잘못과 바보짓, 그리고 모든 무의미한 행동을 단순하고도 분명한 언어로 그려낼 계획이었다.

이 남자가 저지른 가장 어리석은 행동이라면, 그건 아마도 죽을 장소를 찾아 곧 3,000명을 잿더미에 묻어버릴 테러가

예정된 브루클린으로 간 일이 아닐까. 그럼에도 불구하고 그는 살아남는다. 누군가가 "내 삶은 실수의 백과사전이었어요"라고 말한다면, 그는 지금 겸손 따위를 뽐내고 싶은 게 아니다. 그는 삶에 최대한 진지하게 대응하고 있는 것이다. 동시에 그는 이 세계의 아름다움에 대해 말하고 있기도 하다. 그래서 "그때까지 살아왔던 어느 누구 못지않게 행복했다"가 『브루클린 풍자극』의 마지막 문장이다.

이 소설에는 남자의 조카가 나온다. 그는 뉴욕에서 택시 운전을 하고 있다. 그가 말하는 브루클린 다리의 보름달 이야기는 내가 목격한 것처럼 생생하다. "브루클린 다리를 건너는 찰나에 아치 사이로 막 보름달이 떠오르는 순간이나, 그런 순간이면 보이는 거라곤 밝고 둥근 노란 달뿐인데, 그 달이 너무 커서 놀라게 되고 내가 여기 지구상에 살고 있다는 사실을 잊어버린 채 날고 있는 중이라는, 택시에 날개가 달려 있어서 실제로 우주 속을 날고 있다는 상상을 하게 되지요."

택시 운전사가 말하는 초월의 순간인데, 어떻게 그런 일이 가능할까? 그의 설명에 따르면, 택시 운전을 하면 극도의 피로감과 지루함, 정신을 멍하게 만드는 단조로움이 계속 이어지는데, 그러다가 뜬금없이 문득 일말의 해방감이 느껴지면서 잠깐이나마 진지하고 절대적인 희열을 경험하게 된다는 것이다. 그 순간은 몹시 짧기 때문에 택시 운전의 대부분은 대가를 치르는 과정이지만, '고통이 없으면 희열도 없다'는 게 그의 생각이다. 그건 임시적 존재가 아니라면 이 세계의 아름다움을 느낄 수 없다는 내 생각과 비슷하다.

이걸 보르헤스의 말로 바꾸면 '실수가 없으면 시인도 없다'가 되리라. 보르헤스의 설명은 다음과 같다. "잘못된 인연, 잘못된 행동, 잘못된 환경과 같은 그 모든 것들이 시인에게는 도구랍니다. 시인은 그 모든 것을 자신에게 주어진 것으로 생각해야 해요. 불행조차도 말이에요. 불행, 패배, 굴욕, 실패, 이런 게 다 우리의 도구인 것이죠. 행복할 때는 뭔가를 만들어낼 수 있을 것 같지 않아요. 행복은 그 자체가 목표니까요." 문학에 끌린다는 것은 행복이 아니라 이 불행에 끌린다는 것이다. 그리고 시인은 이 끌림으로 다시 불행을 뛰어넘는다.

이번 계절에 배운 내용을 요약한 보고서를 작성한다면, 나는 제일 먼저 보르헤스를 반박하고 싶다. '그러나 행복 역시 이 삶의 목표가 아니다'라고. 행복을 추구하는 한, 우리는 잘못 살수밖에 없다. 『동물들의 침묵』을 쓴 존 그레이에 따르면, 행복은 자아실현이 이뤄지는 상태를 뜻한다. 그런데 이 자아실현이란 낭만주의 운동에 많은 빚을 지고 있다. 낭만주의자들은 자아는 신처럼 독창적이고 고유하기 때문에 우리의 자아는 노력해서 발견되어야만 하며, 그때 인간은 행복해진다고 주장하니까.

하지만 그 독창적이고 고유한 자아라는 게 허구의 이야기라면? 우리 안에는 애당초 그런 자아가 없다면? '헬조선'이라는 게 있다면, 그 지옥은 내 안에 없는 자아를 찾아낼 때만 행복해질 수 있다는 집단적 착각으로 만들어진다. 실재와 허구 사이의, 아무리 해도 뛰어넘을 수 없는 이 까마득한 심연의 지옥 속으로 오늘도 수많은 사람들이 떨어지고 있다.

이 지옥에서 벗어나려면 행복을 추구하지 않는 편이 좋다. 인간의 삶을 소모시킬 뿐인 낭만주의적 착각에서 벗어나 임시적 존재로서의 자신을 받아들이는 일. 그렇게 있는 그대로의 자신을 받아들인 뒤에나 이따금 실재는 브루클린의 달처럼 짧은 순간 그 모습을 드러낼 텐데, 그제야 비로소 우리는 "그때까지 살아왔던 어느 누구 못지않게 행복"해지리라. 그러니까 실현되는 것은 이 세계이지, 우리의 자아가 아니다. 우리는 이 세계의 실현을 이따금 우연히 목격할 뿐이다.

구월이 찾아오자, 새벽 공기는 나날이 식어가고 있다. 나는 책상과 의자만 놓인 아주 작은 방에 사는 랍비와 어떤 사람의 대화를 읽었다. "랍비님 가구가 없네요." "당신 가구도 없네요." "저야 잠시 들렀으니까요." "저도 마찬가지입니다." 이 이야기 속의 랍비처럼 사는 건 얼마나 어려운 일일까? 임시적 존재로, 마치 여행자처럼 이 삶을 사는 건. 하지만 여든 살의 보르헤스는 한술 더 뜬다. "매일 아침 깨어나 '흠, 내가 여기 있군. 다시 보르헤스로 돌아가야겠네'라고 반복하는 걸 멈추고 싶어요." 내게 문학은 여전히 경이롭다. 그러니 문학 앞에서 나는 끊임없이 임시적 존재로 되돌아갈 수밖에.

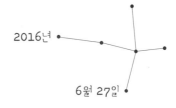

2016년

6월 27일

책 한 권 읽는다고 인생이 바뀌겠느냐고 생각하기 쉽지만, 그건 책 한 권 읽는 일이 고역처럼 느껴지는 현대 독자들의 오판이다. TV도 라디오도 컴퓨터도 없던 시절에는 오직 책만이 다른 세계를 보여주는 유일한 매체였다. 우리 시대라면 컴퓨터 게임에 빠진 사람들이 그렇듯이 그 시절에는 책에 빠져서 현실과 상상을 구분하지 못해 사회적 지탄의 대상이 되는 경우가 있었다. 대표적으로 돈키호테와 엠마 보바리가 그랬다.

돈키호테는 "확실한 문장과 기기묘묘한 소설의 문체가 너무 멋있고, 특히 곳곳에 쓰여 있는 사랑과 갈등, 그리고 하소연에 가까운 매혹적인 어휘들"이 담긴 기사소설들에, 엠마 보바리는 "한결같이 사랑, 사랑하는 남녀, 쓸쓸한 정자에서 기절하는 박해받은 귀부인, 역참마다 살해당하는 마부들, 페이지마다 지쳐 쓰러지는 말들, 어두운 숲, 마음의 혼란, 맹세, 흐느낌, 눈물과 키스……" 등등이 등장하는 천박한 낭만적 소설들에 빠진다.

특히 후자의 경우에는 보바리즘이라는 비평적 용어까지 낳았다. 쥘 드 고티에의 정의에 따르면 이는 "스스로를 있는 그대로의 자신과 다르게 상상하는 기능"이다. 즉, 소설 속의 인물들에게 너무나 감정이입한 나머지 자신을 실제 모습보다 더 멋지게 생각하는 것이다. 상상 속에서야 무슨 일인들 못하겠는가, 마는 『마담 보바리』의 결말을 떠올리면 역시 그저 책을 읽고 빠져드는 몽상일지라도 당시 남편들에게는 골칫거리임에 분명했으리라.

여기서 한발 더 나아가면, 자기 자신마저 잊어버리는 경지가 나온다. 쓰루가야 신이치가 쓴 『책을 읽고 양을 잃다』의 제목은 『장자』의 「변무 제8」에 나오는 '독서망양讀書亡羊', 즉 양을 치던 장臧이 죽간竹簡을 끼고 너무나도 독서에 열중한 나머지 양을 잃어버렸다는 이야기에서 비롯했다. 박지원의 『열하일기』에는 그를 손님으로 맞이한 중국인이 음악에 대해 필담하느라 통째로 찐 양고기를 먹는 것도 잊어버린 에피소드가 나오는데, 그 장의 제목도 같은 고사에서 유래한 '망양록忘羊錄'이다.

'독서망양'은 흔히 '다른 일에 정신을 뺏겨 중요한 일이 소홀하게 되는 것'이라고 풀이된다. 이를 그럴듯하게 바꾸면 '마음이 밖에 있어 도리를 잃어버리는 일'이 되는데, 이때의 마음과 도리가 참 재미있다. 장자의 이야기에 따르면 도리라는 건 자신이 양치기라는 것을 잊지 않는 마음상태다. 그건 자아상이 확고한 상태를 뜻한다. 그래서 이 말을 뒤집으면 '독서망양'이란 '책을 읽으면 자아상이 흐려진다', 나아가 '책에 빠지면 자아를 상실한다'는 의미까지 발전할 수 있다.

이 '독서망양'의 반대편에는 '독서수양讀書守羊'이랄까, 그러니까 양을 더욱더 지키게 만드는 책읽기가 있다. 이는 내가 양치기라는 사실을 끊임없이 확인시켜주는 독서로, 비유하자면 『양치기의 습관』『혼자 양치는 시간의 힘』『양을 지킬 용기』등등의 책들을 읽는다고 보면 된다. 도서관이나 서점에 가면 종종 '책은 마음의 양식'이라는 표어를 볼 때가 있는데, 이런 책들이야말로 양치기에게는 마음의 양식이 아닐 수 없다. 물론 이때의 마음이란 자신이 양치기라는 것을 잊지 않는 것, 즉 나의 정체성이다.

'독서수양'의 책읽기라고 해서 나쁠 건 없다. 어떤 일로 실의에 빠져 누군가에게 위로받고 싶을 때, 우리가 빠져드는 대부분의 책들이 여기에 해당한다. 옆에 있는 사람과도 마음이 통하지 않는데, 멀리 있는 저자와, 그것도 이미 몇백 년 전에 죽었거나 성별이나 인종도 다른 누군가가 나와 그다지 다르지 않다는 사실을 발견할 때의 위안이란 엄청나다. 고등학교 1학년 때 우연히 헤르만 헤세의 『데미안』을 펼쳤다가 '이건 내 이야기다!'라며 깜짝 놀랐는데, 그때가 꼭 그랬다.

그러나 독서의 본령은 아무래도 '독서망양', 즉 지금과 다

제4부 나의 올바른 사용법

른 삶에 폭 빠져드는 일이 아닐까 싶다. 『데미안』에 매료된 나는 헤세의 소설들을 계속 읽었다. 『수레바퀴 아래서』와 『크눌프』와 『싯다르타』를 거쳐 『페터 카멘친트』를 펼쳤는데, 거기에도 어김없이 하얀 구름을 탐닉하고 봉우리 너머의 너른 세계를 꿈꾸는 알프스 산골 출신 소년이 나왔다. '이건 내 이야기다!'의 감격이 계속됐던 것이다. 소설은 그가 대학에 진학하면서 취리히에 나가 여러 사람들과의 만남을 통해 시인으로 성장한 뒤에 귀향하는 데까지 다룬다.

그 책을 읽을 때까지만 해도 나는 고등학생이었으므로 페터 카멘친트가 대학생이 되면서부터 '이건 내 이야기다!'라는 감회는 사라졌다. 대신에 나는 대도시에서 고독하고 가난한 젊은 시인으로 살아가는 그의 삶에 매료됐다. '독서수양'이 점점 '독서망양'으로 발전한 셈이다. 그리고 몇 년 뒤, 나는 서울에서 다양한 사람들을 만나고 낮은 지붕의 자취방에 엎드려 시를 쓰는 나 자신을 발견했다. 페터 카멘친트처럼 살겠다고 다짐한 적은 없었다. 그저 이야기에 폭 빠졌을 뿐이었는데, 어느새 내 삶이 페터 카멘친트의 이야기처럼 변한 것이다.

미성숙한 자아가 자신이 둘러친 좁은 울타리를 벗어나 더 넓은 세계와 만나면서 확장하는 이야기는 헤세의 소설들뿐 아니라 다른 책에서도 쉽게 접할 수 있다. 헤세는 이 이야기를 알을 깨고 나오는 새에 비유했지만, 『자아 연출의 사회학』을 쓴 어빙 고프먼은 새로운 배역을 맡은 연기자의 분투로 설명한다.

그에 따르면 우리는 일상이라는 무대에서 자신이라는 배역을 연기하고 있다. 이 책이 말하고자 하는 바는 이 연기가 가짜 정체성임을 밝히는 데 있지 않다. 오히려 그 반대다. 처음에는 연기였다 하더라도 점차 로버트 에즈라 파크가 다음과 같이 기술한 행보를 따른다는 게 그의 주장이다.

사람person이라는 단어의 첫번째 뜻이 '가면'이라는 게 역사적 우연만은 아닐 것이다. 사람은 저마다 언제 어디서나 다소 의식적으로 역할을 연기한다는 인식을 가리킨다. (……) 우리는 역할을 통해 서로를 안다. 우리 스스로를 아는 것도 역할을 통해서다.

역할에 맞는 행동을 하려고 분투하면서 우리가 구축해온 스스로에 대한 관념을 가면이라 한다면, 가면은 우리의 참자아, 우리가 되고 싶어하는 자아다. 결국 역할이라는 것은 우리의 제2의 천성, 인성을 구성하고 통합하는 성분이다. 우리는 한 개인으로 이 세상에 들어와, 성격을 획득하고, 그러면서 사람이 된다.

제2의 천성이 가능하다면, 당연히 제3의 천성도 가능하다. 그리고 제3의 천성이 가능하다면, 지금과는 완전히 다른 인간이 되는 것도 가능할 것이다. 그래서 그저 양을 잊을 정도로 어떤 소설에 푹 빠졌을 뿐인데, 어느 틈엔가 내가 그 소설 속의 주인공과 비슷해지는 일도 가능해지는 것이다. 그렇다면 한 권의 책을 읽고 인생이 바뀌었다고 누군가 말한다고 해도 비웃을 수만은 없지 않을까? 더구나 양을 잊을 정도로 어떤 책에 푹 빠져본 적이 없다면. 또 하나, 다행한 것은, 이 인생이라는 무대에서 나의 배역을 정하는 건 바로 나라는 사실이다. 가능하면 멋진 배역을 맡기를. 물론 그러자면 먼저 양을 잊을 정도로 뭔가에 빠져야 하겠지만.

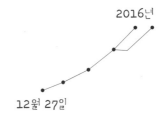

2016년

12월 27일

소설과 같은 서사 장르는 어떤 장면을 제시해 말하고자 하는 바를 전달한다. 이 글이 소설이라면 방금 쓴 앞의 문장은 다음 장면을 생각해내려고 애쓰는 작가가 등장하는 장면으로 표현된다는 뜻이다. 소설가란 이처럼 '장면을 만드는 사람'이다. 그런데 능숙한 소설가라면 그냥 애쓰는 정도가 아니라 벽에 머리를 찧을 정도로 괴로워하느라 이웃 주민들까지 귀찮게 하는 장면을 만들 것이다. '장면을 만드는 사람'으로 소설가를 정의 내릴 때, 거기에는 드러난 의미 이상의 의미가 숨어 있기 때문이다.

'장면을 만들다'를 영어로 옮기면 'make a scene'이 될 것이다. 그런데 공교롭게도 이 문장은 '한바탕 소란을 피우다' '야단법석을 떨다' '큰 추태를 부리다' '분란을 일으키다' '남부

제4부 나의 올바른 사용법

끄러운 꼴을 보이다' 등등의 뜻을 가진다. 소설가가 '장면을 만드는 것'과 이 숙어의 의미들이 영어로는 같은 문장으로 옮겨진다는 사실은 이야기의 본질을 어느 정도 암시한다. 즉, 신scene을 만든다는 건 보통 사람의 눈에는 야단법석을 떠는 일을 만든다는 의미다. 아침에 일어나 이 닦고 세수한 뒤 밥 먹고 출근했다면 이건 신을 만든 게 아니다. 집을 나서는데 적어도 팬티 바람 정도는 되어줘야 한다.

세상에는 갖가지 소동과 야단법석을 구경하는 걸 좋아하는 사람들이 많다. 덕분에 뉴스에는 하루 종일 어떤 사람의 추태, 어떤 집단의 분란을 비롯한 이런저런 남부끄러운 꼴이 쏟아져나온다. 소설가라고 해서 그런 관음증적 욕망에서 자유로울 수는 없겠지만, 이건 직업적 호기심 때문일 뿐이라고 강변해도 괜찮다. 소설가가 장면을 만드는 사람인 한, 세상의 야단법석과 소동은 모두 소재가 되기 때문이다. 그런데 소설가라면 여기서 조금 더 들어가는 게 좋겠다. 서사적으로 말할 때, 소란 피우기는 누군가의 욕망이 무대에 올라왔다는 사실을 뜻한다. 그러므로 쏟아지는 속보의 물결 속에서도 소설가는 사람들의 욕망을 알아차려야 한다.

프랑스의 범죄학자 에드몽 로카르는 옷에서 나온 작은 실밥, 어디선가 묻어온 먼지 등 크기가 작아 눈에 잘 보이지 않는 증거물에 주목하면서 "모든 접촉은 흔적을 남긴다"라는 유명한 말을 남겼다. 이걸 소설가의 말로 바꾸면 "모든 욕망은 행동으로 드러난다"가 될 것이다. 일차원적인 것이든 고차원적인 것이든 모든 행동의 이면에는 욕망이 숨어 있다. 아마도 욕망과 행동의 강도는 비례할 것이다. 낮은 목소리로 반품을 요구하는 손님과 소리를 질러대며 반품을 요구하는 손님을 대하는 가게 주인의 태도는 분명히 다를 것이다. 가게 주인에게는 소동을 벌이는 사람이 성가시겠지만, 소설의 등장인물로는 훌륭하다. 그 소란스러운 행동으로 짐작건대 그는 자신이 원하는 걸 얻어내려고 최대한 노력할 테니까. 작가가 해피 엔딩을 의도했다면, 아마도 일련의 노력 끝에 그는 원하는 것을 얻어낼 것이다.

주인공이 가진 욕구 불만의 강도는 이야기를 끌고 가는 근원적인 힘이다. 그러므로 그의 욕망이 충족되는 순간, 이야기는 더이상의 동력을 상실하고 정지한다. 즉, 이야기는 끝이 난다. 대부분의 사람들이 이해하는 이야기는 여기까지다. '그후로도 계속 행복했다'로 끝나는 이야기 말이다. 하지만 공주와 왕자가 실제로도 그후로 계속 행복했을까? 각자의 인생 경험에 비춰 이 질문에 대답한다면 어떨까? 그럴 수도 있겠지만, 아닐 수도 있다. 동화 속 이야기와 달리 실제 인생에서 두 사람은 서로에게 점차 싫증을 느끼고 다시 어떤 욕구불만 상태에 빠졌을 수도 있다. 그렇다면 실제 욕구불만의 정체는 아름다운 공주나 멋진 왕자와 사랑에 빠지는 일이 아니었던 셈이다. 본질적인 욕구불만의 대상은 과연 무엇일까?

찰스 백스터의 『서브텍스트 읽기』는 바로 이 지점에 대한 해답을 제시하는 흥미로운 책이다. 『위대한 개츠비』를 예로 들며, 찰스 백스터는 다음과 같이 말한다.

> 개츠비는 데이지를 원한다고 말한다. 그것은 바로 그가 사랑을 원한다는 뜻이지만, 사실 그는 그녀를 통해서만 얻을 수 있는 다른 무엇인가를 원할 따름이다. 표면 아래 음울하게 감추어진 형식을 취하고 있는 다른 무엇인가는 소설이 끝나고도 오랫동안 요동친다.

어쩌면 개츠비는 자신이 데이지를 원한다고 착각했던 것일지도 모른다. 만약 그렇다면 자신이 원하는 것이 무엇인지도 모르고 저질렀던 그 많은 소동의 의미는 상당히 우스꽝스러워진다. 이 씁쓸한 웃음 속에 아이러니가 깃든다. 찰스 백스터는 이 아이러니한 상황을 다음과 같은 잠언풍의 두 문장으로 정리한다. "우리는 이것을 성공함으로써 파멸한 사람들의 이야기라 부를 수 있을 것이다." "원하는 것을 얻어라, 그러면 당신은 파멸될 것이다." 이 아이러니가 암시하는 것은 주인공이 처음과는 다른 사람이 됐다는 사실이다. 대중소설의 주인공들에게는 이런 일이 잘 일어나지 않는다. 그래서 대중소설에 익숙한 독자들은 주인공의 욕망이 실현된 이후 아이러니를 거쳐 새롭게 이야기가 전개될 때 상당한 피로감을 느낀다. 독자들에게 갑자기 소설이 지루해지는 순간이 바로 이 지점이다.

그러나 아이러니 이후에 새로 등장하는 이야기, 찰스 백스터가 말한 서브텍스트는 인간의 본성에 대해, 더 정확하게 말하자면 영혼의 존재에 대해 말한다. 이야기 구조가 드러내는 이런 비의적 속성에 대해 이야기하면서 찰스 백스터 역시 결론 부분에서 프란시스코 고야의 1820년 작품 〈고야와 의사 아리에타〉를 예로 들며 영혼의 존재를 암시하고 있다. 그러나 그가 "마지막으로 나는 일상에서 영혼이 모습을 드러내는 방법으로 끝내려 한다"고 썼음에도, 도대체 왜 서브텍스트를 둘러싼 문학이론을 탐구하던 그의 논점이 급작스럽게 영혼의 드러냄이라는 비의적 결론으로 치닫는지는 불분명하다. 다만 그는 텍스트 속에서 얼굴이 보이는가 보이지 않는가에 주목하며, 보이는 쪽이 영혼과 관련이 있다고 얼버무릴 뿐이다.

찰스 백스터의 논리적 비약은 독서에 관한 또 다른 흥미로운 저작인 이반 일리치의 『텍스트의 포도밭』으로 메울 수 있을 듯하다. 책과 독서의 속성이 급변하는 21세기의 시점에서 그 여명기를 조망하기 위해 이반 일리치가 택한 건 성 빅토르 후고가 1128년경에 쓴 『디다스칼리콘Didascalicon』이다. 그는 먼저 후고의 저술을 통해, 지혜를 바라고 읽는 사람은 스스로 망명자가 되어 지혜라는 고향으로 돌아가는 여정을 시작한다고 말한다. 이 여정을 밝히는 것은 책에서 발하는 빛이다.

후고는 독자에게 페이지에서 발산하는 빛에 자신을 드

러내라고, 그리하여 자신을 인식하라고, 자신의 자아를 인정하라고 권한다. 페이지를 밝히는 지혜의 빛을 받을 때 읽는 사람의 자아에 불이 붙을 것이며, 그 빛 속에서 읽는 사람은 자신을 인식할 것이다. 여기서 다시 후고는 '아욱토리타스auctoritas'를 인용한다. gnothi seauton, 즉 '너 자신을 알라'라는 격언으로, 이는 크세노폰에 의해 처음 기록에 담겼으며, 고대 전 시기에 걸쳐 지속적으로 사용되는 경구가 되었고, 12세기에도 널리 인용되었다.

이반 일리치는 여기에 등장하는 '너 자신'이라는 말 대신에 '너의 자아'로 번역하고 싶은 유혹을 느낀다고 말한다. 이 자아는 읽기를 시작한 초기에는 숨어 있었던 자아다. 덕분에 처음 읽기를 시작할 때 원했던 욕망, 즉 지혜를 읽는 일이 충족된 뒤에도 욕구불만은 여전하다. 왜냐하면 지혜의 빛을 쪼이고 나면, 그의 숨은 자아가 전면에 드러나면서 새로운 욕망이 등장하기 때문이다. 이 숨은 자아의 이야기가 바로 서브텍스트다. 그리고 한 인간의 서브텍스트는 그의 영혼이 작성하고 있다. 살아가다가 어느 순간 아이러니의 빛을 쪼일 때, 그 영혼은 모습을 드러낼 것이다. 거기에 진짜 이야기가 있다.

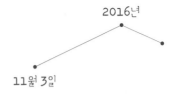

2016년

11월 3일

　중국 청나라의 제3대 황제인 순치제는 황제가 '되어진' 사람이다. 그가 황제의 자리에 오른 건 1643년으로, 아직 청나라가 베이징에 입성하지 않은 건국 초기였다. 당시 선왕인 청태종이 후계자를 지명하지 않고 갑자기 죽으면서 정국이 불안해졌다. 이때 주도권을 놓고 청태종의 동생인 섭정왕 다이곤과 청태종의 장남 하오거가 서로 대립하자 그 타협책으로 아홉째 아들인 다섯 살의 푸린을 황제의 자리에 앉힌 것이다. 중국에서는 이때의 일들을 자주 소설과 드라마의 소재로 삼는다. 망국과 건국이 교차하는 격변의 시대였으니 영웅호걸들이 등장하는 건 당연하다. 그렇다면 거기에 절세미인들도 빠질 수 없다. 다이곤에게는 형수이자 푸린의 어머니인 효장태후가 있었고, 스스로 산해관의 문을 열어 다이곤의 관내 입성 길을 터준 오삼계에게는 변심의 한 계기로 작용한 첩 진원원이 있었다. 그리고 자금성에 들어간 최초의 청나라 황제 순치제에게는 동악비가 있었다.

순치제는 대단한 순정파였던 모양이다. 몽골족 출신으로 청태종과 정략결혼해 만몽연대의 일환이 된 그의 어머니 효장태후는 순치제 역시 자신의 질녀와 맺어지도록 주선했다. 그런데 막상 외삼촌인 우커샨이 딸 보르지기트를 데리고 베이징에 도착해보니 소년 천자는 냉담하기가 이를 데 없었다고 한다. 그 냉담은 이 년 뒤인 순치 10년, 황후를 폐위한 사례가 있는지 알아보라는 조서의 형태로 예부와 내삼원에 내려오게 된다. 조서를 받은 내삼원 대학사들은 크게 놀라 사직의 안위를 걱정하기에 이르렀으나, 결국 그해 8월 정식으로 폐후 결정이 반포된다. 소년 천자는 폐후의 이유로 황후는 무능하여 천하의 어머니 노릇을 할 수 없다거나, 서로 뜻이 맞지 않고 너무 사치스러우며 마음이 바르지 못하고, 특히 질투심이 강하다는 등의 주장을 내세웠다.

순치제가 이토록 냉담했던 까닭은, 그에게 천상의 배필이 있었기 때문이다. 바로 앞에서 말한 동악비다. 동악비가 누구인지에 대해서는 여러 가지 설이 있는 데, 효장태후의 전기인 『효장』을 쓴 명자오신은 대개의 정설처럼 순치제의 이복동생인 양친왕 보무보구르의 아내가 아니라 이름이 알려지지 않은 정3품관의 아내였으리라 추측한다. 누가 됐든 당시 순치제와 가까웠던 독일 출신의 사제 아담 샬의 기록에 따르면, 그녀는 이미 결혼한 몸이었다. 그 기록은 다음과 같다.

　　순치제는 한 명의 만주족 군인의 부인에게 불처럼 뜨
거운 연애 감정을 느꼈다. 그 군인이 부인을 심하게 질책
하자, 순치제는 이를 듣고 그 군인의 따귀를 모질게 때렸
다. 그리하여 그 군인은 원망과 분노에 휩싸여 결국 자살
하고 말았다. 황제는 그 군인의 미망인을 입궁시켜 귀비
로 삼았다.

　　자기 친정 집안의 며느리를 지키기 위해 갖은 노력을 아
끼지 않았던 효장태후에게 한번 결혼했던 동악비가 마음에 들
리가 없었다. 하지만 동악비에 대한 순치제의 사랑은 점점 깊어
졌다. 두번째 황후마저 순치제가 폐위시키고 동악비를 황후의
자리에 앉히려 하자, 그녀는 순치제 앞에 무릎을 꿇고 간청했
다. 효장태후가 절대로 윤허할 리가 없을뿐더러 그렇게 하면 자
신은 살아갈 수가 없다고. 순치제는 그런 자신들의 처지에서 사
랑의 비극적 본질을 본 것인지도 모른다. 결코 황후가 될 수 없
는 여자와, 그런 여자를 사랑하는 황제의 사랑이라는 것. 모든
드라마가 그렇듯 이 격렬한 사랑은 가장 행복한 순간에 끝이
난다.

　　순치 13년, 1656년 12월 6일 순치제는 동악비를 황귀비
로 책봉하는 의식을 거행했는데, 매우 성대하고 장중하여 마치

황후의 책립식 같았다고 전해진다. 게다가 선례를 깨고 대사면
령까지 반포했으므로, 그건 사실상의 황후 책립과 마찬가지였
다. 그리고 순치 14년 10월 7일, 동악비는 순치제의 네번째 아
들을 낳았다. 앞서 세 명의 아들이 있었음에도 순치제는 예부에
보낸 글에서 '짐의 첫번째 아들'이라고 칭했고, 황제의 마음을
눈치챈 예부 관원들도 덩달아 '삼가 첫번째 황자가 태어나다'라
고 했다. 장차 황태자가 될 이 아이는 104일을 살다가 죽고, 설
상가상 순치 17년 8월에는 스물한 살의 동악비가 세상을 떠났
다. 슬픔과 회한에 빠진 황제는 장장 백이십 일에 걸쳐 장례를
치렀다고 한다. 한강의 소설 『소년이 온다』에 나오는, "네가 죽
은 뒤 장례식을 치르지 못해, 내 삶이 장례식이 되었다"는 문장
은 순치제의 마음을 가리키는 말이기도 하다.

　문제는 그다음에 일어난 일들이다. 사랑하는 여인을 잃은
개인적 고통에서 벗어나지 못한 황제는 생전에 동악비가 믿었
던 불교 승려들에게 마음을 의지하기 시작한다. 감박성총은 황
제를 보자마자 그가 금륜왕의 환생이니 석가모니를 믿으면 불
교를 공부하지 않아도 스스로 깨우치는 천하의 지존이 될 거라
고 치켜세웠다. 그는 순치제에게 다른 고승인 옥림통수를 소개
했고, 그에게 감화를 받은 황제는 급기야 삭발식을 하겠노라 나
섰다. 사태가 여기까지 이르자 효장태후는 화가 머리끝까지 치
밀어 옥림통수를 대궐로 소환했다. 사태를 재빨리 눈치챈 옥림
통수는 베이징에 도착하자마자 곧바로 장작더미를 쌓고 황제

의 삭발식을 하려던 제자를 불태워 죽이겠다고 나서고, 이에 순치제가 출가 의식을 포기함으로써 사건은 일단락됐다. 순치제는 왜 출가하려고 했을까?

얼마 전, 박근혜 대통령이 사십대에 쓴 일기를 읽었다. 1991년 2월 22일의 일기는 다음과 같았다. "예언이 있다는 것. 또 그대로 일이 이루어진 예들을 볼 때 역사와 인간의 운명도 모두 다 천명에 따라, 각본에 따라 이루어져가고 있다는 것을 인정하지 않을 수 없다. 이미 다 정해진 것들인데도 인간들은 모든 것을 자기 뜻대로 할 수 있다고 생각하고 부질없이 무리를 하다가 결국 인생의 패배자가 되고 만다. 그러나 그리도 무모하게 분수 모르고 날뛰는 자체가 또 그 사람이 둘러메야 할 각본이라면 그 또한 어쩔 수 없는지도 모른다." 예언과 운명으로밖에는 설명되지 않는 삶도 이 세상에는 있을 것이다. 그런 사람에게 다가오는 초자연적인 존재란 얼마나 큰 위안이 되겠는가!

순치제의 삶을 보면 더욱 그런 생각이 든다. 동악비가 죽은 지 사 개월 후, 순치제는 천연두에 걸린다. 당시 천연두에 걸린다는 것은 죽음을 뜻했다. 어쩌면 예언과 운명에 기대 사랑하는 여인을 잃은 슬픔을 달래던 순치제는 죽음을 달갑게 받아들였을지도 모르겠다. 그렇게 순치제는 죽고, 그의 아들 강희제가 황제의 자리에 오르면서 중국 최고 명군주가 탄생한다. 그런데 여기서 잠깐 생각해볼 문제가 있다. 그렇다면 강희제가 황제의

　　　　제4부　나의 올바른 사용법

자리에 오르는 것 역시 예언과 운명에 따른 것일까? 그 점에 대해 『아담 샬 전기』에는 이렇게 나와 있다.

> 황위를 계승할 황태자를 책봉하지 않았기에 황태후는 (죽기 직전의) 황제에게 황태자를 어서 책봉하라고 재촉했다. (……) 황제는 아담 샬의 견해를 받아들여, 나이가 비교적 많은 황자를 버리고 서출이자 아직 일곱 살이 채 안 된 황자를 황태자로 책봉했다. 당시 이러한 결단을 한 배경은 황태자에 책봉된 어린 황자가 아주 어릴 적에 이미 천연두에 걸려 그 병을 이겨낸 경력이 있었기 때문이다. (……) 하지만 나이가 많은 황자는 아직 천연두에 걸린 적이 없어, 이 공포스럽기 짝이 없는 천연두를 항상 조심해야만 했다.

제너가 우두법을 발견한 것은 그로부터 백삼십여 년 뒤의 일이었다. 만약 우두법이 중국에 알려져 있었더라면 강희제는 없었을지도 모른다. 그러나 "백삼십여 년이 지나면 모를까, 현재의 의술로는 천연두를 퇴치할 방법이 없기 때문에 부득불 당신은 중국의 황제가 될 것입니다"라고 말하는 주술사는 없을 것이다. 그렇다면 주술사의 소름 끼치는 예언과 그 앞의 무력한 운명이란, 인간의 세계가 두 개로 구성된다는 사실을 모르는 데에서 비롯하는 것일지도 모르겠다. 이 점에 대해서는 에른스트

페터 피셔가 쓴 『과학한다는 것』을 참조할 수 있다.

    인간은 서로 다른 두 세계에 살고 있으며, 이 둘 사이를 쉽게 오간다. 한쪽 세계에서 우리는 사실과 데이터를 중시한다. 사실과 데이터를 모으기 위해 우리는 항상 새로워지는 기술적 방법의 도움을 받는다. 다른 쪽의 세계에서 우리는 사랑하고 괴로워한다. 특히 인생을 즐기는 순간에 우리 몸의 유전자적 구성 따위는 아무런 의미도 관심도 없다. 이쪽 세계에서 우리는 과학을 추구한다. 저쪽 세계에서 우리는 플루트를 연주하고 시를 읽는다. 전자의 세계에서는 정보를 구해 질문에 답할 수 있다. 하지만 후자의 세계에서는 그럴 수 없다.

    이 말을 지금까지 쓴 글과 연관지어 쉽게 풀어 쓰면 이렇게 바꿀 수 있을 것이다. 천연두 바이러스는 일단 접촉하면 그게 누구든 감염시킬 뿐 예언도 운명도 모른다고. 더욱이 동악비의 비극적인 죽음과 순치제의 슬픔 같은 개별적인 인간의 삶이라면 더욱더. 그 사실에 무지할 때, 인간은 두 세계 중 하나의 세계에서만 살 수밖에 없는데, 우리가 어떻게 살고 왜 죽는지 주술사만이 대답할 수 있는 그 세계에서는 불행하지 않은 사람이 아무도 없다고.

2015년

6월 17일

'이제, 여름이다'라는 사실을 알리는 소리로 느닷없이 쏟아지는 소나기만큼 기분 좋은 게 있을까? 도심의 점심시간, 음식점 처마 밑에서 담배를 피우며 일제히 하늘을 올려다보는 남자들이나 한 손으로 머리 위를 가린 채 후드득 빗방울이 떨어지는 골목을 달려가는 직장인들의 모습은 현대의 풍속화처럼 보인다. 이 풍속화에 제목을 붙인다면, '대도시의 깐깐오월' 정도가 되지 않을까. 하지 지나 사나흘 지나면 대개 장마가 시작되니, 그 이전은 건기의 초여름이다. 마른 낮이 계속되는 나날이므로 하루 지나는 게 여간 깐깐하지 않아서 선조들은 음력 오월을 그렇게 불렀다. 그 깐깐오월에 차츰 소나기가 내리기 시작하면, 이제 곧 하지가, 그리고 장마가 다가온다는 뜻이다.

이처럼 옛사람들은 자연을 관찰하면서 지금이 어느 때인

지를 스스로 알아냈다. 일본의 고전 수필인『도연초』를 쓴 요시다 겐코는 "세속적인 일에는 아무 미련이 없으나 그날그날 하늘을 보면서 느꼈던 감명 깊었던 순간들만은 마음에 남아서 지워지지 않는다"고 쓴 적이 있다. 살아 있음을 느끼게 하는 감동은 바로 거기, 고개만 들면 보이는 그날그날의 하늘에 있었던 것이다. 그렇게 하늘만 올려다보면서도 충분히 살 수 있었던 시대는 행복했으리라. 루카치가『소설의 이론』에서 "별이 총총한 하늘을 갈 수 있고 또 가야만 하는 길들의 지도인 시대, 별빛이 그 길들을 훤히 밝혀주는 시대는 복되도다"라고, 또 "세계는 넓지만 마치 자기 집과 같은데"라고 쓴 까닭도 그 때문일 것이다.

그 옛날에는 인간과 세계가 서로 낯설지 않았던 모양인데, 내가 태어난 세상은 그렇지 않았다. 내게는 별이 총총한 하늘보다 먼저 지직거리는 흑백 화면이 있었다. 그것은 처음에는 TV 화면이었고, 영화관의 스크린과 컴퓨터의 모니터가 그 뒤를 잇다가, 핸드폰의 액정 화면에까지 이르렀다. 나는 이 화면들을 통해서 자연을 접했다. 그런 화면들 속의 자연은 대체로 집중호우, 홍수, 가뭄 등으로 보여졌고, 그건 제대로 대처하지 못할 경우 인간 사회에 큰 피해를 끼치는 것들이었다. 일부러 그런 모습만을 보여줬다기보다는 자연의 모습을 있는 그대로 재현할 수 없는 기술의 근본적인 한계 때문이었으리라. 제아무리 고화질의 입체 모니터가 있다고 한들 끝 간 데 없이 푸르른 유월 저녁 하늘의 청량감을 그대로 전할 수는 없을 테니까.

제4부 나의 올바른 사용법

그래서 화면들은 자연을 재현할 때 더 자극적으로 묘사할 수밖에 없다. 해상도가 낮을수록 더욱 그렇다. 누군가의 집화단에 핀 맨드라미의 아름다움보다 세렝게티 초원에 사는 사자의 포악함이 시청자들에게는 더 잘 전달됐다. 여름 오후의 한가로움보다는 집중호우에 떠내려가는 자동차나 가뭄에 타들어가는 논바닥이 더 인상적으로 기억에 남는 것과 마찬가지다. 내 인생에서 가장 무서웠던 공포영화는 1970년 후반에 본 〈전설의 고향〉인데, 그건 그 드라마를 흑백 브라운관 TV로 봤다는 사실과 무관하지 않다. TV 화면 속의 달이나 형편없는 스피커로 듣는 부엉이 소리는, 집에서 조금만 걸어나가면 접할 수 있는 실제의 달과 새소리에 비하면 조악하기 짝이 없었다.

우리 세대에게 공포의 실체란 그 조악함에 있었다. 조악한 재현은 우리가 아는 익숙한 세계를 낯설게 비틀면서 공포를 만들었다. 그중에서도 가장 조악하게 왜곡된 대상은 바로 여자귀신이었다. 조선시대가 배경이라면, 아무래도 남성 쪽이 사회적 활동을 더 많이 했을 테고, 따라서 타인에게 원한을 품고 죽을 확률 역시 더 많았을 것이다. 그런데도 TV에 여자 귀신이 더많이 등장한 까닭은, 1970년대 후반의 시청자들이 보인 심리학적 투사 때문이리라. 말하자면 당시 한국인들은 자기 안에서 고통받는 여성의 얼굴을 발견할 때마다 이를 부인하도록 교육받았다는 얘기다. 그리고 그 얼굴은 TV가 조악하게 재현한 공포의 얼굴이 됐다.

세계를 조악하게 인식할수록, 실체를 알아보기 어려운 더 큰 공포가 생겨난다. 이 공포를 없애기 위해서는 옛사람들처럼 세계를 직접 대면하면 된다. 즉, 미디어를 거치지 않은 맨눈으로 세계를 보면 된다. 하지만 미디어를 통해서 재현된 공포는 정치적으로 매우 쓸모가 있었다. 이 막연한 공포에는 얼굴이 없으니까. 마음만 먹으면 어떤 얼굴이라도 갖다붙일 수 있으니까. 그러면 우리는 학습을 통해 권력이 제시하는 얼굴을 공포의 얼굴로 상상한다. 어린 시절, 여름밤이면 나는 화장실 문고리를 잡을 때마다 두려움을 느끼곤 했다. 그때마다 나는 소복을 입은 채 목을 매단 여자의 얼굴을 상상했다. 내게 그 끔찍한 얼굴을 가르쳐준 건 당연히 〈전설의 고향〉이다.

그러나 1980년대 중반만 되어도 이런 기획은 시대착오적인 것이 된다. 고등학교 때, 동시상영관에서 〈월하의 사미인곡〉이라는 영화를 본 적이 있었다. 제목에서 알 수 있겠지만, 상당히 국문학적인 공포영화랄까. 아무튼 첫 장면부터 무덤이 반으로 쪼개지는데, 마치 흥부가 시렁시렁 박 타는 장면을 보는 듯했다. 소복 입은 여자가 하늘을 날아다니는 것까지는 좋았는데, 와이어가 너무 잘 보였다. 그 시절의 진정한 공포영화는 〈나이트메어〉〈13일의 금요일〉〈할로윈〉 등의 슬래셔 영화들이었다. 이 영화들은 "열일곱 살에 나는 진실을 배웠다네. 사랑은 킹카들에게나 필요한 말이라는 걸"이라는 가사로 시작하는 재니스 이언의 〈앳 세븐틴At Seventeen〉의 남학생 잔혹사 버전이랄 수 있

제4부 나의 올바른 사용법

었다. 그 영화들은 인생 잘못 살면 남들은 몰래 재미보는 밤에
도 톱질하면서 일하는 신세가 될 수도 있다는 공포를 내게 안
겨줬다고나 할까.

슬래서 영화의 마지막 장면에서 경찰차 사이렌이 울릴 때
마다 나는 조금은 애잔한 마음이 되곤 했다. 그 영화들은 대개
킹카 중의 킹카가 살인마를 죽이면서 끝이 났다. 살인마도 잘
해보고 싶었을 것이다. 그러나 어쩔 수 없었으리라. 원래 인생
은 그런 것이니까. 가면을 쓰고 나오는 제이슨은 왠지 수줍음이
많은 듯 느껴졌다. 잘해보고 싶었으나 그따위 결과를 빚은 그에
게 어쩐지 마음이 갔다. 그러면서 나는 성장할 수 있었다. 내 안
의 어딘가에도 제이슨과 같은 얼굴이 있을지도 모른다는 사실
을 받아들이면서. 마찬가지로 한국 사회 역시 미디어로 조악하
게 재현된 얼굴이 실제로는 자신의 얼굴과 그다지 다르지 않다
는 사실을 인정하면서 예전보다는 좀 더 살 만한 사회로 바뀌
기 시작했다.

〈전설의 고향〉은 몇 번 리메이크됐지만, 그 뒤로는 다시
본 적이 없다. 〈월하의 사미인곡〉이 내게 남긴 충격이 너무나
컸던 것이다, 는 것은 농담이고 이제는 더이상 공포담에 끌리지
않았다. 대부분의 공포담은 실재를 대면하지 않고 조악한 재현
에 의존하는 자들에게만 유효하다는 것을 알게 됐기 때문이다.
여기서 더 나아가면, 자신이 억압하는 것들을 그 조악한 재현에
투사하고는 그게 마치 실재인 양 바라보는 일까지 생긴다는 것

도. 세계와 나 사이에는 화면이 존재한다. 그 화면은 조악하다. 모든 공포담은 그 조악한 화면을 실재처럼 보이게 만들려고 덧댄 상상의 거울과 같다. 그 거울을 깨면, 아마도 현실이 보일 것이다.

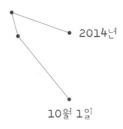

2014년

10월 1일

　가끔 대학로 마로니에공원에서 거리 공연을 하는 사람들
이나 벤치에 다정하게 앉아서 그들을 바라보는 연인들, 혹은 한
쪽 구석에서 담배를 피우는 젊은 남자들을 보노라면 어쩐지 다
들 퍼포먼스를 하고 있는 것 같다. 그렇지 않고야 내가 날마다
죽치고 앉아 있던 이십오 년 전 마로니에공원의 사람들과 그토
록 비슷할 수가 있을까? 어쩌면 시민들이 세계의 급변에 충격
을 받아 조로하는 일이 일어나지 않도록 서울시가 배우들을 고
용해서 마로니에공원 곳곳에 배치한 것은 아닐까. 거기가 대학
로니까 이런 희한한 생각도 가능한 것이겠지. 연극을 포함해서
모든 예술이란 우리에게 익숙한 현실의 표면을 찢어서 그 이면
에 무엇이 있는지 보여주는 것일 테니까.
　일테면 지금 리움미술관에 가면 개관 십 주년을 기념한 '교감'전이 열리고 있다. 거기 고미술전시실 3층에서는 국보 제309호 백자 달항아리를 볼 수 있다. 예술가는 우리에게 익숙한 이 달항아리의 이면에 무엇이 있는지 궁금한 자들이다. 그 궁금증을 풀려면 비록 국보일지라도 그 달항아리를 깨뜨려야 할 것이다. 책은 내면의 얼음을 깨는 도끼여야만 한다는 카프카의 말처럼 예술은 익숙한 현실을 찢는 가위니까. 그렇게 달항아리라는 익숙한 관념을 깨뜨려서 만든 게 바로 달항아리 뒤에 전시된 이수경의 '달의 이면'이다. 함경도 회령에서 수집한 흑자와 옹기 조각들을 이어 붙여 달항아리처럼 만든 이 작품은 정확하게 그 의도에 부합한다. 두 작품을 동시에 관람하면서 나는 현실의 감각적 아름다움과 그 이면의 추상적 의미를 함께 느꼈는데, 어쩐지 이건 종교 체험을 닮아 있었다.

왜 어떤 예술은 종교적인가? 그건 서울국제공연예술제의 개막작인 〈노란 벽지〉를 보고 나서 떠올렸던 질문이었다. 입장을 기다리는 동안 살펴본 프로그램북에는 "세계 연극계가 찬사를 보내는 동시대 최고의 연출가 케이티 미첼의 첫 아시아 투어! 그녀만의 전매특허인 라이브 필름 퍼포먼스의 정점을 찍은 걸작"이라는 설명이 나와 있었다. 라이브 필름 퍼포먼스라는 건, 무대 위에서 배우들이 연기를 하는 바로 그 순간, 그들의 연기를 촬영하고 편집해서 무대 바깥의 스크린으로 보여주는 일이라고 할 수 있을 듯하다. 그래서 막이 오르면 제일 먼저 카메라맨들이 ― 곧 이들 역시 배우라는 것을 알게 되겠지만 ― 무대에 올라와 위치를 잡고 배우가 무대에 나와 연기한다. 연출가는 각 카메라로 들어오는 다양한 앵글의 영상 중 하나를 선택해서 무대 위 대형 스크린 위에 띄운다.

그래서 〈노란 벽지〉를 보는 동안, 객석에 앉은 관객들은 스크린으로 상영되는 완성본과 그 영상을 만드는 과정을 담은 연극을 동시에 보게 된다. 연출가는 영화에 대한 연극의 야유도 의도한 듯하다. 영화라는 건 너무나 매끈하게 모든 걸 통제하는 장르니까. 무대 위에서 공연되는 탓에 배우의 실수까지도 작품의 일부가 되는 연극과 달리 영화는 분업화된 일련의 제작 과정을 거쳐서 최종본이 완성된다. 편집 과정에는 감독만이 아니라 투자자도 참여한다. 그러니 최종본에 오류나 실수가 있을 가능성은 거의 없다. 그렇게 놓고 보면 영화란 우리를 그 자리에 가만히 있게 만드는 이 매끈한 현실, 익숙한 현실과 닮아 있다. 보통의 관객이라면 생각 없이 집어먹는 팝콘만큼이나 영화 속 내용을 관성적으로 즐길 것이다. 마치 정부의 통제하에서 TV가 보여주는 왜곡된 현실을 그대로 받아들이는 독재국가의 국민들처럼.

카프카의 말처럼 단숨에 현실을 박살내는 도끼가 되면 좋겠지만, 그건 정말 카프카 같은 대가나 할 수 있는 일이고, 대부분의 예술가들은 현실에 균열을 일으키기만 해도 만족하리라. 〈노란 벽지〉는 그렇게 나를 둘러싼 현실에 미세한 틈을 만들었다. 그 틈으로 정말 희미하다고밖에 할 수 없는 빛이 스며들었는데, 알다시피 어둠 속에서는 조금의 빛이라도 너무나 눈부시게 느껴진다. 자본과 권력의 어두운 힘에 비하면 예술은 미미한 빛을 겨우 내뿜을 뿐인데도 그것들보다 더 위대해지는 이유란, 대부분의 인간은 어둠 속에 존재하기 때문에. 케이티 미첼은 우리를 둘러싼 리얼리티의 이면, 그러니까 영상 아래의 무대에서 황급히 옷을 갈아입는 여자 배우와, 그녀의 남편 역을 했다가 이내 카메라맨으로 돌아가는 남자 배우와, 시종일관 무대 오른편에 서서 여자 배우의 내면에서 들리는 목소리를 연기하는 또 다른 여자 배우 들을 통해 우리가 아는 리얼리티는 완벽한 것인가 묻고 있었다.

케이티 미첼의 무대를 내가 사는 현실로 치환해보면, 이 매끈한 삶 너머에 우리가 알지 못하는 또 다른 세계가 존재할지도 모르겠다. 그 세계를 일러 불교라면 아집이 빚어낸 망상의 거짓 세계가 아니라 참된 세계라고, 기독교라면 하나님의 왕국이라 부르리라. 그런 이면의 세계가 아니라 여기 현실 속에 낙원을 만든다면, 교회나 절을 위한 부지는 없어도 된다. 마찬가지로 미술관과 공연장 등 예술을 위한 배려도 불필요하다. 그리고 예술가에게는 입국 비자 발급을 제한하는 게 좋겠다. 그들은 종교인들과 마찬가지로 이 지상낙원이 정말 우리가 아는 세계의 전부냐고 끊임없이 묻는 자들이니까. 그런 점에서 맥락은 다르지만, 이상 국가에서 시인은 추방해야 한다는 플라톤의 말은 옳다. 하지만 우리가 이상 국가를 만드는 일은 영영 불가능할 테니까 우리에게는 시인도, 예술도, 종교도 모두 필요하다. 아울러 여기가 지상낙원이 아니라는 사실을 알려주는 인간적인 불안도, 균열도, 엇갈림도.

〈수제천壽齊天〉은 너무나 인간적인 음악이다. 본래 행상 나간 남편의 무사귀환을 기원하는 「정읍사」의 가사를 지닌 성악곡이었다거나 아내를 빼앗긴 남편의 심정을 그린 〈처용무〉와 함께 연주됐다는 점에서, 또 나중에는 왕실의 권위를 보여주는 의식용 음악으로 탈바꿈했다는 점에서. 뿐만 아니라 대금과 해금과 아쟁의 음들이 불안정하게 서로 앞서거니 뒤서거니 나아가다가는 이내 흔들리고 마는 그 선율 역시 인간의 균열과 불안과 엇갈림을 담고 있다. 죽음에 대해서는 말하지 않겠다던 공자처럼 〈수제천〉은 그렇게 인간적인 장엄함과 인간적인 우아함만을 우리에게 들려준다. 그런데 〈수제천〉을 들을 때마다 나는 초월적인 느낌을 곧잘 받으니 이건 무슨 조화인지 모르겠다. 어쩌면 가장 성적인 그림을 그려달라는 황제의 말에 화가가 심산유곡 초가집 바깥 댓돌 위 남녀의 신발 두 켤레만 그렸다던 옛이야기처럼, 그게 바로 예술이 유토피아를 노래하는 방식일 수도 있겠다.

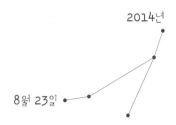

2014년

8월 23일

> 덧없는 환상에 불과했네,
> 4월의 꽃처럼 사라져버렸네,
> 눈짓으로 말과 꿈을 흔들어
> 내 가슴 앗아가버렸네!
> _조지 오웰, 『1984』 중에서

1

1984년은 1983년과 1985년 사이에 있는 해이다. 그해에 나는 열네 살이 됐다. 그해에 나는 열세 살의 나와 열다섯 살의 나 사이의 '나'였다. 인생이 카세트테이프 속 노래와 같은 것이라면, 그래서 한 해 한 해가 하나의 트랙을 형성한다면, 1984년에 나는 열네번째 트랙을 지나고 있었다. 열네번째 트랙은 열세번째나 열다섯번째 트랙과 아무런 관련이 없는, 독립적인 트랙이다. 1984년에 나는 갑자기 열네 살이 됐고, 열세 살의 나와는 전혀 다른 사람이 됐다.

그런 점에서 인생이란 해프닝이다. 해프닝의 본질은, 거기에 아무런 의미가 없다는 점이다. 그게 바로 불교에서 말하는 '삼계무법 하처구심三界無法 何處求心'의 세계다. 삼계가 다 텅

제4부 나의 올바른 사용법

비어 있는데 어디서 마음을 찾겠는가? 나의 과거와 현재와 미래는 잡풀만 제멋대로 돋아난 황무지와 같다. 에밀리 디킨슨은 "나는 황무지를 한 번도 보지 못했다"라고 썼다. 하지만 그렇다고 해서 히쓰heath가 어떻게 생겼는지 그녀가 모르는 것은 아니다. '삼계무법 하처구심'의 세계를 한 번도 보지 못했지만, 나 역시 인생의 공허가 어떤 것인지는 안다.

난 황무지를 한 번도 본 적이 없다.
난 바다를 한 번도 본 적이 없다.
하지만 히쓰가 어떻게 생겼는지는 안다.
파도가 어떤 것인지도.

나는 하느님과 말해본 적이 한 번도 없다.
천국에 가본 적도.
하지만 그게 어디인지는 안다.
마치 지도를 얻은 것처럼.

삼계는 모두 텅 비어 있는 황무지이고, 그걸 본 적 없다고 해도 그것이 있다는 사실을 알 수는 있다. 마찬가지로 에밀리 디킨슨은 천국이 어디에 있는지 안다. 비록 천국을 보지는 못한다고 하더라도. 이 두 연 사이에 극적인 전환이 숨어 있다. 황무지라는 완전한 공허에서 천국이라는 느닷없는 충만으로. 뒤에 말하겠지만, 이것은 의미만을 추구하는 인간의 지도로는 발견하지 못할 천국이다. 삼계가 텅 비었으니 지도는 없다. 그러나 "마치 지도를 얻은 것처럼"이 중요하다. '마치 ~인 것처럼'의 방식으로 에밀리 디킨슨은 천국을 발견하는데, 그게 바로 기적을 가장 잘 설명하는 방식이다.

1984년에 나는 그와 비슷한 기적을 처음 접했다. 물론 그때는 그게 그런 이야기라는 것을 전혀 짐작하지 못했지만.

2

인생의 베타맥스에는 되감기 버튼이 없다고 백남준은 말했지만, 한번 되감아보자. 1983년 8월, 중학교 1학년이던 나는 아버지를 따라 서울에 올라갔다. 여름방학을 맞이해서 그해 7월 23일부터 9월 4일까지 코엑스 앞 공터에서는 '83 로보트과학전'이 열렸다. 1983년 7월 22일자 동아일보를 보면, 그건 다음과 같은 전시였다.

83 로보트과학전이 23일부터 9월 4일까지 서울 강남구 삼성동에 있는 한국종합전시장 앞 전시장에서 열린다. 한국방송공사 주최로 열리는 이번 전시회에는 인간 모형 로보트 26대, 동물 모형 로보트 30대, 산업용 로보트, 교육용 로보트 및 감각 기능의 최신형 로보트 등 모두 70여

대의 로보트가 전시되어 방학을 맞은 어린이들이 꿈을 키울 좋은 과학학습장이 될 듯.

인간 로보트 가운데 가이드 로보트는 키 2m15, 몸무게 1백 65kg으로 일본 아동문화연구소가 제작, 하네다 공항에서 안내원 역할을 하는 것이다. 미스터 스파크란 로보트는 키 1m72 몸무게 97kg으로 1962년생. 커다란 귀를 팔딱거리면서 인사하고 눈동자를 빙글빙글 굴리기도 한다. 짝꿍 로보트는 키가 작은 꺼꾸리(1m15)와 키가 큰 장다리(1m73)가 다정하게 짝꿍을 지으며 마이크로 컴퓨터로 10가지 동작을 할 수 있고 무선 조종으로 걸어다닌다.

내가 가자고 졸랐는지, 아니면 기사를 읽은 아버지가 먼저 가보자 한 것인지는 기억나지 않는다. 기억나는 건 전시장 주변이 허허벌판이었다는 것, 그럼에도 관람객들이 무척이나 많았다는 것, 아직 지하철 2호선 교대역에서 을지로입구역까지의 구간이 개통되지 않았기 때문에 하룻밤 신세질 부천의 친척 집까지 가기 위해 고생을 좀 했다는 것, 그리고 전시장 바깥에서 처음으로 "일 분이면 오케이", 삼양 컵라면을 먹었다는 것 등이다.

노점의 컵라면은, 물이 그다지 뜨겁지 않았는지 일 분이 지나도 면발이 부드러워지지 않아 맛은 별로였지만, 그 간편함 덕분에 미래의 음식처럼 여겨졌다. 그에 비하면 아이들로 북적

대는 전시장 안의 로봇들은 유치했다. 팔을 흔들며 인사하거나 배 부분에 설치된 모니터로 얼굴을 보여주거나 엽서를 놓으면 스탬프를 찍어주는 것들이었는데, 그것들이 과연 나 대신 청소를 하거나 인명을 구조할 수 있을지 적잖이 의심스러웠다.

그해에 민해경이 부른 〈서기 2000년〉이라는 노래가 유행했다. 가사는 다음과 같았다.

서기 2000년이 오면 우주로 향하는 시대,
우리는 로케트 타고 멀리 저 별 사이로 날으리.
그때는 전쟁도 없고 끝없이 즐거운 세상,
그대가 부르는 노래 소리 온 세상을 수놓으리.
싸바, 싸바, 그날이 오면은, 싸바, 싸바,
우리는 행복해요. 다가오는 서기 2000년은
모든 꿈이 이뤄지는 해, 싸바, 싸바.

에어로빅의 배경음악으로도 자주 사용된 이 노래에는 당시 사람들이 기대하던 미래의 모습이 담겨 있었다. 서기 2000년이 되면 로켓을 타고 멀리 저 별 사이로 날아갈 수 있다는 것. 마찬가지로, "그때는" 전쟁도 없고 끝없이 즐거운 세상이 된다는 것. '83 로보트과학전'을 보고 난 뒤 나는 그 가사를 의심하기 시작했다. 조악하기 짝이 없는 로봇들을 보니 십칠 년 안에 우리가 로켓을 타고 저 별 사이를 날아갈 일은 없을 것 같았다.

그 사실을 새삼 확인한 것은, 그다음에 찾아간 여의도에 서였다. 그해 6월 30일부터 시작된 KBS 특별 생방송 〈이산가족을 찾습니다〉의 여파로 내가 찾아간 8월 초 KBS 본관과 인근 광장의 벽에는 헤어진 가족을 찾는 벽보가 빼곡하게 붙어 있었다. 멀쩡한 가족들이 대전과 제주, 서울과 강릉 정도 떨어진 거리에서 몇십 년 동안 생사조차 모르고 살 수밖에 없는 나라인데, 서기 2000년이 온다고 로켓 타고 멀리 저 별 사이로 날아간다니 앞뒤가 맞지 않았다.

하지만 서기 2000년이 다른 식으로 다가오리라는 예감은 있었다. 그건 왜 하필이면 1983년에 이산가족 찾기 붐이 일어났는지를 생각해보면 어느 정도 짐작할 수 있었다. TV 드라마인 〈전격 Z작전〉에 나오는 것처럼 손목시계에 대고 "헤이, 키트"라고 부르면 자동차가 혼자 나를 찾아오는 장면 같은 것을 우리는 테크놀로지의 미래라고 생각했고, 그래서 당시만 해도 건물도 많지 않은 변두리였던 삼성동까지 찾아간 것이지만, 사실 1983년에 미래는 삼성동이 아니라 여의도에 있었다. 〈이산가족을 찾습니다〉에서 KBS는 역량을 최대한 발휘해 실시간으로 지역 방송국들을 연결했던 것이다.

애당초 2부작으로 시작된 이산가족 찾기 프로그램이 폭발적인 반응을 얻게 된 것은, 이 실시간 연결이라는 새로운 방송 기술 때문이었다. 편집할 수 없는, 날것의 상봉 장면들은 시청자들에게 이루 말할 수 없는 감동을 안겨줬고, 전국의 이산가족들을 방송국으로 집결시키는 원동력이 됐다. 실시간 연결을 하다보니 방송 사고 수준의 돌발 상황이 많이 발생했다. 그건 더 많이 연결할 때, 통제는 더욱 허술해진다는 것을 뜻했다. 즉, 연결은 통제를 느슨하게 만들 수밖에 없었다.

미래는 바로 거기에 있었다. 저녁 아홉시를 알리는 시보가 끝나면 어김없이 "전두환 대통령은 오늘……"이라는 멘트로 시작하던 뉴스를 풍자하던 '땡전뉴스'라는 말에서 알 수 있다시피, 그때까지 TV는 일방향 통신수단에 불과했다. 하지만 〈이산가족을 찾습니다〉에서는 각 지역 방송국들이 대등하게 양방향으로 연결됐다. 때로는 서울 스튜디오의 아나운서가 두 곳의 지역 방송국에서 송출한 두 개의 화면이 동시에 띄워진 텔레비전 앞에 앉아 그 화면을 보면서 대화하는 장면도 연출됐는데, 이는 비디오아트의 여러 개념을 환기시켰다. 1983년 7월 5일자 방송분의 55분부터 시작되는 두 남매의 유명한 상봉 장면은 그 자체가 하나의 비디오아트다.(http://youtu.be/XSrSjlW6Imo?t=54m56s)

그간 생사도 모른 채 살아온 두 남매가 등장하는 텔레비전의 분할 화면을 보며 서울 스튜디오의 아나운서가 말을 잃고 우는 동안, 그들 모두의 모습이 각 가정의 텔레비전으로 송신됐다. 실시간으로 연결되자 텔레비전은 해석을 포기하고 돌발적이고 우연한 장면들을 쏟아내기 시작했다. 군부 정권의 문화공보부가 섬세하게 기획한 환영의 영상을 찢고 실제 우리의 모습이 날것 그대로 드러난 것이다. 바로 여기에 서기 2000년 사회에 대한 중요한 암시가 숨어 있었다. 실시간 양방향 연결은 모든 권력을 녹여버릴 것이라는.

3

자서전이든 전기든 인생담의 경제학은 다음과 같다. 경제 주체가 이윤을 추구하듯 인생 이야기를 들려주는 주체는 의미를 추구한다. 이 말은 곧 이야기를 들려줄 때 우리는 개별적인 사건들을 인과의 사슬로 연결한다는 뜻이다. 예컨대 열 살 때 밥 먹는 것을 까먹을 정도로 셜록 홈스 시리즈에 빠져 있었기 때문에 나는 스물네 살에 소설가가 됐다는 식으로. 이렇게 연결할 때, 열 살 때 셜록 홈스를 읽었던 일은 사후적으로 의미를 획득하게 된다. 하지만 이 일이 인간을 환영 속에서 영원토록 고통받게 만들었다.

「임의 접속 정보」라는 글에서 백남준은 이렇게 썼다.

하지만 이런 일은 인생에서는 절대로 일어나지 않는다. 만일 내가 47세에 뉴욕에서 가난한 예술가의 삶을 살리라는 것을 25세 때 알았다면 계획을 다르게 세웠을 것이다. 삶에는 '빨리 감기'나 '되감기'가 없기에 앞날을 전혀 예견할 수 없다. 그러니 한 걸음씩 앞으로 나갈 수밖에 없다.

맞는 말이다. 내가 스물네 살에 소설가가 될 줄 알았다면, 열 살 때 나는 다른 책을 읽었을 것이다. 하지만 이런 가정은 무의미하다. 백남준이 말한 대로 인생에는 '되감기' 버튼이 없기 때문이다. 1964년에 쓴 그의 자서전을 읽은 적이 있다. 자서전은, "1933년에 나는 한 살이었다. 1934년에 나는 두 살이었다"라는 식으로 계속 이어지다가 "1965년에 만일 전쟁이 일어나지 않는다면 나는 서른세 살이 될 것이다"를 거쳐 "11932년에 내가 여전히 살아 있다면 나는 만 살이 될 것이다"로 끝난다. 그건 내가 읽은, 가장 훌륭한 자서전이었다.

경제활동의 주체들이 이윤을 포기하면 공산주의 사회가 될 것이다. 그렇다면 사람들이 자기 인생의 이야기를 들려주면서 의미를 포기하면 어떻게 될까? 아마 자아의 구름이 걷히며 실재와 대면하게 되리라. 이때 실재란 진리라는 말로 바꿀 수 있다. 존 케이지의 비결정성Indeterminacy은 이를 잘 설명하는 개념이다. 음音에서 의미를 제거하면, 즉 화음을 제거하면 '심리적' 환영이 사라지면서 소리의 현존이 드러난다. 이로써 우리는 환영이 아닌 실재의 음을 만나게 된다. 마찬가지로 개별적 사건들을 인과의 사슬로 묶어 의미를 만들어내려 하지 않을 때, 우리는 눈앞의 인생을 직접 대면할 수 있다.

그러나 말은 쉽지만 인생담에서 의미를 걷어내는 일은 결코 쉽지 않다. 우리는 자아를 사랑한다. 그 자아를 굳건하게 지켜주는 것이 바로 인생 이야기에서 찾아낸 의미들이다. 그래서 우리는 매순간 무의식중에 의미를 찾아낸다. 우리가 찾아낸 의미들은 언어의 형태로 머릿속을 스쳐가는데, 이는 조지 오웰이 쓴 『1984』에 등장하는 텔레스크린을 닮아 있다. 텔레스크린은 실재를 자신의 언어로 해석해 들려주는 식으로 사람들이 실재와 직접 대면하는 일을 막는다. 텔레스크린에서 흘러나오는 목소리를 끌 방법은 없다. 깨어 있는 동안 우리 머릿속으로는 자아의 기획 아래 의미를 찾아 계속 떠들어대는 언어가 흘러간다. 우리는 이 언어를 통해 세계를 대하기 때문에 실재에 가 닿지 못한다.

그런데 소설에도 나와 있다시피 텔레스크린은 단순히 세계를 해석할 뿐 아니라 해석을 통해 세계를 창조하기도 한다. 새롭게 창조된 세계는 실재를 대체한다. '땡전뉴스'로 비하되던 어용방송을 방영했던 1980년대 초반의 텔레비전은 이런 대체된 환영을 만들어 진실을 보지 못하게 만드는 사회적 자아의 목소리, 즉 빅 브라더의 음성을 끊임없이 내보냈다. 내가 살았던 1983년의 남한은 그 목소리가 만들어내는 이데올로기적 환영 속의 공간이었다. 그 누구도 이 환영의 감옥에서 벗어날 수 없다는 것이 조지 오웰의 전언이었다.

『1984』에서 주인공 윈스턴은 텔레스크린이 없는 2층 방으로 도피한다. 그곳은 연인 줄리아와 은밀히 만날 수 있는 사랑의 공간이다. 그러나 불타는 집 안에서 사랑하는 여인과 둘이 도피할 수 있는 방은 없다는 것을 오래전부터 붓다는 잘 알고 있었다. 그래서 불타는 집, 즉 화택火宅에서는 그저 뛰쳐나와야 한다고 붓다는 말했다. 하지만 조지 오웰이 암시했다시피 체제에는 외부가 없기 때문에 벗어날 길이 없다. 그러므로 탈출할 수 있는 방법은 하나뿐이다. 즉, 『벽암록』 제37칙, '삼계무법 하처구심'의 세계를 바로 보는 것. 그러니까 불도 없고, 불타는 집도 없고, 사랑하는 여인도 없고, 나도 없다는 사실을 바로 보는 것.

지금 불타는 집에 앉아 있다면, 아무것도 하지 마라. 그 불에 맞서지도 말고, 그 불에 동조하지도 마라. 그 불을 바로 바라보라. 그러면 불은 결가부좌를 한 백남준의 TV가 들여다보는 자신의 화면처럼 무의미한 삼원색으로 환원될 것이다. 그다음에는 공空만 남을 뿐이다. 자아의 목소리는 거기에 의미가 있다고 말하면서 사라진 불을 다시 되살리려 하리라. 그러나 그 목소리를 그대로 흘려보내면 불은 다시 사라진다. 마치 백남준의 TV로 수많은 형상들이 나타났다가 사라지듯이. 그렇게 해서 백남준의 TV는 이 세계가 텅 비어 있다는 사실을 바로 보는 TV, 즉 젠 마스터Zen Master, 禪師 TV가 됐다. 젠 마스터 TV에게는 자아가 없다. 젠 마스터 TV는 거울과 같다.

백남준은 전 세계 각 가정의 모든 TV를 젠 마스터 TV로 만드는 시도를 감행했다. 1984년 1월 1일, 위성으로 연결된 전 세계 각 가정의 TV는 바야흐로 그저 서로가 서로를 비출 뿐인 텅 빈 거울이 될 예정이었다.

4

1984년, 열네 살, 중학교 2학년. 그때 나는 영국 뉴웨이브 밴드들의 음악에 빠져 있었다. 듀란듀란, 컬처클럽, 카자구구 등이 당시 내가 날마다 듣던 밴드들이었고, 그중 하나가 바로 톰슨 트윈스였다. 그들이 나온다기에 나는 백남준이 어떤 사람인지도, 또 조지 오웰이 그린 1984년이 어떤 모습인지도 모른 채, 그저 빅 브라더가 지배하는 전체주의 국가가 아니라 "서기 2000년이 오면 로케트 타고 저 별 사이를 날으며 모든 꿈을 이룰 수 있는" 자유민주주의 국가에 산다는 것에 안도감을 느끼며 〈굿모닝 미스터 오웰〉이 시작되기만을 기다렸다. 영국의 가수가 나온다니, 그것도 생중계로 그들의 연주를 들을 수 있다니, 그건 여간 신기한 일이 아닐 수 없었다.

그렇게 해서 본 〈굿모닝 미스터 오웰〉에는 나중에 내가 좋아하게 될 필립 글래스의 음악도 나왔고, 존 케이지와 앨런 긴즈버그도 등장했다. 당시에 나는 그 모든 것들을 기괴한 예술적 실험으로만 이해하고 그냥 지나쳤다. 하지만 입술이 전자음으로 말을 거는 첫 장면과 로리 앤더슨의 헤어스타일과 표정, 그리고 〈Hold Me Now〉를 연주하던 톰슨 트윈스의 모습은 지금도 생생하다. 지금 삼십 년 전의 화면을 보면, 당대는 당대만을 상상할 수 있을 뿐이라는 생각이 든다. 그 시절에 상상했던 미래의 모습을 지금 보니 그것은 과거의 모습일 뿐이다. 톰슨 트윈스의 음악은 너무나 1980년대적이다.

그러나 한국의 소도시 김천에서 이 위성쇼를 지켜본 열네 살 소년으로서의 내 소감을 말하자면, 그것은 너무나 미래적이었다. 그 미래의 핵심은 톰슨 트윈스가 내가 지켜보는 바로 그 시간에 연주하고 있다는 사실에 있었다. 그로부터 다시 십 년이 지나 PC통신에 처음 접속하면서 나는 그렇게 이 세상 모든 곳과 실시간으로 연결되는 게 세계를 어떻게 바꿀 것인지 차츰 이해하게 될 테지만 열네 살의 나는 그저 김천의 우리 집에서 지금 뉴욕에서 벌어지는 일을 볼 수 있다는 사실이 신기하기만 했다. 그게 바로 백남준이 아는 천국이었다. 실시간으로 연결해서 모든 의미를 해프닝으로 만드는 것, 그리하여 테크놀로지를 투명한 거울로 만드는 것. 그렇기 때문에 그는 조지 오웰의 디스토피아에 맞서서 "21세기는 1984년에 시작됐다"고 선언할 수 있었던 것이다.

백남준이 꿈꿨던 미래는, 그러나 오지 않았다. 대신 2001년 9월 11일이 왔다. 그날 밤, 인터넷 서핑을 하던 나는 뉴스 사이트에서 뉴욕의 세계무역센터 건물에 여객기가 충돌했다는 속보를 봤다. 글보다 화면은 더 믿기지 않았다. 뉴스를 보도하는 아나운서 뒤의 건물에서 연기가 솟아오르고 있었다. 그리고 얼마 뒤, 그의 뒤로 또 다른 여객기가 날아와 옆 건물에 부딪쳤다. 그 장면이 아무 의미가 없다고 말할 사람은 아무도 없으리라. 그날 이후 TV는 다시 『1984』의 텔레스크린처럼 수많은 의미를 쏟아내기 시작했다.

오늘날 TV를 가장 잘 이용하는 자들은, 비디오아티스트가 아니라 IS의 영상 담당자들일 것이다. 그들은 마치 『1984』에 나오는 진리부나 평화부의 관리들처럼 정의를 말하며 사람들을 참수하고 있고, 전 세계에서 그 영상을 보고 있다. 그들이 만든 영상에는 의도된 상징과 의미 들로 가득하다. 거기에 해프닝은 없다. 그렇게 실재는 환영들에 의해 가려지고 있다. 다시, TV는 환영으로 불타고 있다. 자아의 환영으로 가득 찬 마음에는 실재가 들어설 자리가 없다. 에밀리 디킨슨의 지도란, 모든 영역이 황무지, 즉 자아가 없는 땅으로 표시된 지도라고 할 수 있겠다. 자아를 지우면 실재가 드러난다. 거기가 바로 에밀리 디킨슨의 하느님이 거하시는 곳이다. 그렇다면 천국이 어디인지는 자명하리라.

1984년에는 실시간 연결만으로 자아의 환영을 걷어내고 실재를 직시하는 일이 가능했다. 그로부터 삼십 년이 흐른 지금, 실시간 연결망은 다시 자아의 환영으로 오염됐다. 여러 나라의 젊은이들을 자발적으로 가담하게 만드는 IS의 프로파간다가 가진 위력에서도, 지난 대선에서 조직적으로 조작된 뉴스 댓글에 의해 호도된 여론의 동향에서도 알 수 있다시피, 인터넷과 TV는 『1984』의 텔레스크린처럼 다시 강력한 환영의 세계를 창조하고 있다. 번개로 내리치듯 그 환영의 세계를 단숨에 없애버릴 또 다른 예술적 선사禪師의 도래가 필요한 시점이다.

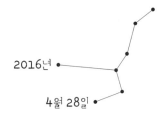

2016년 •

4월 28일 •

지금의 라마는 대체로 명明의 중엽 때부터 시작된 것으로, 그중에도 이상한 중이 있었으니 종객파宗喀巴라고 하는데, 역시 먼 곳으로부터 서장西藏으로 들어온 자로서 이상한 술법이 있어, 한번 보면 사람마다 놀라 자빠졌다고 합니다. 그는 또 남의 몸에 태어난다는 말도 있었는데 (……) 종객파는 두 제자에게 그 대를 전해 첫째는 달뢰라마이고, 둘째는 반선액이덕니라고 했습니다. 달뢰라마는 이제 7대를 거듭 환생했고, 반선라마는 4대째 태어났다고 합니다. 본조의 천총 시절에 반선은 동방에 성인이 난 것을 알고……

1780년 청나라 건륭제의 칠순 잔치 사절로 베이징에 간

조선사행단은 뜻밖의 소식을 듣는다. 황제가 열하에 있다는 것이었다. 덕분에 사행단의 일원이었던 박지원은 예정에도 없던 열하 여행을 떠나게 됐고, 한국문학은 빼어난 기행 산문을 여러 편 얻게 됐다. 그중 하나가 바로 티베트의 달라이라마와 판첸라마의 환생에 대한 이야기다.

앞에 옮긴 것과 같은 환생담을 접한 조선 선비 박지원은 당황했다. 그도 그럴 것이 처음에는 종객파가 명나라 중엽의 사람으로 그 제자가 달뢰라마와 반선액이덕니라더니, 듣다보면 그로부터 백 년 뒤인 천총 시절이 되면 동방에 성인이 난 것을 알고 반선이 조공을 왔다고 말하는가 하면, 다시 백 년이 지난 박지원 당대에는 황제의 스승이 되어 거기 열하에 있다는 게 아닌가. 답답한 마음에 박지원은 그 반선이라는 사람이 지금까지 이백 년 동안 살아왔다는 것인지, 아니면 4대째 환생해서 한 이름을 답습한다는 것인지 분명히 말해달라고 한다.『열하일기』중 이 부분을 다룬 「찰십륜포」「반선시말」「황교문답」에는 이 기이한 환생담을 어떻게든 납득해서 조선 독자들에게 전하려는 박지원의 집요한 노력이 담겨 있다.

요즘이라면 박지원도 그토록 길고 집요하게 글을 쓰지 않았을 것이다. 그렇다면 이제는『열하일기』같은 명저가 나오기 어렵다는 뜻이겠다. 그 이유는 그로부터 이백여 년이 지난 뒤에 출간된 고미숙의『열하일기, 웃음과 역설의 유쾌한 시공간』을 읽으면 금방 알 수 있다. 고미숙 역시 같은 환생담을 언급

하지만, 그 문장은 지극히 짧다. "〈쿤둔〉이라는 영화에 그 과정이 상세하게 묘사되어 있다." 그렇다. 'Video killed the Radio Star'일 뿐만 아니라 영상은 문학을 죽이기도 하는 것이다.

그렇긴 해도 영화를 보는 일에 보람이 없는 것은 아니었다. 〈쿤둔〉이라면 필립 글래스의 영화음악만 귀에 익을 뿐 본 적이 없었기에, 얼른 영화 사이트를 뒤졌다. 반선의 기이한 삶에 호기심을 느낀 박지원이 서둘러 필담을 준비하느라 휴대용 벼루에 먹을 갈 정도의 시간 만에 나는 영화를 찾아내어 스마트폰으로 보기 시작했다. 곧 1935년 농부 집안에서 태어나 환생자 수색대의 확인 과정을 거쳐 1940년 제14대 달라이라마의 자리에 오르는 라모 톤둡의 삶이 내 눈앞에서 펼쳐졌다.

짬이 날 때마다, 그러니까 엘리베이터를 기다리다가 혹은 버스 좌석에 앉아, 나는 스마트폰을 켜서 그 삶을 지켜봤다. 『열하일기』에도 나오다시피 그는 활불活佛, 즉 살아 있는 부처로 여겨지지만, 아버지의 죽음 같은 인간적 고통이 그를 비켜가지는 않았다. 달라이라마가 된 뒤, 그는 더 큰 시련에 맞닥뜨렸다. 본토를 통일한 중국 공산당 정부가 영유권을 주장하며 침략해온 것이었다. 이에 맞서 봉기한 티베트 민중들은 무자비하게 학살되었다. 어린 나이에 티베트의 지도자가 된 그는 이를 무기력하게 지켜보았다.

그 모든 일들이 작은 스마트폰 안에서 펼쳐졌다. 영화를 보다가 다른 일이 생기면 재생을 중지하고 스마트폰을 껐다. 그러면 달라이라마의 삶은 일순간 온데간데없이 사라지고, 검은 화면 위로는 내 얼굴만 비쳐 보였다. 비디오 속의 삶이란 그렇게 깨면 흔적도 없이 사라지는 꿈속의 일들 같았다. 그렇다면 영상이 꺼진 뒤에 그 화면 위로 보이는 내 얼굴은 어떨까? 그 얼굴 역시 깨고 나면 흔적도 없이 사라지는 꿈속의 얼굴 같은 게 아닐까?

열하에서 박지원을 당황하게 만든 일은 또 있었다. 요술쟁이의 재주를 구경한 일이다. 그는 '환희기'라는 제목의 글에 이때 목격한 요술들을 꼼꼼하게 기록했는데, 계란을 입으로 삼켰다가 귓구멍으로 꺼내고 칼을 공중으로 던져 목구멍 속으로 밀어넣는다는 둥, 지금 읽어도 신기하다. 그중에서도 가장 신기한 요술은 제일 마지막에 등장한다.

요술쟁이는 큰 유리거울을 탁자 위에 놓는데, 구경꾼과 함께 박지원이 그 거울 속을 들여다봤더니 다음과 같은 풍경이 펼쳐졌다. 여러 층의 누각과 아름다운 단청이 있는 전각이 나오고, 그 아래로 손에 파리채를 든 관원 한 사람이 난간을 따라 걸어간다. 아름다운 여자들도 서넛씩 짝을 지어 다니는데, 구름 같은 머리와 아름다운 귀고리가 묘하고 곱다. 방 안에는 백 가지 물건과 보물이 가득해 구경꾼들은 그게 거울 속 풍경이라는 것을 잊어버리고 서로 먼저 들어가려고 아우성이었다.

이에 요술쟁이가 구경꾼들을 꾸짖어 뒤로 물러서라고 한 뒤, 거울 문을 한참 닫았다가 다시 열었더니, 그사이에 거울 속 풍경은 많이 달라져 있었다. 전각은 적막하고 누각은 황량하다. 아름다운 여자들은 모두 사라지고, 늙은 사람만 하나 외로이 남아 모든 게 덧없고 쓸쓸하기만 했다. 그러자 모여든 사람들은 그 모양이 보기 싫다며 등을 돌리고 달아났다고 한다. 이에 박지원은 "일체 인간의 가지가지 일들이 아침에 무성했다가 저녁에 시들고, 어제 부자가 오늘은 가난하고 잠깐 젊었다가 갑자기 늙는 것이 꿈속의 꿈 이야기를 하는 것 같아서, 슬쩍 죽었다가 바야흐로 살고, 무엇이 있고 무엇이 없으며, 무엇이 참이요 무엇이 거짓인지 모를 일"이라고 썼다.

이 말은 묘하게도 〈쿤둔〉의 한 영상과 겹쳐진다. 1959년 3월 티베트에서 봉기가 일어나자 중국군은 총 120,000여 명에 달하는 티베트인들을 학살하고 6,000여 개의 불교 사원을 파괴했다. 이십대 청년이었던 달라이라마는 비폭력주의를 고수하며 국제적 지원과 티베트 독립운동을 계속하기 위해 인도로 망명했다. 영화 속에서 그 학살의 고통과 슬픔은 물들인 모래로 만든 화려한 만다라가 허물어지는 과정으로 묘사된다. 그리고 망명길에 나선 달라이라마의, 다음과 같은 독백이 흘러나온다.

나의 적은 무로 돌아갈 것이다. 나의 벗도 무로 돌아갈 것이다. 나 역시 무로 돌아갈 것이다. 만사가 무상하도다. 만사가 덧없음이여. 기뻤던 일 모두 다 기억 속으로 사라지고 한번 간 것은 다시 오지 않는 법.

제4부 나의 올바른 사용법

지나간 일들이 마치 영상처럼 펼쳐질 때, 그 모든 것은 꿈 속의 일들처럼 여겨질 것이다. 영상은 삶의 그런 속성을 가장 잘 보여준다. 스마트폰으로 영상을 들여다보다가 일순 꺼버리고 검은 화면에 내 얼굴이 떠오르는 순간이면 그 느낌은 더욱 확실해진다. 내 삶 역시 언젠가는, 꺼버리면 단숨에 검은 화면만 남기고 사라지는 영상처럼 그렇게 내 눈앞에 펼쳐질지도 모른다. 사는 동안에는 거울 속으로 뛰어들어가려는 구경꾼들처럼 사소한 일에 울고 웃었더라도.

그래서 박지원은 이렇게 쓴 게 아닐까?

눈이란 그 밝음을 자랑할 것이 못 됩니다. 오늘 요술을 구경하는데도 요술쟁이가 눈속임을 한 것이 아니라 실은 구경꾼들이 스스로 속은 것일 뿐입니다.

삶이 얼마나 꿈과 같은 것인지 알아차리는 데까지가 영상의 필요다. 글의 필요는 그다음부터다. 글을 쓴다는 것은, 덧없이 부서질 뿐인 모래 만다라를 다시 만드는 일과 같다. 달라이라마의 환생담을 설명하기 위해 그토록 긴 글을 수고롭게 쓴 박지원처럼.

제5부

그을린
이후의
소설가

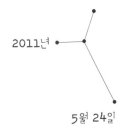

2011년

5월 24일

奇文共欣賞 뛰어난 글을 함께 감상하고
疑義相與析 난해한 곳은 서로 분석한다오.
_이거移居, 도연명

영국의 소설가 존 버거는 『본다는 것의 의미』라는 책에서
화가 터너의 유화 〈눈보라〉에 얽힌 일화를 소개한다. 한 친구가
그에게 자기 어머니가 눈보라 그림을 좋아했다는 사실을 말하
자, 터너는 이렇게 말한다.

"나는 이해를 바라고 그림을 그린 게 아니라, 그런 상황
이 어떤 모습이었는지 보여주고 싶었을 뿐이야. 나는 눈
보라 장면을 관찰하려고 선원들에게 날 돛대에 잡아매게
했지. 그렇게 묶인 채로 네 시간을 보냈고, 그 눈보라에서
벗어날 수 있을 것 같지 않았네만, 만약 그 상황에서 벗어
날 수만 있다면 그걸 꼭 기록으로 남기겠다고 느꼈지. 그
러니 다른 사람이 그 그림을 좋아하고 말고 할 일은 하나

제5부 그을린 이후의 소설가

도 없다네."

"하지만 우리 어머니는 그와 똑같은 장면을 겪으신 적
이 있었기 때문에 그때의 상황이 온전히 되살아난 거지."

"어머니가 화가인가?"

"아니."

"그렇다면 자네 어머니는 다른 걸 생각했을 것이네."

이 일화를 자신의 예술을 이해하려는 대중을 무시하는 아
티스트의 오만함으로 이해하면 곤란하다. 터너는 자신이 본 것
을 그대로 캔버스에 그렸을 뿐이다. 하지만 그것만으로는 터너
가 겪은 상황을 모두 설명할 수 없다. 시각화하면서 그의 경험
을 좀 더 잘 설명할 수 있는 정보들, 예컨대 바람 소리라든가 추
위라든가 배의 흔들림 같은 것들은 대부분 유실됐으니까. 이해
를 바라고 그린 게 아니라는 그의 말은 바로 여기서 비롯한다.
뒤집어 말하면, 그는 오해를 예상하면서도 자신이 본 것을 그려
야만 했다. 그렇다면 이 오해는 어디서 비롯하는 것일까? 이 오
해는 해석의 문제라기보다는 볼 수 없음과 관련된 문제다. 이
오해는 주로 시각과 연결된다. 시각은 제한된 감각이다. 시각은
자신이 볼 수 없는 것이 존재한다는 사실을 전제한다. 눈은 오
직 사물의 표면만 볼 뿐이다. 만약 사람을 본다면, 눈은 그의 육
체만, 그중에서도 겉모습만 볼 수 있다. 내장이나 핏줄 같은 것
을 눈은 보지 못한다. 하물며 그의 성격이나 영혼을 본다는 것

은 불가능하다.

눈보라의 겉모습을 그리고 싶었다면, 터너가 선원들에게 돛대에 자기 몸을 묶어달라고 부탁하지도 않았을 것이다. 터너는 그때 겉으로 보이는 시각적 정보 이상의 것을 경험했을 것이다. 하지만 화가로서 그는 자신의 경험을 시각적으로 치환해서 표현해야만 한다. 화가가 된다는 것은 바로 그런 의미다. 보이는 대로 그린다면 화가가 아니다. 그는 보이지 않는 것도 캔버스 속에 그려넣어야만 한다. 눈이 아닌 다른 감각기관으로 파악한 것을 시각적으로 치환해 표현한 그림을 이해하는 일은 화가가 아닌 사람들에게는 쉽지 않다. 그 그림을 이해하기 위해서는 시각 정보를 원래의 감각 정보, 혹은 개념으로 되돌리는 방법에 정통해야 한다. 이 방법을 모르면, 그림의 겉모습만 감상하게 된다. 그러므로 보이는 대로만 그림을 감상한다면 당연히 화가의 경험을 오해하게 된다.

존 버거가 사진작가 장 모르와 함께 펴낸 책『말하기의 다른 방법』에는 보이는 대로 해석하는 일이 어떤 식으로 오해를 만드는지에 대한 흥미로운 사례가 등장한다. 여기서 장 모르는 자신이 찍은 사진 한 장을 제시한 뒤, 그 사진을 본 각 직업군의 반응을 한데 모았다. 그 사진과 몇 가지 반응을 소개하면 다음과 같다.

제5부 그을린 이후의 소설가

원예사 사진 찍는 데 가장 좋은 자릴 찾아다니는 사람 같다. 그는 자연을 사랑한다. 도시 밖으로 빠져나가고 싶어 하는 요즘의 젊은이다. 집에서 볼 수 없는 것을 찾아 어디든지 간다.

목사 미래는 젊은이의 것! 희망의 모습. 얼굴과 옷이 인상적이다. 바야흐로 때는 봄이라!

여배우 꽃이 만발한 나무 속의 젊은이. 봄. 성적인 분위기. 펠리니 감독의 〈아마르코르드Amarcord〉에서 "난 여자를 원해" 하고 외치는 남자를 연상시킨다. 다만 이 남자는 더

젊고 나무에도 꽃이 피었다.

정신과 의사 꽃들이 만발한 과수원에 있는 스페인 노동자. 그가 프롤레타리아란 사실과 계절이 봄이란 사실의 대조, 아니 사실 대조적인 건 없다. 그가 뭘 들고 있는 것 같다. 하지만 하얀 걸로 보아 카메라는 아니고. 놀란 표정이지만 나쁜 짓은 안 한 것 같다. 과수원에서 처녀가 일광욕이라도 하고 있는 모양이다.

실제로는 1971년 워싱턴, 베트남전쟁에 반대하는 시위. 백악관 앞에 모인 사십만 시위대. 이 젊은이는 더 잘 보이는 데서 사진을 찍기 위해 나무 위로 올라갔다.

다양한 오해들은 "그렇다면 자네 어머니는 다른 걸 생각했을 것이네"라는 터너의 말에 붙은 주석과 같다. 사진가 역시 화가와 마찬가지로 시각적 정보뿐만 아니라 그 사진을 찍을 당시 자신이 경험한 것을 모두 넣어 프레임을 구성한다. 그렇기에 사진가의 작품을 읽을 때는 눈에 보이는 겉모습 그 이상의 것이 숨어 있다는 사실을 전제해야만 한다. 다른 예술 작품과 마찬가지로 감상자는 작품을 적극적으로 해석해야만 하는 것이다. 이는 예술의 향유자라면 겉모습으로 작가가 말하는 바를 속단하려는 조급한 태도를 버려야만 한다는 사실을 뜻한다. 예술가는 자신이 보여주지 못하거나 말하지 못하는 것을 포함해서 눈에 보이는 그대로의 겉모습을 구성한다.

완벽한 감상자라면 장 모르의 사진을 보고 그가 붙인 주석까지 해석해낼 것이다. 터너는 자신의 눈보라 그림에 '눈보라. 얕은 바다에서 신호를 보내며 유도등에 따라 항구를 떠나가는 증기선. 그날 밤, 필자는 아리엘 호가 하위치 항을 떠나던 밤의 눈보라 속에 있었다'라는 다소 긴 제목을 붙였다. 이 제목은 장 모르가 자신의 사진을 설명하기 위해 붙인 주석을 떠올리게 한다. 이는 이 눈보라 그림을 여러 사람들에게 보여줄 때, 장 모르가 받았던 것과 비슷한 오해를 받을 것이라는 사실을 암시한다. 이때 눈에 보이는 대로의 그림은 화가의 경험에 가 닿지 못하게 만드는 차폐막이 된다.

터너의 일화에서 이런 한계를 염두에 두고 우리가 주목해야 하는 부분은 "어머니가 화가인가?"라는 그의 되물음이다. 캔버스에 그린 그림을 보면서 그 안에 담긴 비非시각적 정보까지도 읽어낼 수 있는 사람을 터너는 화가라고 생각하는 듯하다. 그렇다면 화가는 그림을 본 사람이 시각적 정보와 비시각적 정보를 종합해 최종적으로 마음속에 떠올릴 심상까지도 고려해 캔버스에 시각적 정보를 배치한다는 뜻이리라. 이렇게 구성된 캔버스는 그 안에 숨은 비시각적 정보까지 해석할 능력이 있는 사람, 예컨대 터너의 표현대로라면 '화가'가 나타나기 전까지는 그저 '겉모습'으로만 존재한다.

화가가 아닌 사람은 이 겉모습만을 이해하려고 들기 때문에 오해가 불가피하다는 게 터너의 생각이다. 그림을 보는 사람들이 떠올릴 심상까지도 염두에 두고 화가가 시각적 정보를 배치했다는 사실을 알지 못하고 단지 눈에 보이는 형상만을 해석하려고 든다면, 이를 두고 상황의존적이라고 말할 수 있다. 예컨대 상황의존적인 관람객은 눈보라 그림을 보고 한때 그 그림 속 상황과 비슷한 상황에서 자신이 느꼈던 감정 속으로 빠져든다. 이때 그는 자신을 둘러싼 구체적인 세계의 구체적인 사물을 통해서만 그 그림을 인식한다. 이런 일은 언어를 들리는 대로만 이해하는 문맹자들에게 흔하게 일어난다.

월터 J. 옹의 저서 『구술문화와 문자문화』에는 A. R. 루리아의 꽤 흥미로운 조사 내용이 나온다. 루리아는 1931년과 그 이듬해에 걸쳐 소비에트 연방의 우즈베크 공화국과 키르키즈 공화국의 오지에서, 읽고 쓰지 못하는 사람들과 얼마간 읽고 쓸 수 있는 사람들을 상대로 광범위한 현장 조사를 벌였다. 그는 편안한 분위기로 찻집에 앉아서 그들을 상대로 질문을 던졌는데, 그건 자신이 찍은 사진을 보여주고 그 반응을 들은 장 모르의 방식과 흡사했다.

이 조사에 따르면 읽고 쓰지 못하는 사람들은 추상적으로 사고하지 않고 상황에 의존한다. 예를 들어 기하학적인 도형을 식별할 때, 읽고 쓰지 못하는 사람들은 원의 경우 '접시, 체, 물통, 시계, 달' 등으로, 사각형의 경우 '거울, 문, 집, 살구 건조판' 등으로 일컬었다. 반면에 어느 정도 읽고 쓸 수 있는 사람들은 기하학적 도형을 원과 사각형으로 범주화할 수 있었다. 또한 읽고 쓰지 못하는 사람들은 논리적 사고가 결여돼, "눈이 있는 북극지방에서는 곰은 모두 흰 빛깔을 하고 있습니다. 노바야 제믈랴는 북극지방에 있으며 거기에는 언제라도 눈이 있습니다. 그러면 거기 있는 곰은 어떠한 빛깔을 하고 있습니까?"라는 질문에 "글쎄, 잘 모르겠는데요. 까만 곰이라면 본 일이 있습니다만 다른 빛깔을 한 것은 본 일이 없거든요"라는 대답이 나왔다.

이런 차이에 대한 이유로 옹은, 구술문화는 기하학적인 도형, 추상적인 카테고리에 의한 분류, 형식논리적인 추론, 절차, 정의 등의 항목과는 아무런 관련이 없기 때문이라고 설명한다. 사고란 문자와 무관한 정신적인 활동이라고 생각하기 쉽지만, 루리아의 조사에 따르면 우리는 텍스트 안에서만 추상적으로 사고할 수 있다. 더 중요한 것은 우리가 텍스트 안에서만 자기 자신을 대상화할 수 있다는 점이다. 루리아의 연구에서 가장 흥미로운 지점은, 읽고 쓰지 못하는 사람들이 자기를 분석하는 데 곤란을 느낀다는 점이다. 그들은 자신이 누구냐는 질문에 "나는 무척 가난했고 지금은 이미 결혼해서 자식도 있어요"라고 대답하거나, 지금의 자신에 만족하느냐는 질문에 "좀 더 땅이 있어서 보리를 더 경작하면 좋겠다"는 식으로 대답했다. 즉, 그들은 외부의 상황 속에서만 자신을 바라볼 뿐, 내면이 존재하지 않는다.

그림을 단순히 시각적으로만 보는 사람이 화가의 그림을

관람할 때도 같은 일이 일어나는 게 아닐까? 뒤집어 말하자면 화가가 구성해놓은 캔버스를 해석해야 할 텍스트로 여길 때, 우리는 그의 작품을 제대로 즐길 수 있는 게 아닐까? 캔버스에 그려진 형태와 색깔을 해석할 수 없다면 그림의 의미를 추상적으로 범주화시키지 못할 것이다. 물론 그런 이들 역시 뭔가를 떠올릴 수 있겠지만 그건 자기가 본 곰에 대해서 말하는 것과 같이 외부적 상황에 의존하는 것이리라. 그들이 떠올리는 것과 화가가 떠올린 것이 일치할 확률은 그리 높아 보이지 않는다. 아마 그들은 "다른 걸 생각했을 것이다".

프랜시스 베이컨은 "우리가 원하는 것은 하나의 사물이 가능한 한 사실에 입각한 것이면서, 그럼에도 불구하고 동시에 마찬가지로 우리가 그림을 그릴 때 하기 시작하는 것처럼 단순히 대상을 도해하는 것이 아니라 그것이 깊은 암시를 주는 것이거나, 또는 감각의 영역을 깊은 곳까지 열리게 하는 것을 그려내는 것이 아닌가요? 그것이 예술이 추구하는 전부가 아닌가요?"라고 말했다. 베이컨의 말이 맞다면, 만약 그림을 보면서 화가가 떠올린 것이 아닌 다른 걸 생각할 때 우리는 예술이 추구하는 전부를 향유하지 못하는 셈이다.

수전 손택에게 바치는 글인 「사진술의 이용」에서 존 버거는 "카메라가 발견되기 전에는 무엇이 사진을 대신했을까?"라는 흥미로운 질문을 던진다. 판화, 소묘, 채색화 등을 예상할 수 있겠지만, 존 버거는 '기억'이라고 말한다. 하지만 기억과 달리 사진에는 맥락을 보여주지 못한다는 한계가 있다. 이는 제한된 감각으로서의 시각이라는 문제로 다시 돌아가는 얘기다. 그렇지만 맥락 속으로 다시 돌아갈 때 사진은 마법처럼 이야기를 들려준다고 그는 주장한다. 그가 말하는 맥락은 직선적 흐름이 아니라 방사형의 그물망, 다수의 기억과 같은 것, 경우에 따라 출렁이나 크게 바뀌지 않는 역사와 같은 것이다.

일반적으로 사진이 좋으면 좋을수록 창조될 수 있는 그 맥락은 보다 더 완전한 것이 된다. 그러한 맥락은 시간 속에서 그 사진을 대신하게 되는데 ─ 그것은 불가능한 것인 그것 자체의 원래 시간이 아닌 ─ 서술되는 시간 속에서이다. 서술된 시간은 그것이 사회적 기억과 사회적 행위의 성격을 띠게 되면 역사적 시간이 된다. 짜맞춰진 서술되는 시간은 그것이 자극하고자 하는 기억의 과정을 존중해야 할 필요가 있다.

그렇다면 인쇄술이 발명되기 전에는 무엇이 소설을 대신했을까? 이야기, 민담, 전설 등도 있겠지만 아마도 꿈, 그중에서도 실현되지 않은 꿈이 아닐까? 실현되지 않은 꿈은 그 자체가 하나의 텍스트로 존재할 뿐, 원래의 이야기는 현실에 존재하지 않는다. 그간 혁명을 꿈꿨다가 처형당한 많은 사람들의 꿈은, 공적인 역사는 그걸 음모plot라고 말하겠지만, 그 플롯은 실현되지 않은 계획, 즉 현실에 존재하지 못한 이야기다.

소설의 플롯 역시 이와 다르지 않아서, 현실에는 존재할 자리가 마련돼 있지 않다. 그러므로 사진이나 그림과 달리 소설은 역사적 시간 속에서 맥락을 찾지 못한다. 소설을 읽은 뒤 작가에게 실제 겪은 일이냐고 묻는 독자들에게 이 지면을 통해 대답하자면, 내가 쓴 소설에 등장하는 모든 인물과 사건 들은 창작한 것으로 만약 현실의 인물이나 사건 들과 유사한 경우가 있다면 그건 우연의 일치에 불과하다. 소설은 꿈과 같은 것이라, 글로 쓰여지기 이전의 실제 이야기가 없다. 대신 꿈이 해석되어야만 하듯 소설은 문장을 모두 해독한 독자에 의해 한 번 더 해석되어야만 한다. 작가는 독자의 이 능력을 믿기 때문에 터너와 마찬가지로 해석될 것을 염두에 두고 글을 쓴다.

작가가 쓴 글은 도서계bibliosphere라고 부를 만한 자족적 생태계를 거치며 독자가 읽는 텍스트가 된다. 이 생태계는 크게 책을 만드는 사람들과 그 책을 읽는 사람들로 나눌 수 있다. 가장 왼쪽에 작가가 있어 글을 쓴다고 치자면, 가장 오른쪽에는 독자가 있어 그 글이 인쇄된 책을 읽는다. 작가가 쓴 문자가 인쇄된 책을 독자가 읽는다고 말하면 간단하겠지만, 실제로는 그렇게 단순하지가 않다. 작가가 쓴 글은 수많은 사람들의 손을 거쳐 독자가 읽는 텍스트로 진화한다. 예를 들어 편집자는 작가의 원고를 교정하며 그 텍스트에 기여한다. 그가 표시한 교정부호 하나하나는 작가가 쓴 문장만큼 중요하다. 표지나 본문을 만드는 디자이너나 그 책을 어느 분류에 넣어야 할지 결정하는 사서 역시 텍스트에 기여한다. 도서관의 어느 서가에서 그 책을 찾을 수 있느냐 하는 것도 독자가 텍스트를 대하는 데 기여한다. 만약 도서관에서 밑줄이 그어진 책을 빌려서 읽는다면 먼저 빌린 사람 역시 텍스트에 기여하는 셈이다.

그래서 책을 펼치면 독자는 문자 말고도 많은 것을 읽게 된다. 파본이냐 아니냐는 당연히 중요하다. 내용을 읽는 데 아무 지장이 없다고 해도 독자는 파본을 불완전한 텍스트로 여긴다. 같은 내용이라도 어떤 서체를 사용했으며 글자의 크기와 행간과 자간은 어떤지에 따라 독자는 전혀 다른 텍스트로 인식한다. 표지만 바꿔도 소설의 텍스트는 달라진다. 하물며 작가가 자신의 예전 작품을 개정해 표현 방식과 문장의 배열을 바꾼다면, 전체적인 줄거리에 아무 변화가 없다고 해도 그건 전혀 새로운 텍스트다. 그러므로 슬픈 마음에 서점을 찾아가 하릴없이 서가를 배회하다가 어떤 책의 제목에 혹은 표지에 끌려 그 책을 사와 매일 잠들기 전에 읽는다고 할 때, 그 독자가 도서계의 맨 왼쪽에서 작가가 쓴 문장'만'을 읽고 있다고 말할 수는 없으리라. 독자가 읽는 책은 작가뿐만 아니라 도서계 전체가 기여해서 만든 공동의 텍스트이기 때문이다.

이 텍스트에는 작가가 문자로 미처 표현하지 못한 것들과 함께, 문단을 나누고 절과 장을 구분하면서 생긴 비非문자적인 요소가 포함돼 있다. 또한 작가의 손을 떠난 뒤에도 원래의 글을 편집하고 출판하는 과정에서 편집자, 출판사, 제지업자, 인쇄업자, 서점상, 사서 등이 참여해 작가의 글에 비문자적인 요소를 더하게 된다. 그러므로 이렇게 만들어진 텍스트를 단지 거기 인쇄된 문자만으로 해석할 경우 독자는 많은 부분을 놓칠 수밖에 없다. 관람객이 화가의 캔버스에서 비시각적인 정보까지 읽어내듯 종이책의 독자들은 한 권의 책에서 비문자적인 요소들까지 읽어낸다. 전자책이 종이책을 대체할 수 있느냐는 질문에 회의적일 수밖에 없는 이유가 여기에 있다.

종이책이 전자책으로 옮겨질 때, 텍스트는 어떤 폰트, 어떤 간격, 어떤 여백을 설정하느냐에 따라 그 형태가 유동적으로 바뀐다. 심지어 읽는 사람이 어떻게 설정하느냐에 따라 특정한 문장이 실린 페이지가 매번 달라지기도 한다. 하물며 본문 디자인이나 종이의 재질, 책의 두께 같은 것들은 책의 텍스트에 어떤 영향도 끼치지 못한다. 이런 형편이니 종이책이 전자책으로 옮겨질 때 비문자적인 요소들은 거의 대부분 유실되고 만다. 이는 오직 문자만이 종이책의 전부라고 여기는 것과 같다.

따라서 파본을 불완전한 텍스트로 여기는 종이책 독자의 입장에서는 오직 작가가 쓴 문자만이 존재하는 전자책의 텍스트 역시 불완전하다. 그래서인지 전자책으로 소설을 읽고 나면 어딘가 덜 읽은 듯한 느낌이 든다. 불완전한 텍스트라고 여기는 한, 독서도 불완전해지는 것이다. 그 과정에서 읽지 못한 비문자적인 요소들 때문에 전자책의 독자들은 터너가 지적한 것과 같이 작가는 물론이거니와 종이책의 독자와도 '다른 것을 생각할 것이다'.

전자책으로 문자만을 읽을 때, 가장 큰 어려움은 문장이 쉽게 해석되지 않을 때다. 예컨대 난해한 작품일 경우. 난해한 작품을 전자책으로 읽기란 쉬운 일이 아니다. 거기 나타나는 문자가 곧 텍스트의 전부이므로 텍스트를 벗어나 해석할 여지는 없다. 반면 종이책의 경우에는 여백이나 앞서 읽은 문장들까지도 지금 읽는 텍스트에 포함된다. 여백에 뭔가를 끄적이거나 앞에서 줄을 그은 다른 문장을 바로 찾아 읽을 때, 난해한 문장은 그 문자들 바깥에서 해석될 수 있는 여지를 가지게 된다. 그렇다면 전자책은 독자의 적극적인 해석이 필요한 고급 텍스트를 가져가지 못하는 게 아닐까?

옮겨지는 과정에서 비문자적인 텍스트들이 유실돼 종이책으로 향유했던 독서 경험 중 일부라도 사라진다면 굳이 전자책을 선택할 이유는 많지 않을 것이다. 더구나 그간 인류를 진보하게 만든 고급한 텍스트의 경우, 난해한 문장을 해석하기 위해 비문자적인 요소에까지 관심을 기울일 수 있었던 과거의 독자들보다 뒷걸음질친 독서를 할 이유는 없으니까.

미래의 책에 대해 말하기 위해 이렇게까지 에둘러왔다. 내가 꿈꾸는 책은 이런 것이다. 실제 종이와 비슷한 재질을 가진 얇은 전자종이 150장을 책처럼 제본한 뒤, 그 종이 위에 전자잉크로 텍스트를 배치하는 책. 내가 생각하는 가장 이상적인

지도가 1:1 스케일로 그리는 지도, 즉 한반도만한 크기의 종이를 한반도에 펼쳐놓고 그대로 그리는 지도이듯이. 현실에 존재할 수 없는 책이라고 해도 괜찮다. 이뤄지지 못한 꿈은 소설이 될 테니까.

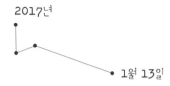

2017년

1월 13일

消すことは、書くことだと思う。
지우는 것은, 쓰는 것이라고 생각한다.
_일본 톰보연필 지우개 광고 문안

　　내가 액정 화면을 통해 글을 쓰는 걸 처음 본 건 대학 신
입생이던 1989년 한 시인의 서재에서였다. 출판사의 편집장과
독자의 관계로 처음 알게 된 우리는 학업 때문에 내가 서울로
올라오면서 교류가 잦아졌다. 그즈음 시인은 시 창작보다 번역
에 더 힘쓰고 있었다. 번역은 시보다 작업량이 많았던 터라 그
는 글쓰기의 생산성을 높여주는 최신 테크놀로지에 관심이 많
았다. 덕분에 그의 작업실에서 나는 워드프로세서를 처음 봤다.
대우전자에서 만든 르모2였다. 무게는 6.5킬로그램에 메모리
는 64킬로바이트, 보조 저장장치인 3.5인치 플로피디스크드라
이브에는 A4용지 240매 분량의 문서를 저장할 수 있다고 했다.
그리고 7행을 디스플레이하는 '국내 최대 액정 화면' 뒤에는 특
이하게도 열전사 프린터가 있었다. 휴대용 기계에 딸린 이 프린

터는 무게만 가중시키는, 좀 성가신 물건이었다. 아마도 제작사는 전동식 타자기를 경쟁 상대로 여기고 실시간 출력이 가능한 프린터를 부착한 듯하다.

하지만 그럴 필요가 없다는 사실은 금세 밝혀졌다. 저장장치가 있다면 타자기처럼 하드 카피를 남길 이유가 없으니까. 이 기계의 진정한 가치는 여기에 있었다. 그러니까 바로 자유로운 수정이었다. 이 단순한, 그러나 글쓰기에는 새로운 지평을 펼친 혁신은 그 당시에도 충분히 주목받고 있었다. 1990년 3월 10일 한겨레신문에 실린 「휴대용 워드프로세서 '원고지 문화' 변화 예고」라는 기사는 타자기에 비해 워드프로세서가 갖는 가장 큰 장점으로 "액정 화면에 나타나는 원고 내용을 마음대로 수정할 수 있다는 점"을 내세웠다. 기사에 따르면, "내장된 플로피디스크에 그 내용을 저장(A4용지 1장 분량의 원고 200~400매)할 수 있기 때문에 웬만한 논문 정도는 자유자재로 수정, 보완해가면서 처리할 수 있"으며, 이 무제한적인 수정 기능과 키보드라는 입력장치가 결합했을 때 글쓰기 속도는 손으로 쓸 때와 비교해 4~5배는 빨라져 "교수, 작가, 기자 들에게 큰 인기를 끌고 있다"고 했다. 다만 1989년 사립 종합대 인문대 평균 등록금이 백오십만원이었다는 사실에서 짐작할 수 있다시피, 백이십오만원에 이르는 높은 가격이 문제였다.

따라서 시인의 집에서 르모2를 보고 단숨에 매료됐음에도 나는 그 기계를 구할 수 없었다. 대신에 나는 수십 권의 노트

제5부 그을린 이후의 소설가

를 구입해 손으로 시와 소설과 평론을 썼다. 그 수준을 문제 삼지 않고 말한다면, 시를 쓰는 건 그다지 어렵지 않았다. 시는 쓴 뒤에도 첨삭이 쉬웠고 잘못 썼다는 생각이 들 땐 몇 번이고 처음부터 다시 쓸 수 있었다. 평론은 그보다 쓰기 어려웠지만, 끝 맺지 못할 정도는 아니었다. 사전에 개요를 잘 설정하면 논리의 흐름에 따라 특정한 문단들을 보완하거나 삭제할 수 있었다. 가장 어려운 건 소설이었다. 2학년이 될 때까지 짧은 단편소설일지라도 노트에 손으로 써서 마지막 마침표까지 찍은 경우는 단한 번뿐이었다. 수십 권의 새 노트에는 한두 장 분량의 도입부만 적혀 있었다. 그러다가 전동식 타자기를 구입했다. 그 타자기에도 프린트하기 전에 두 줄 정도를 검토하며 수정할 수 있는 모니터가 붙어 있었지만, 외부 저장장치는 없었다. 실제 사용해보니 이 기능으로는 막 입력한 문장의 오타라면 몰라도 그전날 쓴 글을 수정할 수는 없었다. 이 전동식 타자기로도 나는 주로 시를 썼다. 이 기계 역시 소설 창작에는 별 도움이 되지 않았던 것이다.

마침내 내가 286 AT컴퓨터를 구입한 건 1992년의 일이었다. 기술 향상의 속도가 어찌나 빨랐던지, 그즈음에는 개인용 컴퓨터에 밀려 워드프로세서는 이미 시장에서 사라지고 있었다. 6킬로그램이 넘는 워드프로세서의 무게를 감안하면 실용성에 의문이 들긴 했지만, 어쨌든 휴대성을 제외하고는 모든 면에서 개인용 컴퓨터가 워드프로세서의 기능을 뛰어넘었다. 프린터를 따로 사야 하는 불편함이 따르기도 했지만, 막 글쓰기의 매력에 빠져들던 당시의 내게 프린터는 꼭 필요한 물건은 아니었다. 고향의 작은 컴퓨터가게 주인은 자신이 조립한 PC에 '페르시아의 왕자' 등 수많은 컴퓨터 게임과 함께 아래아한글을 무료로—그러니까 불법으로—설치해놓았다. 컴퓨터 설치를 모두 끝내고 그가 돌아간 후, 나는 제일 먼저 워드프로세서 프로그램인 아래아한글을 실행시켰다. 다양한 폰트를 이용하고 문단의 모양을 바꾸는 등의 사용법을 익히는 일이 내게는 컴퓨터 게임보다 재미있었다. 집에 오면 나는 늘 그 프로그램을 가지고 놀았다. 그건 글을 쓰라고 만든 프로그램이니까 자연스럽게 나의 '놀이'는 글쓰기가 됐다. 컴퓨터로 글 쓰는 일이 처음부터 내게 놀이로 다가온 까닭은 컴퓨터 스크린의 속성 때문이었다. 불경스러운 말도, 누군가를 향한 저주의 말도, 거기에는 그 어떤 글도 쓸 수 있었다. 쓰고 나서 바로 지우기(딜리트 혹은 백스페이스) 키를 누르면 그만이었다. 그러면 모니터의 글자들은 아무 흔적도 남기지 않고 사라졌다.

영문학 공부에 꼭 필요하다는 이유를 내세워 부모님을 졸라 24개월 할부로 구입한 그 컴퓨터로 나는 열 편이 넘는 단편소설과 1,300매가 넘는 장편소설을 썼다. 이듬해 그 장편소설이 출간되면서 나는 소설가가 됐다. 컴퓨터는 당시 기성세대의 우려처럼 값비싼 장난감이 아니라 엄청난 창작 도구였던 것이다. 그런데 솔직히 말하면 그때까지만 해도 나 역시 그 사실을 제대로 모르고 있었다. 말했다시피 나는 워드프로세서를 가지고 '놀았을' 뿐이니까. 그렇다면 육필로 소설을 완성시키는 건 왜 그렇게 힘들었을까? 컴퓨터 덕분에 제대로 소설을 쓰기 시작한 나는 아마도 머릿속의 생각이 문장으로 변환되는 속도의 차이 때문이지 않을까 생각했다. 타자 실력이 늘면서 생각이 문장으로 변환되는 시간은 점점 줄어들었다. 육필로 이 속도를 따라잡는다는 건 불가능했다.

　그러나 더 많은 소설을 창작하고 난 뒤, 나는 생각과 문장 사이의 시간차를 줄이는 일이 어떤 소설을 끝까지 쓸 수 있느냐 없느냐를 결정짓는 중요한 요인은 되지 못한다는 사실을 깨달았다. 도중에 그만둔 소설들—대개 작가 생활 초기에 이런 미완성 작품들을 많이 남겼다—과 끝까지 써서 출판한 소설들 사이의 가장 큰 차이는 애초의 구상에서 대대적인 수정이 가해졌느냐 아니냐에 있었다. 내 경우 출판까지 이른 소설들은 대개 애초의 구상과는 완전히 다른 캐릭터와 플롯으로 완성됐다. 단어와 표현 들은 당연히 모두 바뀌었다. 이때 가장 결정적인 역할을 한 것은 지우기 키였다. 지우기 키를 더 많이 이용할 때, 즉 쓰고 지우기를 더 많이 반복할 때 어떤 소설이 완성될 가능성은 더 높아졌다. 이 사실을 체감하면서 왜 육필로 쓸 때보다 키보드를 이용할 때 소설을 완성시킬 가능성이 더 높아지는지에 대한 이유도 깨닫게 됐다. 키보드를 이용해 컴퓨터에 입력하면 쓰고 지우기를 더 쉽게 할 수 있기 때문이었다.

자신이 쓴 문장들을 지우는 일은 소설가에게 가장 중요한 예술행위다. 조르조 아감벤은 「창조행위란 무엇인가?」라는 글에서 "예술에 품격을 부여하는 저항"이라는 말로 작가의, '쓰지 않을 수 있는 힘'을 정의했다. 나는 문장들을 지우는 일이야말로 이 '쓰지 않을 수 있는 힘'을 눈으로 직접 확인할 수 있는 방법이라고 생각한다. 이 글의 제목은 1987년 질 들뢰즈가 파리에서 가진 강연회의 제목과 같다. 따라서 모든 창조행위를 무언가에 대한 저항행위로 규정한 것은 들뢰즈가 먼저였다. 아감벤은 들뢰즈가 말한 '저항행위'라는 게 모호하다는 사실에서 출발해 왜 창조행위가 저항행위인지 차근차근 설명한다. 그는 아리스토텔레스를 끌어들여 잠재력을 뜻하는 '힘dynamis'과 행동을 통해 표출된 에너지인 '행위energeia'를 구분한 뒤, 잠재력을 행동의 유보, 더 나아가 힘의 부재가 아닌 '~하지 않을 수 있는 힘'으로 정의한다. 들뢰즈가 말한 저항행위는 바로 여기에 연결된다.

능력뿐만 아니라 이 저항행위, 즉 무능력까지 거머쥘 수 있는 힘만이 진정한 의미에서의 지고한 힘이다. 만약 인간의 능력이 무언가를 할 수 있는 힘뿐만 아니라 동시에 하지 않을 수 있는 힘까지도 포괄한다면, 이 능력의 실천은 오로지 후자를 어떤 식으로든 행동으로 옮겨와야만 가능해진다. 그렇다면 어떻게 해야 이 하지 않을 수 있는 능력을 행동으로 옮길 수 있을까. 이 질문에 대해 아감벤은 상당히 의미심장한 발언을 한다.

"저항행위는 실천을 향해 움직이는 힘의 즉각적이고 무조건적인 충동을 멈춰 세우고, 그런 식으로 인간의 능력이 행위를 통해 고스란히 소모되는 것을 막기 위한 일종의 비평적 역할을 담당한다"는 것이다. 여기서 '비평적 역할'이라는 표현에 주목할 만하다. 이어지는 문장에서 아감벤은 이를 다시 '취향'으로 바꾼다. 그의 말을 그대로 옮기자면, "취향으로 인한 시행착오를 통해 분명하게 드러나는 부족함은 항상 '할 수 있음'의 차원이 아니라 '하지 않을 수 있는 힘'의 차원에서 나타나는 부족함이다. 취향이 부족한 사람은 무언가를 멀리하지 못한다."

공책에 손으로 쓸 때는 단 한 번도 소설을 완성하지 못했던 내가 컴퓨터로는 단숨에 열 편이 넘는 단편소설을 쓸 수 있었던 힘의 원천에는 글의 어느 부분이든 언제든지 깨끗하게 지울 수 있는 지우기 키가 있었다고 이미 말했다. 지우기 키의 사용을 통해 나는 의식하지 못하는 사이에 소설 창작의 더 깊은 본질은 쓰는 일이 아니라 지우는 일에 있다는 사실을 배웠던 것이다. 컴퓨터 이전의 작가들처럼 손으로 글을 쓰면서 그 사실을 익힐 수도 있었겠지만, 매우 지난한 과정을 거쳐야 했을 것이다. 나는 이 지우기 키 속에 아감벤이 말하는 '하지 않을 수 있는 능력'이 깃든다고 생각한다. 이어지는 논의에서 아감벤은 창조행위를 개인적 주체를 뛰어넘어 움직이는 하나의 무인칭적인 요소와 이에 끈질기게 저항하는 개인적인 요소 사이의 복잡한 변증법이라고 설명한 뒤, 그 한 예로 베네치아의 산 살바토레

성당에 있는 티치아노의 후기 작품 〈수태고지〉를 예로 든다.

티치아노는 이 작품에 평범하지 않은 문구인 'Titianus fecit fecit', 즉 "티치아노가 만들고 또 만들었노라"라는 서명을 남겼다. 바로 여기에 '하지 않을 수 있는 힘'의 사용법이 있다. 작가에게 이 서명은 '쓰고 또 썼노라'가 될 것이다. 그러나 이 문구를 쓰기 위해 티치아노가 만들고 또 만들었을 뿐만 아니라 이미 그린 그림을 지워가며 다시 그렸다는 정황은, 엑스레이 기술이 발달하면서 이 글 밑에 숨어 있던 좀 더 일상적인 문구, 'faciebat 만들다'가 발견되면서 드러났다. 그렇다면 작가의 서명, '쓰고 또 썼노라'에는 '(지우고)'가 감춰진 것이라고 볼 수도 있으리라. 이렇게 지우는 데 쓰는 도구는 지우개다. 그래서 일본의 연필회사인 톰보는 "지우는 것은, 쓰는 것이라고 생각한다"는 광고 문안을 만들었을 것이다. 실제 지우개처럼 지우기 키는 이차원 공간, 즉 면面에서 사용한다. 이건 마치 화가가 캔버스에 그림을 그리는 것과 비슷하니, 작가의 작업 역시 시각적인 셈이다.

이런 점에서 『파리 리뷰』에 실린 토니 모리슨의 인터뷰는 흥미롭다. 이 인터뷰에서 그녀는 녹음기를 이용해서 소설을 써보려고 했다가 실패한 적이 있다고 고백한다.

전체는 아니고 일부를 녹음했습니다. 두세 문장이라도 가닥이 잡히면, 녹음기를 들고 차에 타곤 했어요. 특히 랜덤하우스 출판사에 근무하면서 매일 출근할 때 그랬지요.

그냥 녹음하면 될 걸로 생각했거든요. 하지만 결과는 참담했습니다. 글로 되지 않은 제 작품은 신뢰할 수 없더군요.

현대의 소설 쓰기는 구술문화가 아니라 문자문화에 속하기 때문에 녹음기를 이용한 글쓰기는 실패할 수밖에 없다. 토니 모리슨과 같은 현대의 작가는 비선형적으로, 그리고 시각적으로 이야기를 보여준다는 점에서 선형적, 청각적으로 이야기를 들려주는 전통적인 스토리텔러와 다르다. 전달 과정에서 소리가 배제되기 때문에 이들은 단어와 표현의 평면 배치에 집중한다.

종이에 쓴 소리 없는 작업을, 들을 수 없는 독자에게 잘 전달할 언어를 사용하는 건, 글을 쓰면서 겪는 여러 어려움 중 하나입니다. 그러기 위해서는 단어와 단어 사이를 아주 주의 깊게 다뤄야 합니다. 말하지 않은 부분을요. 박자라든가 리듬 같은 것 말입니다. 쓰지 않은 것이 쓴 것에 힘을 실어주는 경우가 자주 있습니다.

화가의 캔버스처럼, 작가에게도 소설이 면의 형태로 펼쳐진다. 소설이 면의 형태로 보일 때, 작가는 수정할 수 있다. 그리고 이 수정행위는 아감벤이 지적했다시피 소설에 품격을 부여한다. 이 품격을 위해 작가들이 얼마나 수정을 많이 하는지는 널리 알려져 있다. 토니 모리슨의 경우는 다음과 같다.

다시 써야 하는 부분은 가능한 한 여러 번 수정작업을
합니다. 여섯 번, 일곱 번, 혹은 열세 번씩 수정을 하기도
했지요.

작가가 만족할 때까지 소설을 수정할 수 있는 건 머릿속
에 있는 상상의 것이든 컴퓨터 화면으로 마주하고 있는 실제의
것이든 '면'이 존재하기 때문이다. 이 면을 이제 '페이지'라고
부르자. 지금 내가 글을 쓰고 있는 컴퓨터 화면이 그런 것처럼,
작가들이 머릿속으로 상상하는 페이지 역시 12세기 이후라는
특정한 시기에 나온 혁신적인 테크놀로지다. 그전까지 글을 쓰
는 사람들은 면이 아니라 선의 형태로 글을 썼다. 불교 경전의
'여시아문如是我聞', 즉 '이와 같이 나는 들었다'라는 도입부가 그
전형적인 예다. 이 관용적 표현은 누군가 암송하는 부처의 말을
순차적으로 받아적었다는 사실을 암시한다. 이때 암송하는 사
람과 받아적는 사람이 같은 사람이든 다른 사람이든, 받아적는
사람은 자신이 적는 말을 입으로 되뇌었을 확률이 높다. 염불과
같은 음독에서 지금처럼 눈으로 경전을 읽는 묵독으로 읽기가
전환되기 위해서는 몇 가지 기술적 진보가 전제되어야만 하기
때문이다.

    이반 일리치는 『텍스트의 포도밭』에서 12세기에 출간된
성 빅토르 후고의 『디다스칼리콘』을 해설하며 어떤 테크놀로지
가 묵독의 시대, 더 나아가 책 중심 시대를 열었는지 되짚어본

다. 이 책에 따르면, 초기 수도원의 필사실은 시끄러운 곳이었다. 서기들은 보통 다른 사람이 구술하는 책을 베꼈다. 원본을 앞에 펼치고 혼자 있을 때도 소리내어 읽은 뒤 청각 기억에 남아 있는 만큼 글로 옮겼다. 이때까지만 해도 읽기와 쓰기는 분리된 행동이 아니었다. 이 시끄럽던 필사실을 조용하게 만든 건 7세기에 아일랜드에서 창안한, 단어들 사이에 여백을 집어넣어 띄어 쓰는 테크닉이었다. 이 테크닉이 도입되자, 필사자들은 암송하는 과정 없이 마치 표의문자처럼 한 단어 한 단어를 눈으로 붙들어 자신이 작업하는 페이지에 옮길 수 있었다. 이것이 묵독, 즉 쓰기와 별개의 행동인 읽기의 맹아적 단계였다.

지금 우리가 책을 펼치고 눈으로 읽는 것과 같은 식의 읽기가 가능하기 위해서는 더 많은 테크놀로지가 동원되어야만 한다. 스무 개 남짓한 로마자 알파벳 문자와 밀랍 판, 양피지, 첨필, 갈대 펜, 펜, 붓 등 쓰기를 위한 일군의 도구와 두루마리를 잘라 만든 책장을 한데 꿰맨 다음 두 표지 사이에 묶어 책으로 만드는 테크닉이 일차적으로 소개됐다. 그리고 12세기 중반에 이르면 제지술, 제책술, 페이지 레이아웃, 페이지네이션, 주제 색인, 휴대할 수 있는 책의 등장 등 새로운 테크놀로지가 쏟아진다. 이 모든 테크놀로지는 페이지를 구성하는 기술로 집약된다.

이반 일리치가 잘 지적하다시피 이 테크놀로지가 소개되기 이전에 책이란 저자의 말이나 구술의 기록이었으나, 이후에는 점차 저자의 생각 저장소, 아직 목소리로 발화되지 않은 의도를 투사하는 스크린이 됐다. 구성된 페이지를 마주한 사람들은 이전 세대처럼 혀와 귀로 읽고 듣지 않았다. 페이지에 있는 형태들은 그들에게 소리 패턴을 촉발하기보다는 시각적 상징이 됐다. 아울러 페이지 매기기, 색인, 페이지 레이아웃을 통해 이전 세대보다 자신이 찾는 것을 발견할 가능성도 훨씬 높아졌다. 이는 새로운 종류의 읽는 사람의 등장을 예고했다. 이 사람은 단순히 묵독할 뿐만 아니라 자신이 원하는 것을 빠른 시간 안에 찾을 수 있어 이전의 수도사가 평생 정독할 수 있었던 것보다 더 많은 저자를 새로운 방식으로 만날 수 있었다. 이 사람이 바로 책 중심 시대의 독자다.

이처럼 책 중심 시대의 독자는 혁신적 테크놀로지로서의 페이지에 익숙한 사람이다. 그건 학자뿐만 아니라 소설의 독자 역시 마찬가지다. 현대 소설의 독자는 스토리텔러가 들려주는 대로 이야기를 쫓아가던 이전의 청자들과 달리 자율적인 읽기가 가능했기 때문에, 진부한 부분은 건너뛰고 난해한 부분은 되돌아가 반복적으로 읽으며 깊이 있는 독서를 할 수 있었다. 모더니즘은 바로 이런 자율적인 독자를 상상했기 때문에 가능했다. 이 자율적인 독자와 작가 사이에 존재하는 게 바로 물질로서의 페이지다. 작가가 최종적으로 구성해야만 하는 것이 바로 이 물질로서의 페이지이며, 이 페이지는 최종적인 것이라 불변한다는 전제가 있어야만 자율적인 독자는 깊이 있는 독서를 할 수 있다.

이전의 작가들이 물질로서의 페이지를 떠올리며 종이에 펜으로 작업한 것과 달리 지금의 작가들은 그 페이지를 재현한 컴퓨터 화면을 보면서 키보드를 이용하기에, 1990년의 신문기사가 예측했듯이 그 생산성이 크게 높아졌다. 개인적 경험으로 봐도 그건 사실이다. 컴퓨터 화면이 제시하는 페이지의 유동성은 수정에 드는 어려움을 크게 감소시켰다. 하지만 그 과정에서 잃는 점도 없지 않다. 그렇다면 디지털 문서를 읽는 독자들의 경우는 어떨까? 그들의 읽기에도 어떤 긍정적인 변화가 있었을까?

『생각하지 않는 사람들』을 쓴 니콜라스 카는 수정이 가능한 디지털 문서는 글 쓰는 스타일, 더 나아가서는 글 읽는 스타일에 영향을 미칠 수밖에 없다고 주장한다. 기존의 창작과 출판 그리고 독서행위는, 인쇄된 책은 완성본이며 일단 종이에 잉크로 인쇄하면 그 속에 담긴 글들은 지울 수 없다는 전제하에 이뤄졌다. 따라서 완벽주의는 작가와 편집자의 가장 중요한 자질이었고, 이를 위해 그들은 자신들이 지닌 최고의 성실함과 집중력을 창작과 편집 과정에서 보여야만 했다. 하지만 수정이 가능한 전자문서의 등장은 이런 완벽주의를 해체할 수밖에 없다. 이는 창작에 있어서는 표현력과 수사법의 상실로 나타난다.

디지털 문서가 최종본이 아니라는 사실은 독서에 더 많은 변화를 가져온다. 예컨대 19세기 작가들이 공들여 완성한 최종 텍스트는, 디지털화되고 난 뒤에는 어휘별로 다른 문서와 하이퍼링크되거나 영상이나 음향으로 변환된다. 전자책의 단어들은 내장된 전자사전의 표제어와 자동으로 링크되며, 인터넷 검색을 통해 외부의 더 많은 문서들과 연결된다. 나아가 킨들은 어려운 어휘들을 좀 더 쉬운 어휘들로 설명해 문장의 아래쪽에 배치하는 워드 와이즈Word Wise 기능을 지니고 있는데, 이는 공들여 해당 어휘를 선택한 작가의 완벽주의에 정면으로 역행하는 기능이다. 또한 스마트폰의 스크린으로 보이는 대부분의 문장은 특별한 프로그램 없이도 내장된 기계 음성으로 변환해 들을 수 있다. 이때 최종본의 형태는 문자가 아니라 소리가 되는 셈이다. 어떤 작가들은 자신의 작품이 귀로 읽히는 것에 동의하지 않을 수도 있다는 사실은 여기서 고려 대상이 될 수 없다. 워드 와이즈 기능이나 음성 지원의 문제는 창작에 있어서 나타나는 문제점과 다르지 않다. 즉 표현력과 수사력의 상실이 그것이다. 하지만 더 큰 문제는 최종 텍스트가 그 견고함을 잃어버리고 유동하게 된다는 사실이다.

2016년 겨울, 나는 나가사키 외국어대학에 연구원 자격으로 머물고 있었다. 숙소는 학생 기숙사 2층 복도 제일 끝 방이었다. 기숙사 식당에서 매일 저녁을 먹었는데, 학생 기숙사라 그런지 음식의 양이 내게 좀 많았다. 그래서 다 먹고 나면 소화를 시킬 겸 산책을 해야 했다. 다행히 학교 주위의 요코오는 조용한 주택가라 산책 코스로 아주 좋았다. 나는 차츰 저녁식사 후의 산책을 즐기게 됐다. 저녁 산책의 벗은 스마트폰이었다. 처음에는 이어폰으로 클래식 음악을 듣다가, 전자책 앱에 텍스트를 읽어주는 기능이 있다는 사실을 발견하고는 소설을 '듣기' 시작했다. 내가 선택한 소설은 그때까지 한 번도 읽어본 적 없었던 작가 모리 오가이의 「기러기」였다. 그렇게 나는 저녁마다 요코오의 한갓진 골목길 구석구석을 걸어다니며 백여 년 전 도쿄의 무엔자카에 사는 사연 많은 미녀 오타마의 이야기에 귀를 기울였다. 행복이라는 것을 전혀 모르고 살아온 이 여자가 과연 사랑의 힘으로 인습의 그물을 찢을 수 있을지 궁금해 다음 이야기를 듣지 않을 수가 없었다.

그러다가 돌연 기러기를 향해 돌을 던지는 장면에 이르렀는데, 그때의 충격은 잊을 수가 없다. 나도 모르게 '앗!' 소리를 지를 정도였다. 나중에 왜 그렇게 놀랐을까 곰곰이 생각해보았는데, 우선 「기러기」의 페이지를 읽은 게 아니라 문장을 순서대로 들었기 때문이 아닐까 싶었다. 책을 읽을 때 나는 다음 페이지 전체를 일별하면서 그 맥락 안에서 문장을 읽는다. 하나의 문장을 읽을 때도 그 앞뒤 문장이 어느 정도는 눈에 들어온다. 하지만 순서대로 문장을 들으니 앞뒤 문장이 귀에 들릴 수 없었다. 두번째, 더 중요하게는 귀로 들으니 사실상 문장의 형식은 말끔하게 사라지고 오로지 내용만 전달됐다. 지금도 돌멩이가 날아가 기러기를 맞히는 장면만 생생하게 기억날 뿐, 모리 오가이가 그 장면을 어떤 문장으로 묘사했는지는 기억나지 않는다. 말하자면 문장의 매개 없이 직접 그 장면을 목격하는 듯한 기분이었다. 그렇다면 나는 과연 모리 오가이의 책을 읽은 것일까?

오래전, 소크라테스는 구술언어는 의미와 음성, 가락, 강세와 억양, 리듬으로 충만한 동적인 실체이며 검토와 대화를 통해 여러 개의 층을 하나하나 벗겨낼 수 있는 '살아 있는 말'인 반면, 문자언어는 상대에 대한 고려 없이 언제나 불변하기 때문에 문답식 대화 프로세스를 가로막는 '죽은 담론'으로 여겨 문자문화를 반대했다. 하지만 구술문화에서 문자문화로의 문명사적 전환을 저지할 수는 없었다. 디지털 혁명의 여명기에도 이와 비슷한 저항을 찾을 수 있다. 이반 일리치는 '기억의 틀 : 중세의 책과 현대의 책'이라는 강연에서 키보드의 지우기 키와 관련해 흥미로운 회상을 남기고 있다. 정보화 초창기에 그는 여섯 명의 동료들에게 컴퓨터 사용법을 가르친 적이 있었다. 대부분의 기능은 타자기와 다를 바 없으나 몇 가지 기능이 추가돼 있었는데, 그중 하나가 바로 지우기 키였다. 동료들은 초보였던지라 이 키의 사용법을 제일 먼저 익혀야만 했다. 이반 일리치는 다들 학식이 높은 독서가인 여섯 명이 지우기 키와 처음 마주쳤을 때 어떤 반응을 보이는지 관찰했다.

모두 충격을 받았고, 그중 둘은 실제로 메스꺼워했습니다. 범위로 선택한 문장이 사라지자마자 글자들이 당겨오며 그 공백을 메우는 광경을 이들은 하나같이 불쾌한 경험으로 받아들였습니다.

제5부 그을린 이후의 소설가

사실 이 메스꺼움을 불러일으킨 실체는 지우기 키가 아니라 컴퓨터 화면일 것이다. 그들이 지금 내가 이 글을 쓰면서 바라보고 있는 것과 같은 LCD liquid crystal display 창을 본 것인지는 알 수 없지만, 결국 일어난 일은 마찬가지다. 그들은 페이지를, 텍스트를, 소크라테스가 그토록 우려한 문자언어의 완결성과 불변성을 근본적으로 파괴시키는 새로운 테크놀로지를 목격한 것이다. 나는 이 '액정 liquid crystal'이라는 단어가 흥미롭다. 액체와 고체의 중간상태에 있는 물질이라는 이 액정 속에서 책 중심 문화를 유지하던 텍스트는 조각조각 나뉘어진 채 녹아내리고 있다. 그 과정에서 문자언어의 예술성을 담지했던 표현력과 수사력 역시 유실되고 있다. 소크라테스조차 바꿀 수 없는 것이 문명사적 전환이라면, 아감벤의 어투를 빌려, 그것을 읽지 않고 쓰지 않는 힘을 유지한 채, 이제 액정 안에서 읽고 쓰는 일이 어떻게 가능할지에 대해 진지하게 생각해봐야 할 때가 온 것이다.

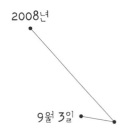

2008년

9월 3일

1

1939년 4월 『조선문학』에 발표된 이상의 유고 소설 「단발」은 연애에 빠진 남녀의 심리상태를 잘 보여준다. 이 소설은, 여자만 보면 그저 서먹서먹하게 굴면서 자신의 불행에 고귀한 탈을 씌워놓고 늘 인생에 한눈을 팔자는 주의였던 연(衍)이 한 소녀와 천변을 걸어가다가 그만 저도 모르게 소녀에 대한 애욕을 지껄이면서 시작한다. 그러고는 금방 후회하게 되는데, 그 까닭은 감춰진 애욕만이 연애의 주도권을 쥘 수 있는 무기이기 때문이다. 그래서 이상 선생의 연애 강좌 제1조는 다음과 같다.

"사람이 비밀이 없다는 것은 재산 없는 것처럼 가난하고 허전한 일이다."(「실화」)

이 문장에서 비밀이란 감춰진 애욕을 뜻한다. 비밀이 없

제5부 그을린 이후의 소설가

다는 건 애욕이 모두 드러난다는 의미이다. 드러나는 순간 애욕은 연애의 경제학에서 마치 연기처럼 그 가치가 사라져버리고 만다. 사랑에 빠진 사람은 대부분 자신의 사랑을 드러내고자 하는 욕구를 느낀다. 그래서 사랑에 빠진 사람은 필연적으로 자신의 욕망을 고백하게 되는데, 이상 선생께서 이미 간파한 대로 이 고백의 가치는 결코 온전하게 상대방에게 가 닿지 않는다. 만약 그 가치가 상대에게 고스란히 전달된다면 상대 역시 이에 상응할 만한 대답을 내놓을 것이다. 하지만 일찍이 그런 일은 일어난 적이 없다. 밖으로 드러난 애욕이 제대로 보상받은 적은 한 번도 없었다. 오직 감춰진 애욕만이 보상받는다.

내 쪽에서 애욕을 감출 때 나를 사랑하는 상대방은 불안을 느끼게 되는데, 이게 바로 감춰진 애욕이 받게 되는 보상이다. 그런데 문제는, 사랑에 빠진 남녀는 앞다퉈 자신의 사랑을 고백하고자 한다는 점이다. 말했다시피 사랑은 고백하는 순간 그 가치를 잃어버리기 때문에 고백한 쪽은 상실감을 느끼게 된다. 이때 고백한 쪽은 초조해지면서 불안을 느끼게 되는데, 이 불안은 상대방이 내게 뭔가를 감추고 있다는 환영을 만들어낸다. 사랑을 고백하는 순간부터 느낄 수밖에 없는, 결코 해소되지 않을 이 불안으로 인해 사랑에 빠진 사람은 자신이 더 많이 사랑하고 있다고 믿게 된다. 그다음은 악순환이다. 더 많이 사랑하는 사람은 상대방의 욕망을 끊임없이 해석해내야 한다.

「단발」에서 이런 장면이 나오는 부분은 다음과 같다. 자신의 오빠가 친구 E와 사랑에 빠졌다는 사실을 알게 된 소녀는 고독을 느끼고 어느 날 밤 "그만 별안간 혼자" 울어버린다. 이튿날 소녀는 연이 하자는 대로 교외의 조용한 방에 마주 앉는다. 그러고선 다음 날 오빠의 여자친구 E와 동경에 가니 이제 또 만나뵙기 어렵다고 말한다. 연은 이 말의 진의가 무엇인지, 그래서 자신과 하룻밤을 보내고 싶다는 것인지 아닌지를 파악하지 못한다. 그런 불확실한 상황이 그로 하여금 "그래? 그건 섭섭하군. 그럼 내 오늘 밤에 기념 스탬프를 하나 찍기루 허지"라는, 농담 반 진담 반의 말을 내뱉게 만든다. 살짝 떠본 이 말에 소녀는 가볍게 흥분하며 "고개를 아래위로 흔들어 보이기만" 한다.

바로 이런 순간에 연은 자신이 진퇴양난의 처지에 빠졌다고 생각한다. 우선 "그가 과연 그의 훈련된 동물성을 가지고 소녀 위에 스탬프를 찍거든 소녀는 그가 보는 데서 그 스탬프와 얼굴 위에 침을 뱉"을 수 있다. 또한 "그가 초조하면서도 결백한 체하고 말거든 소녀는 그의 비겁한 정도와 추악한 가면을 알알이 폭로한 후에 소인으로 천대"할 수 있다. 결국 연은 소녀와 함께 아무 일 없이 새벽 한시가 훨씬 지난 산길을 내려오면서 소녀에게 지지 않았다고 생각한다. 즉, 소녀의 행동을 오해해서 자신의 애욕을 드러내는 행동을 피함으로써 소녀보다 더 많이 사랑하지 않을 수 있었던 것이다.

하지만 사태의 진상은 그와 다를 수도 있다. 소설에는 "이 밤 소녀는 그의 거츠른 행동이 몹시 기다려졌다"고 단정하는

제5부 그을린 이후의 소설가

문장이 나온다. 이 문장은 이튿날 소녀의 오빠에게서 여자친구와 동경에 가게 됐으니 소녀를 부탁한다는 말을 듣고 난 뒤에야 연이 짐작할 수 있는 소녀의 속내다. 오빠의 여자친구와 동경에 가게 됐으니 그 밤이 마지막이라는 소녀의 말이 거짓으로 밝혀지면서 그녀의 애욕은 그렇게 사후에 밝혀진다. 만약 새벽 한시 교외의 조용한 방에 있을 때 연이 소녀의 애욕을 확인할 수 있었다면, 자신이 혹시 소녀의 욕망을 잘못 이해하고 있는 것은 아닐까는 걱정 따위는 하지 않았을 것이다. 요컨대 소녀의 애욕 역시 온전하게 연에게 전해지지 않은 셈이다.

소녀가 동경에 함께 가지 않는다는 오빠의 말을 듣고 그녀의 말을 오해할지도 모른다는 불안에서 벗어난 연은 다음과 같이 득의만만한 내용의 편지를 소녀에게 보낸다.

"아모쪼록 이제부터는 내게 괄목刮目하면서 나를 믿어주기 바라오. 그 맨 처음 선물로 우리 같이 동경 가기를 내가 '프로포즈'할까? 아니 약속하지. 선仙이 안 기뻐하여준다면 나는 나 혼자 힘으로 이것을 실현해 보이리다. 그럼 선이의 승낙서를 기다리기로 하오."

이에 대한 소녀의 답장은 "처음부터 이렇게 되었어야 하지 않았나요? 저는 지금 조금도 흥분하거나 하지는 않았습니다"로 시작해서 "단발斷髮했습니다. 이렇게도 흥분하지 않는 제 자신이 그냥 미워서 그랬습니다"로 끝난다. 이 답장을 읽고 연은 또 한 번 가슴이 뜨끔한다. 자신과 아무런 상의 없이 머리카

락을 자른 소녀의 속마음을 파악할 수 없기 때문이다. 그는 이건 "새로워진 소녀의 새로운 힘을 상증하는 것"이라고, 또 혼자 추측하면서 갑자기 눈물을 흘린다. 왜? 다시 불안해지기 때문이다.

이게 바로 지금 우리가 직면한 사태다. 우리는 사랑에 빠진 사람과 비슷하다. 우리 앞에는 자신이 무엇을 원하는지 우리에게 말해주지 않는 사람들이 즐비하다. 이 사람들의 감정에 대해 우리가 파악할 방법은 없다. 우리의 만성적인 불안은 바로 여기에서 기인한다. 타인을 마주할 때 즉각적으로 발생하는 이 불안에는 원인이 부재하므로 다만 견디는 수밖에 없다. 이 불안을 견디지 못하면 관계는 붕괴된다. 이 불안을 어디까지 견딜 수 있느냐는 오직 사랑의 깊이에 달려 있다. 연애하다보면 순간순간 당장 때려치우고 싶다는 생각이 굴뚝같겠지만, 생각만큼 그게 쉬운 일이 아니다. 너무나 사랑하기 때문에 연애를 그만둘 수 없다고 말하는 순간, 우리는 불안을 견디는 행위를 자처하는 셈이다. 사랑을 위해 병의 치유를 거부하는 것, 이게 바로 타자를 대면한 현대인의 (거부할 수 없는) 윤리다.

2

누군가에게 매력을 느끼게 되면 그 순간부터 불안이 생겨난다. 밤에 누웠을 때 그 얼굴이나 목소리 혹은 향기 같은 게 떠오른다면 더 말할 것도 없다. 이는 자신의 마음은 아는데 상대의 마음은 알지 못하기 때문에 생기는 불안이다. 이 불안을 해소하려면 상대의 마음을 알아내야만 한다. 먼저 고백해보는 것도 좋겠지만, 그건 신여성 시절에나 먹혀드는 방법이다. 지금은 최소한 이상처럼 끊임없이 떠봐야 한다. 맞다. 이건 여간 피곤한 일이 아니다. 그러니까 이런 피곤한 불안 상태가 성가신 사람이라면 애당초 연애를 하지 않는 게 낫겠다.

그렇다면 연애에서 불안을 제거하면 어떨까? 상당히 유쾌할 그런 연애는 과연 어떤 모습이 될까? 이광수의 일문 소설이자 흔히 친일소설로 알려진 「진정 마음이 만나서야말로」는 바로 이런 물음에 대답하는 작품처럼 보인다. 이 소설은 조선인 오누이인 김충식과 김석란, 일본인 오누이인 히가시 타케오와 후미오, 이 네 사람 사이의 야릇한 연애 감정을 다루고 있다. 어느 날, 인수봉을 내려가던 김충식은 암벽 아래로 떨어진 타케오와 후미오를 구해준다. 이를 계기로 타케오는 석란에게, 후미오는 김충식에게 연애 감정을 느끼게 된다. 그러다가 이미 출정이 예정된 타케오는 사실은 석란에게 청혼할 생각이었다는 내용의 편지를 김충식에게 보내고, 결국 그 편지를 받고 역까지 전송 나온 김충식 남매와 작별한 뒤 중국으로 떠나게 된다. 이후 김충식은 독립운동을 했던 아버지에게 "우리들에게도 조국을 주세요"라고 말하며 군의관으로 군대에 출정한다.

두 남자가 모두 중국으로 출정하자, 남은 두 여자 역시 특별 지원 간호부로 두 사람을 따라 전선으로 떠난다. 석란과 후미오가 대별산 후방의 전선에 있던 김충식과 합류하고, 타케오가 시력을 상실한 채 후송되어 오면서 네 사람은 다시 만나게 된다. 두 눈을 잃어버리게 되자 타케오는 적진으로 들어가 선무 공작이라도 해야겠다고 나서고, 중국어를 아는 석란이 그를 따라갔다가 두 사람 모두 중국군에게 잡힌다. 타케오는 중국군 사단장 앞에서 일본은 중국을 형제로 생각하고 있으니 서로 손을 맞잡자고 설득한다. 그 말이 설득력이 있었는지 중국군 장교는 두 사람을 결박하지 않은 채 작은 방에 감금하고, 두 사람은 손을 맞잡은 채 조각상처럼 꼼짝하지 않는다.

이 소설에서 흥미로운 장면은 다음과 같다. 이 여자가 진짜 조선인 아가씨인가 의심할 정도로 새로운 조선인의 육체, 즉 자신과 똑같은 육체를 석란에게서 발견한 타케오는 불광리에 있는 김충식의 집을 세번째 방문했을 때 자신의 마음을 다음과 같이 "자백"한다.

"우리들이 나빴다. 우리들 일본인 전체가 나빴다. 사과하네, 정말 사과하네. 우리들 일본인은 조선 동포에 대한 사랑과 존경이 부족했었다. 폐하의 대어심大御心을 몰랐었다네. 나는 자백하네. 하지만 일본인은 본성이 나쁘지는 않다네. 마음은 지극히 단순하고 감격 잘하는 국민이라네. 단지 이제까지 조선에 대한 이해가 부족했었다네. 우리 집 아버지의 조선관은 아예 잘못된 것이네. 그건 오늘 군의 아버님 말씀을 듣고 잘 깨달았네. 하지만 걱정할 것 없네. 병의 근원을 안 이상 고치면 된다."

막 귀가한 충식은 타케오의 호의는 느낄 수 있었지만 그
가 하는 말의 의미를 확실하게 파악하지는 못한다. 타케오의 느
닷없는 "자백" 앞에서 충식의 얼굴은 "비통할 정도, 또는 우스울
정도로 진지해진다". 왜 그럴까? 그건 "자백"을 한 뒤에 타케오
가 "충식의 얼굴을 똑바로 응시했"기 때문이다. 바로 이 시선 때
문에 충식은 "나를 믿어주는가?"라는 타케오의 말에 "나 자신을
믿는 것보다도 더 믿고 있네"라고 대답한다. 타케오는 충식의
손을 놓고 자세를 가다듬고는 석란을 보며 "아가씨께서는 어떻
게 생각하십니까?"라고 묻는다. 처음에는 "무얼 말입니까?"라며
딴소리를 하려던 석란은 이윽고 평소의 내성적인 모습을 버리
고 분명히 잘라 "굳게 믿고 있습니다"라고 대답한다.

이건 너무나 이상한 장면이다. 진의를 파악할 수 없는 고
백 앞에서 할 수 있는 반응은, 명백히 자신을 유혹하려는 소녀
앞에서 그 속뜻을 알아내기 위해 이리저리 재보는 연의 태도일
것이다. 고백은 온전하게 상대방에게 전달되지 않으므로 먼저
고백한 사람은 항상 자신이 손해본다고 생각하며, 그래서 더 많
이 사랑한다고 생각하게 된다. 하지만 이 경우, 먼저 고백한 타
케오는 원하는 모든 것을 얻어낸다. 즉 타케오에게는 먼저 고백
하는 사람의 불안이 없다. 게다가 상대방은 잠시 자신을 사로잡
았던 불안을 억누르고 타케오의 고백을 그 자리에서 온전하게
돌려준다. 어떻게 하면 이런 연애를 할 수 있을까?

결론적으로 말하자면, 그 자리에서 상대방의 고백을 끌어내는 타케오의 연애 실력은 그 '시선'에서 나온다. 그건 이 소설의 마지막 장면에서 정확하게 표현된다. 중국인 사단장 앞에서 동양 전체의 평화에 대해 떠들어대고 나서 석란과 함께 작은 방에 다시 감금됐을 때, 타케오는 이상한 소리를 한다. 즉 장님이 됐음에도 사단장이 말랐다는 사실이 보인다고 타케오는 석란에게 말한다. 또한 자신들에게 호의적이었던 장교가 키와 눈이 작고 얼굴이 검다는 것도 '본다'. 무엇으로? 타케오의 말을 그대로 옮기자면, "눈이 있기 때문에 보이는 것이 아니라, 마음에 보는 힘이 있으므로 눈으로 볼 수 있다"는 것이다. 타케오에게는 상대방의 마음을 꿰뚫어볼 수 있는 눈이 따로 있었던 것이다. 그렇기 때문에 타케오는 자신의 마음을 고백하고도 아무런 불안감을 느끼지 않는다.

충식과 석란에게는 물론 이런 눈이 없다. 충식이 스스로를 믿는 것보다 더 타케오를 믿어야 하는 까닭은 이 때문이다. 이쪽에서는 상대방의 마음을 볼 수 없는데, 상대방은 나의 마음을 볼 수 있다. 상대방은 진심이라며 먼저 고백하고도 아무 불안감을 느끼지 않는데, 고백을 듣는 이쪽에서 오히려 불안해진다. 더 중요한 것은 이쪽에서는 상대방 말의 진의조차 느끼지 못하는데, 상대방은 이쪽의 불안마저도 간파하고 있는 듯 바라본다는 점이다. 이건 두말할 나위도 없이 건강한 연애 관계가 아니다. 이런 관계를 찾아볼 수 있는 곳은 취조실이다. 취조당하는

제5부 그을린 이후의 소설가

사람이 가장 빨리 알아차려야 하는 건 취조하는 사람이 원하는 것이다. 충식과 석란이 자발적으로 중국 전선으로 나가는 까닭은 타케오가 그걸 원하고 있기 때문이었다. 타케오가 원하는 바로 그 일을 해야만 충식과 석란은 그 불안에서 벗어날 수 있다.

타케오의 사랑은 오히려 병적이다. 더 깊이 사랑하는 사람은 더 많은 불안을 견딜 수밖에 없는데, 타케오는 마음을 열고 조선인들을 사랑한다고 말하면서도 불안의 기미가 전혀 없는, 참으로 유쾌한 사랑을 하고 있다. 타케오는 마치 먼저 고백한 사람이 상대방이라는 듯 고백하면서 양자 사이의 사랑을 확인한다. 타케오는 자신의 불안을 인정하지 않는 것과 마찬가지로 상대방의 불안 역시 받아들이지 않는다. 때문에 타케오를 마주한 충식과 석란이야말로 빠져나갈 수 없는 처지에 놓이게 된다. 충식과 석란에게는 사랑이 선험적으로 주어져 있다. 자신들의 고백이 전제된 타케오의 고백 앞에서 그들이 할 수 있는 일은 타케오를 사랑하는 일뿐이다. 타케오의 사랑이 비윤리적인 까닭은 그의 고백이 사랑 고백이 아니라 "아무런 이유 없이 자신을 사랑해야만 한다"는 명령이기 때문이다.

중국 전선으로 떠나기 전에 타케오는 충식에게 "마지막으로 이것은 개인적인 말이네. 이젠 지나가버려 의미 없게 된 말이지만, 나는 누이동생께 청혼할 작정이었네"라는 내용이 담긴 편지를 보낸다. 이 말은 같은 편지 안에 들어 있는, "그래서 칠천만과 이천만이 빈틈없이 일체가 되어 인류를 이끌기에 족한 높고 힘있는 일본을 만들기 위해 군의 고귀한 생을 바쳐주리라고 믿네"라는 문장과 공명한다. 아무런 이유 없이 타케오를 사랑하라는 명령은 아무런 이유 없이 일본을 위해 생명을 바치라는 명령과 같은 선상에 놓여 있다.

이런 일방적인 명령 앞에 선 여성이 보여주는 최초의 반응은 두려움일 것이다. 예상대로 이 "읽어도 끝나지 않는 편지를 손에 움켜쥔 채" 안방을 나온 석란은 다른 방으로 들어가 어린애처럼 흐느껴 운다. 독립운동을 하던 아버지가 체포되었다는 소식을 들었을 때 기도실에 들어가 운 이래 이만큼 운 적은 없었다. 왜 우느냐고 묻는다면, 다만 사랑하는 남자가 죽음의 길로 들어갔기 때문이라고 말해야만 하겠지만, 석란의 울음은 그런 의미가 아니다. 그러니까 이광수의 문장을 그대로 옮기자면, "석란은 무엇이 슬픈지 몰랐지만, 그저 슬퍼서 우는 것이었다". 자신의 불안까지도 꿰뚫어보는 남성의 애정 고백 앞에서 석란은 왜 슬픈지도 모르고 우는 것이다. 석란의 이 우울한 표정이야말로 일본 제국을 사랑하라는 명령을 앞에 둔 식민지 조선인들의 표정이리라.

3

불안과 우울은 전혀 다른 것이다. 불안이 환멸로 이어진다면, 우울은 체념을 낳는다. 도무지 속내를 파악할 수 없는 소녀와 마찬가지로 천재, 총독부, 난해시, 모더니즘 등이 모두 이상에게 불안을 일으킨다. 좀체 떨칠 수 없는 이 불안 때문에 도쿄까지 간 이상은 도착한 첫 날, 마루노우치 빌딩을 보고 환멸을 느낀다고 말했다. 이 환멸은 뒤집어보면 그만큼 기대가 컸다는 뜻이며, 도쿄를 너무 많이 사랑했다는 뜻이기도 하다. 이상의 산문 「동경東京」은 너무 많이 사랑하는 자의 불안과 문명에 대한 불안 사이의 유비를 보여주는 글이다. 앞에서 우리는 만성적으로 불안해질 수밖에 없다고 말했는데, 그 까닭이 바로 여기에 있다.

불안이 너무 많이 사랑하는 자의 것이어서 환멸을 낳는다면, 우울은 아무런 이유 없이 타자를 사랑하라는 명령을 접한 사람의 것이어서 체념을 발생시킨다. 우울은 "비통할 정도, 또는 우스울 정도로" 진지해진 충식의 표정에서 읽을 수 있다시피 특정한 표정을 만들어낸다. 이상의 「동경」만큼이나 흥미진진한 산문이 바로 이광수의 「얼굴이 변한다」이다. 한일합방 삼십 주년 기념일인 1940년 10월 1일에 쓴 이 글에서 이광수는 길거리를 걸어가다가 맞은편에서 걸어오던 남녀가 과연 '내지인'인지 '반도인'인지 구별할 수 없었다는 경험을 토로하면서 삼십 년 동안 반도인의 얼굴이 변했다고 주장한다. 얼굴이 변한 여러 사례를 들면서 이광수는 특별히 앞에서 충식과 석란이 선택한 반도인 특별 지원병들에 대해 얘기한다. 즉 "반도인 특별 지원병이 조선 내의 각 부대에 들어가 있으나, 군 관계자에게 물어보면 이름을 보지 않으면 구별이 되지 않"으며 "이야기해

보아도 알 수 없는 사람도 있다"는 것이다.

이 변한 얼굴에 대해서 좀 더 살펴보자면, 또 다른 일문 산문 「반도의 형제자매에게 보냄」을 읽을 수 있다. 막 유치장에서 내쫓긴 듯한 시인 P가 이광수를 찾아와, 일자리가 없어서 어제 아침부터 아무것도 못 먹었다고 말한다. 이들의 대화는 다음과 같다.

"왜 직장을 못 구했습니까?"

"아무리 찾아도 없습니다."

"없지 않아요. 당신이 상등上等의 직업을 찾기 때문이지요."

"아니요. 어떤 일이라도 좋습니다."

"그렇다면 위생인부가 되세요."

"위생인부가 무엇입니까?"

"변소를 푸는 인부입니다. 지금 경성부에는 인부가 모자라 거리의 변소가 넘치고 있어요."

이광수의 이 말에 P시인은 "묘한 얼굴"을 하고 묵묵히 앉아 있는다. 이 "묘한 얼굴"은 아마도 "비통할 정도, 또는 우스울 정도로" 진지한 표정과 공명할 것이다. 이 "묘한 얼굴"은 이광수 자신에게서도 찾을 수 있다. 우울증이 급기야 과대망상으로까지 발전하는 사례를 보여주는 희한한 친일작품인 「파리」는, 총후봉공銃後奉公을 주제로 지금의 마포구와 은평구를 잇는 증산로를 수선하기 위해 근로봉사에 나간 '나'가 나이가 많다는 이유로 작업에 참가하지 못하자 파리를 잡겠다고 나서는 사건을 담고 있다. 오후 네시까지 열 집 13세대를 돌면서 '나'가 잡은 파리의 숫자는 모두 칠천팔백구십오 마리다. 이 정신병적인 상황 속에서 '나'는 파리가 일본의 적이라는 망상에 빠져 다음과 같이 읊조린다.

"그렇다. 죽이는 것이다. 박멸하는 것이다. 일본에서 파리의 씨를 말려라. 세계에서 파리를 절멸시켜라. 그들로 하여금 좋은 생명으로 다시 태어나게 하라."

이 강박증은 급기야 '나'를 불쌍하게 여겨 보리전병과 생오이를 상에 담아 내놓는 집에 대고 "파리가 있는 집의 음식은 먹지 않습니다"라고 쌀쌀하게 말하는 지경에까지 이른다. 그리고 집에 돌아와 저녁밥을 먹은 후, '나'는 모깃불 쑥 연기에 눈물을 흘리면서 자신이 때려죽인 파리들 중에 특색 있는 것들을 생각한다. 바로 이때 '나'의 얼굴로 어떤 표정이 비긴다. 소설에는 표정에 대한 묘사가 나오지 않지만, 바로 그 순간, '나'가 "하루의 전투를 끝내고 쉬는 용사의 기분은 이런 것일까"고 생각했다는 점에서 그게 묘한 표정이리라는 것만은 틀림없다. 이 묘한 표정은 무조건 사랑하라는 명령 앞에서 자신의 불안을 감추기 위해 상대방의 욕망을 흉내내야 하는 자의 심리에서 기원할 것이다. 자신을 꿰뚫어보는 시선 앞에서 자신이 어떻게 보여질까를 끊임없이 걱정하는 사람은 기꺼이 타인이 보고 싶어하는 모습으로 자신의 얼굴을 바꿀 것이다. 「파리」의 마지막 장면에서 '나'가 마치 하루의 전투를 끝내고 쉬는 용사의 표정을 흉내내는 것처럼 말이다. 하지만 그 표정은 본래 '나'의 표정이 아니기 때문에 우울할 수밖에 없다.

　1940년 이후 이광수는 여러 글에서 조선인들의 얼굴에 남아 있는 이 우울한 기미를 완전히 떨쳐내자고 주장한다. 다짐만으로는 부족하다. 마음은 얼굴을 통해 드러나는 것이므로 얼굴마저 바꿔야만 완전한 내선일체에 이를 수 있다. 하지만 이광수의 바람과 달리 표정은 마음의 통제를 따르지 않는다. 얼굴은 변할지언정 그 우울한 표정만은 찌꺼기처럼 남는다. 이광수가 쓴「마음과 얼굴과 복」이라는 글은 다음과 같은 문장으로 끝난다.

　"얼굴은 마음을 드러내는 것이다. 특히 젊은 남녀의 반성과 수양을 기원한다."

　강압적인 연애가 파탄나는 지점이 바로 여기다. '너는 왜 진심으로 즐거워하지 않는가?'라는 질문 자체가 우울한 표정을 짓게 한다는 건 연애의 기본이다. 제대로 연애하려면 내 쪽에서 불안하더라도 애인의 얼굴에 깃든 그 이해 불가능한 표정을 견뎌야 한다. "내 앞에서 똥 씹은 얼굴 좀 하지 마"라고 말할 수 있는 사람은 나의 애인이 아니다. 현대의 연애는 진정 마음과 마음이 만나는 행위가 아니라 애인의 불가해한 표정 앞에서 자신의 불안을 감수하는 일이다. 현대적 연애에 관한 한, 1940년 전반의 이광수보다는 1930년대 중반의 이상이 더 옳았던 까닭은 이 때문이리라.

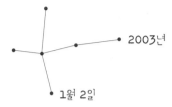

2003년

1월 2일

1

"다른 사람들 역시 언젠가 선고를 받을 것이다. 그 역시 처형을 당할 것이다. 그러니 살인죄로 기소되어 어머니의 장례식 날 눈물을 흘리지 않았다는 이유로 처형된다고 해서 무슨 상관이 있겠는가."

알베르 카뮈의 『이방인』에서 사형수 뫼르소가 신부의 깃을 움켜잡고 외치는 마지막 부분의 절규는 언제 읽어도 섬뜩하기만 하다. 간수가 뫼르소를 뜯어말릴 때까지도 신부는 마지막 단 하나의 희망을 뫼르소에게 불어넣으려고 애쓴다. 예컨대 "이 모든 돌들이 고통을 발산하고 있다는 것을 나는 알고 있소"라든가 "나는 당신도 어떤 다른 삶을 바란 적이 있었으리라는 것을 확신합니다" 같은 말들. 바로 이 부분에서 뫼르소의 윤리와 신부의 윤리는 정면으로 충돌한다. 시대적인 윤리와 초월적인 윤리. 상대적인 윤리와 절대적인 윤리. 이처럼 어마어마한 싸움이 벌어지고 있으니 그 언제 읽더라도 정신이 번쩍 들지 않을 수 없다.

뫼르소의 윤리란 가을의 윤리며 전쟁터의 윤리다. 가을의 윤리라면 소품체를 구사하다가 정조로부터 문체가 불경스럽고 괴이하다는 비평을 듣고 평생 쓸쓸한 삶을 살아야만 했던 이옥李鈺의 「선비가 가을을 슬퍼하는 이유士悲秋解」가 떠오른다. 이 글에서 이옥은 다음과 같이 그 이유를 설명했다.

내가 저녁을 슬퍼하면서, 가을이 슬퍼할 것이 없는데도 슬퍼지는 이유를 알겠다. 하루의 저녁이 오면, 엄자崦嵫가 붉어지고 뜨락의 나뭇잎이 잠잠해지고, 날개를 접는 새가 처마를 엿보고, 창연히 어두운 빛이 먼 마을로부터 이른다면 그 광경에 처한 자는 반드시 슬퍼하여 그 기쁨을 잃어버릴 것이니, 해를 아껴서가 아니요, 그 기운을 슬퍼하는 것이다. 하루의 저녁도 오히려 슬퍼할 만한데, 일 년의 저녁을 어찌 슬퍼하지 않을 수 있겠는가?

뫼르소와 마찬가지로 이옥 역시 가을에 대해 말하고 있는 게 아니다. 이옥은 일 년의 저녁을 말하는 게 아니라 시대의 저녁을 말하고 있다. 그러니까 이옥은 다음과 같은 구절로 이 글을 끝맺는 게 아니겠는가? 그러니까 다음과 같은 구절을 읽는 마음이 뫼르소의 절규를 들을 때처럼 섬뜩한 게 아니겠는가?

아, 천지는 사람과 한 몸이요, 12회十二會는 일 년이다. 내가 천지의 회會를 알지 못하니, 이미 가을인가? 아닌가? 어쩌면 지나버렸는가? 내가 가만히 그것을 슬퍼하노라.

가을이란 호이징가가 말한 것처럼 "참으로 악한 세계"이며 "증오와 폭력이 횡행하고 불의가 만연하며 그 어두운 날개 밑에 땅을 암흑으로 뒤덮는" 계절이다. 그렇다면 가을의 윤리란? 그 시대와 함께 저무는 일이다. "그리고는 전반적인 쇠퇴가 찾아온다"고 호이징가가 말했거니와, 자신의 시대와 함께 그 전반적인 쇠퇴 속으로 몸을 던지는 일이다. 이방인인 뫼르소가, 한사寒士였던 이옥이 왜 모두 다 죽을 것이라고 소리쳤는가는 이로써 분명해진다. 구원도 희망도 의무도 거부하고, 저무는 시대와 함께 쇠퇴하겠다는 이 놀라운 허무는 어떤 점에서 『유마경』 제5장 「문수사리문질품文殊師利問疾品」의 세계와 닮아 있다.

부처의 명을 받들고 병에 걸린 유마힐을 문병간 문수보살은 이렇게 묻는다. "거사여, 이 병은 어디서 일어났으며 그 병의 생긴 것이 얼마나 오래되었으며 도대체 어떻게 멸합니까?" 유마힐의 대답은 다음과 같다. "어리석음 때문에 애착이 있고, 그리하여 나의 병이 생겼으며, 일체 중생이 병들었으므로 나도 병들었거니와, 만약 일체 중생의 병이 나으면 나의 병도 나을 것입니다. 왜냐하면 보살은 중생을 위하여 생사에 들었나니 생사가 있음에 병도 있거니와, 만약 중생이 병을 여의었을진대 곧 보살도 다시 병들지 않을 것입니다."

뫼르소의 윤리를 일신교의 절대적인 윤리에 맞서는 상대적인 윤리라고 했거니와, 이는 병들어 저무는 이 세계의 바깥에서 건강한 몸으로 병자들을 구원하리라는 능동적인 윤리에 맞서 모든 인간들의 병을 내가 다 겪겠노라고 말하는 수동적인 윤리다. 그러므로 신부가 뫼르소의 이런 윤리를 이해하지 못하는 건 당연한 일이다.

실존의 문제에서 비롯된 이 상대적인 윤리를 가장 직접적으로 느낄 수 있는 공간은 전쟁터다. 전쟁터는 '우리는 모두 죽는다'라는 뫼르소의 명제가 가장 첨예하게 드러나는 공간이기 때문이다. 『이방인』은 1940년 5월 파리에서 탈고됐다. 그때는 바로 독일군 전차부대가 프랑스를 침공했던 시기다. 그런 점에서 『이방인』은 전쟁문학이랄 수도 있다. 다만 『이방인』은 '우리는 모두 죽는다, 과연 어떤 구원이나 희망이 남았는가'라는 전쟁터의 질문을 운명이나 권력에 돌리지 않고 신에게 곧장 묻는다는 점이 다르다. '우리는 모두 죽는다'는 『이방인』의 명제가 생존의 영역에서 실존의 영역으로 상승한 까닭은 이 때문이다. 분명 전쟁터의 인간에게는 이런 질문을 던질 권리가 있다.

뫼르소의 질문은 한국전쟁을 경험한 남한의 작가들에게

제5부 그을린 이후의 소설가

고스란히 옮겨온다. 하지만 아쉽게도 남한의 작가들은 이 질문을 신에게 던질 겨를이 없었다. 왜 그런가에 대해 김윤식 선생은 「6.25 전쟁문학」에서 이렇게 대답한다. "현실적으로는 휴전선을 국경으로 인정해야 함에 반해, 심층심리 및 정서상으로는 도저히 인정할 수 없는 상태를 두고, 양가적 심리 또는 이율배반적 사고 형태라 부를 수가 있을 것인데, 이 속에 놓일 때 그 누구도 인격 분열증에 걸리지 않을 도리가 없다고 볼 것이다." 그리고 여기에 다음과 같은 구절이 덧붙여진다. "이러한 콤플렉스에서 마침내 새로운 지표가 모색되었는데, 그것은 분단 고착화에 대한 일종의 죄의식을 동반한 새로운 과학의 등장이다."

우리가 모두 죽는 판국에 무슨 콤플렉스와 죄의식이 필요할까? 염상섭의 『취우』의 세계가 매력적인 까닭은 이 되물음에 들어 있다. 하지만 그건 생존의 윤리는 될지언정 실존의 윤리가 될 수는 없다. 남한 작가들에게는 콤플렉스와 죄의식이 불가피했다. 그건 수많은 희생을 치른 한국전쟁이, 1948년 성립된 분단 체제를 의도대로 평화 체제로 바꿔놓은 게 아니라 정전 체제로 바꿔놓는 데 그쳤기 때문이다. 정전 체제란 말 그대로 항구적인 전쟁 체제다. 이 항구적인 전쟁 체제는 '우리는 모두 죽는다'라는 실존적인 명제를 '이렇게 우리는 죽을 수 없다'는 현실적인 명제로 바꿔놓았다. 심하게 말하자면 1948년 이래, 한국문학은 '이렇게 우리는 죽을 수 없다'라는 콤플렉스와 '그건 모두 우리의 잘못이다'라는 죄의식에 볼모로 사로잡힌 셈이었다.

1930년대 후반, 파시즘의 대공세 속에서 휴머니즘이 제창될 때, 이상은 그 반대방향을 바라보고 있었다. 이상의 죽음은 자신의 시대가 이미 가을을 지났으며, 곧 겨울이 오면 모두 죽을 수밖에 없다는 전조였다. 한국전쟁으로 1948년 잠정적인 분단 체제가 항구적인 전쟁 체제로 전환된 이후에도 휴머니즘은 목소리를 높인다. 『광장』의 이명준 같은 인물이 존재하긴 했으나 한국문학이 여전히 뫼르소 같은 인간형을 만들어내지 못한 것은 이 정전 체제하의 휴머니즘이라는 올무 때문일 것이다. 따져보면 콤플렉스와 죄의식으로 형성된 이 올무는 지금까지도 계속 이어지고 있다.

전쟁 직후, 이 휴머니즘의 공세는 다분히 의도된 듯하다. 정전 체제하의 휴머니즘이란 전력戰力의 상실을 최소화시키는 동시에 체제 경쟁에서 우위를 점하려는 사상처럼 보인다. 예컨대 1955년 『현대문학』 창간호에 실린 김동리의 「흥남철수」에는 다음과 같은, 주인공 박철의 생각이 나온다.

자기는 특별한 사람이라거나, 돌아가는 데도 우선적인 대우를 받아야 할 것같이 생각하던 자기 본위의 생각을 버리고, 여기 있는 수십만의 자유 국민들이 모두 그와 동행이요, 그와 운명을 같이해야 할 사람들이라 생각하면서부터 철의 가슴은 한결 가벼워짐을 깨달았다.

자신의 승차표를 다른 사람에게 넘겨주면서까지 전쟁터의 휴머니즘을 고수하던 철은, 그러나 결국에는 함께 철수하겠다고 다짐했던 윤노인과 그의 딸 시정을 남겨두고 LST에 올라탄다. 휴머니즘은 결국 현실주의자의 사상이니, 운명을 같이하겠다고 다짐했으면서도 LST에서 뛰어내리지 못하는 철을 비난할 수는 없다. 다만 이런 휴머니즘은 '우리는 모두 죽는다, 과연 어떤 구원이나 희망이 남았는가'와 같은 뫼르소의 질문에는 대답해주지 않는다는 게 아쉬울 따름이다. 박철이 LST에서 뛰어내렸다면 어떻게 됐을 것인가? 그건 바로 1948년 이후의 분단 체제, 한국전쟁 이후 정전 체제하의 한국문학이 가지 않은 길의 모양이 될 것이다.

2

「흥남철수」에서 흥미 넘치는 설정은 전쟁터의 철에게 여자를 느끼게 해준 시정의 언니 수정이 겉으로는 알 수 없는 병에 걸렸다는 점이다. 드물게 미인이나 간질 증세가 있는 수정은 사실상 철로 하여금 휴머니즘을 발동케 만든 인물이기도 하다. 수정은 남하하려는 철을 따라나서며 "나도 이남 가서 병 고치고 살겠소"라고 말한다. 1950년대 소설에서 이 같은 병자病者는 빈번히 등장한다. 심지어 장용학의 「비인탄생」의 서두에는 병이 났다고 믿다가 진짜로 병이 나게 되는 인간까지 등장한다.

병자의 세계를 가장 잘 보여주는 이는 바로 손창섭이다. 김윤식 선생은 앞의 글에서 이를 대단히 재미있게 표현했다. "3인 4인의 등장인물 중 한 명은 어김없이 육체적 불구이며, 나머지 다른 인물들은 현실에 적응하지 못하는 정신적인 불구자들이다." 이 병자들, 불구자들과의 한판 대결을 펼치는 작품이 있으니 그게 바로 1958년 발표된 「잉여인간」이다.

「잉여인간」의 주인공 서만기는 치과의사이니 그는 곧 병자들을 치유하는 영웅이다. 그런데 서만기는 무척 특이한 캐릭터다. 그게 본시 천성의 탓인지 교양의 힘 덕분인지 처제를 비롯해 소설에 등장하는 모든 여성들이 그를 흠모한다. 어떤 어려움이 있더라도 한결같이 부드럽고 품위 있는 미소로써 누구에게나 친절히 대하기를 잊지 않는 휴머니스트이니 당연한 일이다. 그런 그에게 친구 봉우의 아내는 이렇게 쏘아붙인다.

"삶을 대담하게 엔조이할 줄 아는 현대인 가운데 먼지 낀 샘플처럼 거의 폐물에 가까운 도금鍍金한 인간이, 자기만족에 도취하고 있는 우스꽝스런 꼴을 아시겠습니까? 선생님 자신이 바로 그러한 인간의 표본이야요."

어떤 순간에도 휴머니스트의 윤리를 고수하는 서만기에게 육탄돌격했다가 보기 좋게 거절당했기 때문에 봉우의 처는 이런 말을 한다. 서만기와 봉우 처가 어느 음식점 별실 삼호에서

술과 안주를 앞에 두고 승강이를 벌이는 장면은 마치 『이방인』에서 뫼르소와 신부가 각자 자신의 윤리를 고수하기 위해 벌이는 설전을 연상시킨다.

여자는 술잔을 들어 만기 앞으로 내어밀며,
"따라주세요!"
명령조였다. 원래 만기는 한두 잔밖에 못하기 때문에 주전자에는 술이 거의 그대로 남아 있었다. 만기는 한 손으로 주전자 뚜껑을 누르고,
"인제 그만 돌아가실까요. 오늘은 정말 오래간만에 포식했습니다."
달래듯 했다.
"내버려두세요. 거룩하신 선생님 눈엔 제가 사람같이 안 보일 테니까요."
여자는 무리로 주전자를 뺏어서 자기 손으로 따라 마시었다. 안주도 안 먹고 거푸 물 마시듯 했다. 만기는 겁이 났다. 이 이상 취하면 어떤 추태를 부릴지도 모른다. 버려둘 수가 없었다. 만기는 간신히 술 주전자를 뺏어 감추었다.

이 둘은 지금 '사람은 모두 죽는다'는 전쟁터의 명제에 대한 해석을 두고 싸우고 있다. 봉우 처는 "한 달이면 절반은 사업

을 합네 혹은 친정에 가 있습네 하고 집을 비우기가 일쑤"인 여자다. 서만기의 치과에 대한 소유권을 쥔 이 여자는 자신의 유혹을 거절했다는 이유로 치과 문을 닫게 만들 정도의 현실주의자다. 봉우 처를 움직이는 윤리 감각이란, 이렇게 죽을 수는 없으니 삶을 대담하게 엔조이할 줄 알아야 한다는 것이다. 하지만 이건 콤플렉스다. "거룩한 선생님 눈엔 제가 사람같이 안 보일 테니까요"라는 말에서 이는 극명하게 드러난다.

그렇다면 서만기 쪽은 어떨까? 그런 여자마저 "버려둘 수가 없었다"는 윤리 감각이니 이건 죄의식에 가까운 휴머니즘이다. 모두 죽을 수밖에 없는 전쟁터에서 현실주의자의 윤리를 따르느냐, 휴머니스트의 윤리를 따르느냐를 두고 지금 서만기와 봉우 처는 어느 음식점 별실 삼호에서 한판 승부를 벌이는 셈이다.

그런데 이 싸움은 어쩐지 공허하다는 인상을 준다. 시작하기도 전에 이미 승부가 결판난 싸움이라는 데에도 그 원인이 있지만, 그보다는 둘의 윤리적 입지가 그다지 멀리 떨어져 있지 않기 때문에 애당초 싸움이 벌어질 수 없다는 데에도 그 원인이 있다고 말하는 게 더 정확하겠다. 이건 순전히 그들의 체제가 항구적인 전쟁 체제로 계속 이어지고 있기 때문이다.

항구적인 전쟁 체제하에서 현실주의와 휴머니즘은 같은 말일 경우가 많다. LST에서 뛰어내리지 못하고 "다음 배에, 다음 배에"라고 외치는 박철이나, 병원 건물과 집기 일체 모두를 봉우 처에 의지하면서도 "사람이란 행복하기 위해서 살고 있는 것은 아니다. 자기의 정해진 길을 가기 위해서 살고 있는 것이다" 같은 말을 되뇌는 서만기의 휴머니즘은 그 토대부터가 지극히 현실적이기 때문이다. "그 누구도 인격 분열증에 걸리지 않을 도리가 없다"라는 김윤식 선생의 말은, 정전 체제하의 윤리가 이처럼 취약하다는 사실을 이르고 있는 것이다.

한국 사회의 비극은 전쟁을 통해 '인간은 모두 죽는다'라는 명제를 얻었으면서도 신은커녕 강대국 어디에도 '너희들 역시 언젠가는 선고를 받을 것이다'라고 항변하지 못한 채, 콤플렉스와 죄의식만 키워나갔다는 데 있다. 서만기의 휴머니즘이 봉우 처의 재산에 발목이 잡혀 불구의 모습으로 나타나는 것처럼, 한국문학은 이런 한국 사회의 콤플렉스와 죄의식에 발목이 잡힐 수밖에 없었다.

문학이란 당대의 모습을 그대로 보여주는 것이니, 서만기나 박철의 휴머니즘이 현실주의에 발목이 잡혀 있다고 하더라도 비난받을 바는 못 된다. 하지만 정전 체제가 고착된 지 오십이 년이 지난 지금 여기에서 새로운 한국문학 대망론이 있다면 그건 이 정전 체제를 단숨에 뛰어넘는 형상이 돼야 할 것이다. 이는 콤플렉스와 죄의식을 뛰어넘는 일인 동시에 새로운 체제에 걸맞는 새로운 윤리를 구축하는 일이 될 듯하다.

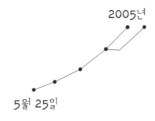

2005년

5월 25일

1

　근대성이라는 말을 들으면 제일 먼저 1970년대 후반 고향 김천에서 문을 연 백화점이 떠오릅니다. 지하 1층, 지상 2층의 작은 건물이었던지라 백화점이라고 부르기엔 다소 민망할수도 있겠습니다. 어떤 곳을 가리켜 백화점이라고 부를 수 있느냐에 대해서는 여러 의견이 있을 것입니다. 저는 일본 미쓰코시 백화점의 이사였던 다카하시 요시오가 1895년부터 행한 일련의 개혁 정책에서 힌트를 얻었습니다. 미국 백화점의 운영 실태를 연구한 그는 진열 판매 방식, 부인옷 중심의 유행 창출, 고등 교육을 받은 신입사원 채용, 광고 선전 활동의 활발한 전개등을 도입했습니다. 이런 특징들은 한국의 백화점으로도 그대로 옮겨졌습니다. 이 기준에는 못 미쳤기에 고향의 백화점은 잡

　　　　　　　　　　제5부　그을린 이후의 소설가

화점이나 종합상점으로 불러야 했을지도 모르겠습니다. 하지만 우리에게는 분명히 백화점이었습니다. 왜냐하면 거기에는 1층에서 2층으로 올라가는 에스컬레이터가 설치돼 있었기 때문입니다.

광고에 신경써야 한다는 다카하시 요시오의 주장에는 부응해서, 백화점 측은 개업식에 서울의 탤런트와 가수를 초대한다고 널리 알렸습니다. 덕분에 개업식 당일, 백화점 앞은 구경 온 사람들로 인산인해를 이루어, 멀리서나마 연예인들이 부르는 노랫소리를 들을 수 있었습니다. 연예인들은 한 시간 정도 머물다가 다른 도시로 떠나버렸지만, 사람들은 그후에도 백화점을 떠나지 않았습니다. 개업식은 대성공을 거둔 셈이었지요. 하지만 다음 날이 되자 손님은 거의 보이지 않았습니다. 대신 그 자리를 채운 건 에스컬레이터를 구경하러 온 아이들이었습니다. 저 역시 그런 아이들 중 하나였지요. 계단이 움직인다니, 그런 게 에스컬레이터라니! 하루 종일 탄다고 해도 질리지 않겠더군요.

예상치 못한 사태에 직면한 백화점 측은 경비원을 세워 에스컬레이터를 타러 오는 아이들을 쫓아냈습니다. 덕분에 김천 최초의 백화점 앞에서는 날마다 아이들과 경비원 사이의, 쫓고 쫓기는 술래잡기가 펼쳐졌습니다. 에스컬레이터를 타고 도망치는 아이들을 쫓아가느라 경비원이 자리를 비우면 다른 아이들이 몰려왔습니다. 그러면 뒤쫓던 아이들을 놓치고 허탈하게 돌아오던 경비원이 새로 몰려든 아이들을 향해 달려갔습니다. 백화점이라면 당연히 있어야 한다는 생각으로 설치했을 에스컬레이터는 그렇게 애물단지로 바뀌어갔습니다. 경비원의 인내심이 한계에 도달할 즈음, 저는 한 가지 깨달음을 얻었습니다. 그건 경비원의 눈치를 보지 않고 손님인 것처럼 당당하게 에스컬레이터에 올라타면 그가 의심의 눈초리를 거둔다는 사실이었습니다.

덕분에 아이쇼핑을 참 많이 했습니다. 백화점 안에는 남성복, 여성복, 장신구, 화장품, 완구 등등 다양한 상품들이 있었습니다. 살 생각도, 돈도 없었지만 저는 맨 안쪽까지 들어갔습니다. 계속 걸어가다보면 어김없이 달콤한 향기가 났습니다. 열대의 과일향 같기도 하고, 화장품 냄새 같기도 했습니다. 그 향기에 이끌려 저는 계속 걸었습니다. 그건 수입품 코너에서 풍기는 향기였습니다. 거기에는 신기한 물건들이 많았습니다. 작은 쇠봉에 쇠구슬들을 매단 장난감은 지금도 생생하게 기억납니다. 한쪽 끝에 있는 쇠구슬을 들었다 놓으면 그 힘으로 반대쪽 끝의 쇠구슬이 튕겨져 올라갔습니다. 두 개를 들었다 놓으면 다른 쪽 끝에서 두 개의 쇠구슬이 튕겨올랐습니다. 규칙적인 소리를 내며 쇠구슬은 거기 수입품 코너에서 영원히 움직일 것 같았습니다. 그런 영구 기관이 이론적으로 불가능하다는 사실을 학교에서 배우려면 좀 더 시간이 흘러야만 했지요. 그런 사실은 전혀 알지 못한 채 그때 저는 이국적 향기, 그리고 영원할 것 같은 반복 운동에 사로잡혔습니다. 그게 바로 제가 처음으로 경험한 근대성이었습니다.

2

미쓰코시 이야기를 조금 더 해볼까요. 미쓰코시는 손님들을 백화점 안에 더 오래 잡아두기 위해 여러 장치를 고안했는데, 그중 하나가 식당가를 만드는 일이었습니다. 우리가 지금 백화점에서 다양한 음식을 맛볼 수 있게 된 것은 미쓰코시의 이런 혁신 덕분입니다. 같은 이유로 미쓰코시는 1907년 '공중정원'이라는 이름의 옥상정원을 만들었습니다. 이에 대해서는 다음과 같은 글이 남아 있습니다.

"서양풍의 건축으로 세워진 전 양복부 건물 옥상을 개조해 만든 육십 평 정도 크기의 정원으로, 여기에는 연못과 분수를 만들고 식물을 심었다. 그리고 '회전 파노라마'를 만들고 망원경도 설치하는 등, 마치 작은 유원지와 같은 분위기를 가지고 있었다."

미쓰코시는 1930년 서울에 지점을 세웠습니다. 지하 1층 지상 4층의 백화점은, 지금도 신세계백화점 자리에 그때의 건물로 남아 있습니다. 물론 엘리베이터와 옥상정원도 있었습니다. 비슷한 시기에 개점한 도쿄의 마쓰자카야 아사쿠사 점의 옥상정원이 작은 동물원과 각종 놀이시설을 모은 '스포츠랜드'였다면, 사진으로 확인할 수 있는 미쓰코시 경성 지점의 옥상정원은 노천카페에 가깝습니다. 이 공중정원은 당시 경성 사람들에게 근대적 공간으로 여겨졌을 것입니다. 모더니즘 시인으로 새로운 문화적 흐름에 민감했던 이상이 이 공중정원에 매혹된 것은 당연해 보입니다. 그는 백화점을 소재로 여러 작품을 남겼는데, 옥상정원도 그의 시적 소재 중 하나로 「운동」이라는 시에 그 흔적이 남아 있습니다.

一層우에있는二層우에있는三層우에있는屋上庭園에올라서南쪽을보아도아무것도없고北쪽을보아도아무것도없고해서屋上庭園밑에있는三層밑에있는二層밑에있는一層으로내려간즉東쪽에서솟아오른太陽이西쪽에떨어지고東쪽에서솟아올라西쪽에떨어지고東쪽에서솟아올라西쪽에떨어지고東쪽에서솟아올라하늘한복판에와있기때문에時計를꺼내본즉서기는했으나時間은맞는것이지만時計는나보담도젊지않으냐하는것보담은나는時計보다는늙지아니하였다고아무리해도믿어지는것은필시그럴것임에틀림없는고로나는時計를내동댕이쳐버리고말았다

'신기한 물건들의 상점에서'라고 번역되는 「AU MAGASIN DE NOUVEAUTES」라는 시에도 미쓰코시 4층 옥상정원의 모습이 묘사돼 있습니다.

제5부 그을린 이후의 소설가

마르세이유의봄을解纜한코티의香水의마지한東洋의
가을

快晴의空中에鵬遊하는Z佰號. 蛔蟲良藥이라고씌어져
있다.

屋上庭園. 猿猴를흉내내이고있는마드무아젤.

灣曲된直線을直線으로疾走하는落體公式.

時計文字盤에XII에내리워진一個의浸水된黃昏.

(……)

위에서내려오고밑에서올라가고위에서내려오고밑에서올
라간사람은밑에서올라가지아니한위에서내려오지아니한
밑에서올라가지아니한위에서내려오지아니한사람.

여기서 'Z백호'는 증기 비행선이었던 제플린 호를 뜻합
니다. 그 유명한 제플린 호가 세계일주 비행의 일환으로 일본
을 방문한 것은 1927년 8월의 일이었습니다. 미래파 화가였던
고가 하루에古賀春江는 그 직후 제플린 호가 등장하는 작품을 그
려 실험작의 경연장인 '이과회二科會'에 입선합니다. 이상이 이
제플린 호를 시에 등장시킨 것은 그로부터 삼 년 뒤인 1932년
7월의 일이었습니다. 시에서 이상은 푸른 하늘을 배경으로 떠
있는 애드벌룬을 제플린 호에 비유하고 있습니다. 그 애드벌룬
에는 회충약 광고가 매달려 있었던 모양입니다. '원후'는 원숭
이니, 동물원을 두었던 일본 백화점의 옥상정원처럼 미쓰코시

4층에도 원숭이 우리가 있었다는 사실을 짐작할 수 있습니다. 코티 향수 냄새와 엘리베이터는 백화점이라면 우리가 제일 먼저 떠올리는 감각적 이미지를 상기시켜줍니다.

미쓰코시 경성 지점의 옥상정원이 등장하는 또 다른 작품은 소설 「날개」입니다.

나는 어디로 어디로 들입다 쏘다녔는지 하나도 모른다. 다만 몇 시간 후에 내가 미쓰꼬시 옥상에 있는 것을 깨달았을 때는 거의 대낮이었다.

나는 거기 아무 데나 주저앉아서 내 자라온 스물여섯 해를 회고하여보았다. 몽롱한 기억 속에서는 이렇다는 아무 제목도 불그러져나오지 않았다.

이다음은 수족관 속을 떠다니는 금붕어를 바라보는 장면이 나오니, 거기에는 수족관도 있었다는 사실이 확인됩니다. 미쓰코시 경성 지점의 옥상정원을 소재로 한 이 세 개의 인용문에 공통적으로 등장하는 것이 바로 시계입니다. 「날개」의 유명한 결말 부분은 이 시계 덕분에 탄생하게 됐습니다.

이때 뚜우하고 정오 사이렌이 울었다. 사람들은 모두 네 활개를 펴고 닭처럼 푸드덕거리는 것 같고 온갖 유리와 강철과 대리석과 지폐와 잉크가 부글부글 끓고 수선을

제5부 그을린 이후의 소설가

떨고 하는 것 같은 찰나, 그야말로 현란을 극한 정오다.

나는 불현듯이 겨드랑이 가렵다. 아하, 그것은 내 인공의 날개가 돋았던 자국이다. 오늘은 없는 이 날개, 머릿속에서는 희망과 야심의 말소된 페이지가 딕셔너리 넘어가듯 번뜩였다.

나는 걷던 걸음을 멈추고 그리고 어디 한 번 이렇게 외쳐보고 싶었다.

날개야 다시 돋아라.

날자. 날자. 날자. 한 번만 더 날자꾸나.

한 번만 더 날아보잤꾸나.

이상이 미쓰코시 백화점의 옥상정원에 갈 때마다 쳐다본 시계는 어린 시절 저를 매혹시킨 백화점 2층 수입품 코너의 쇠구슬 운동을 연상시킵니다. 그것들은 이 세계를 움직이는 규칙을 시각적으로 보여줍니다. 이상은 옥상정원을 다룬 일련의 시에서 근대성의 핵심이 반복운동에 있음을 암시했습니다. 이는 매일 반복되는 "정오 사이렌"으로 상징됩니다. "정오 사이렌"은 오전 근무가 끝났다는 사실을 알려줍니다. 그래서 "정오 사이렌"이 울리면 사람들은 기지개를 켜고 밥을 먹으러 나가죠. 그 모습에서 이상은 날개를 봤습니다. 그래서 지금 자신에게 없는 날개가 돋아나는 새로운 "정오 사이렌"을 그는 기다리는 셈입니다.

3

데이바 소벨은 『경도Longitude』에서 시계의 발명이 어떻게 대항해시대를 열었는지 잘 설명해놓았습니다. 그녀는 어린 시절 뉴욕 시 5번가의 록펠러 센터 인터내셔널 빌딩에 설치된 아틀라스 상을 보고 다닌 일이 이 책을 쓰게 된 계기 중 하나라고 썼습니다. 그 조각상에서 아틀라스는 적도, 황도, 북회귀선, 남회귀선 등 상상의 선들로 이뤄진 구체를 짊어지고 있습니다. 위도와 경도 역시 그런 상상의 선들입니다. 인류는 오래전부터 낮의 길이, 태양의 높낮이, 길잡이별의 위치 등을 통해 위도를 찾는 방법을 알고 있었으나 경도만은 쉽게 알아내지 못했습니다. 경도를 알아내려면 배가 위치한 곳의 시각과 이미 경도를 알고 있는 지점의 시각을 동시에 알아야 하는데, 그러자면 해상에서도 정확한 시각을 알고 있어야 합니다. 그래서 유럽인들은 정확한 해상시계를 만드는 일에 공을 들였고, 결국 경도를 알아내는 방법을 찾아냈습니다. 이로써 대양 항해가 가능해지면서 대항해시대라는 새로운 역사가 쓰여지게 된 것입니다. 그렇다면 1549년 예수회 창립자 중 한 사람인 프란치스코 하비에르가 일본에 도착하고, 그로부터 삼십삼 년 뒤인 1582년 '텐쇼天正 소년사절'이라는 이름으로 일본 소년들이 로마 방문길에 오르는 등 동서양이 서로 교류하게 된 데에도 시계가 큰 역할을 했다고 말할 수 있을까요? 여기서 더 나아가, 그럼 1592년 고니시 유키나가가 이끄는 제1군이 부산 앞바다에 나타나면서 임진왜란이 시작된 데에도 시계의 발명이 한몫한 것일까요?

당시 동아시아의 권력자들은 시계의 중요성을 본능적으로 알고 있었습니다. 도쿠가와 이에야스를 기리기 위해 지은 신사인 구노잔 도쇼구에 있는 보물 중에도 스페인 사람 비스카이노가 선물한, 1581년 마드리드에서 제작된 금제 탁상시계가 있었으니까요. 동아시아의 권력자에게 환심을 사기 위해 시계를 선물하는 일은 1582년 중국으로 들어간 루제리 신부의 보고서에서도 찾아볼 수 있습니다.

총독이 이 말을 듣고 동요하는 듯하자, 판사는 제 부탁이었다며 안경 몇 개를 총독에게 선물로 내밀고 덧붙여 "신부는 병이 낫는 대로 이곳에 와서 아주 아름다운 철제 시계를 각하께 헌상할 것입니다"라고 했습니다. 총독은 제가 그것을 기억하고 있음을 듣고 아주 기뻐하며, 판사를 통해 다음에 제가 올 때는 반드시 시계를 갖고 오라고 말을 전했습니다. 저는 건강을 회복하는 데 한참이 걸렸는데, 그사이 총독이 개인적인 서신 한 통을 보내 시계를 잊지 말라고 하더군요.

여기에 등장하는 총독은 광둥과 광시를 일컫는 양광의 총독 진서입니다. 진서는 시계를 얻을 요량으로 루제리 신부를 중국 본토로 불러들였고, 1582년 12월 18일, 루제리 신부는 시계와 베네치아 유리로 만든 프리즘 등을 선물로 지참하고 마카오에서 출발했습니다. 루제리 신부는 프란치스코 하비에르 신부를 시작으로 예수회 신부들이 과거 사십 년 동안이나 고생에 고생을 거듭하면서도 이루지 못했던 중국 입국이 이뤄진다는 사실에 마치 꿈을 꾸고 있거나 마법에 걸린 것 같다는 소감을 밝힐 정도로 감격했습니다.

이후에도 시계는 군주들의 닫힌 마음을 열게 하는 중요한 선물로 사용됐습니다. 루제리 신부의 뒤를 이어 중국에 들어온 마테오 리치 신부는 1600년 명나라 황제를 만나기 위해 선물 일람표를 작성했는데, 거기에 자명종이 있는 건 당연했습니다. 자명종과 잘 어울리는 선물은 바로 세계지도였습니다. 예수회 선교사가 중국 황제의 궁궐에 들어갈 수 있는 경우는 자명종을 수리할 때와 세계지도를 그릴 때뿐이었습니다. 비유하자면 굳게 잠근 동양의 문을 연 열쇠가 바로 시계와 지도였습니다. 시계와 지도 덕분에 대항해시대가 열렸다는 사실을 고려한다면, 무척 의미심장한 일이 아닐 수 없습니다.

마테오 리치가 만든 세계지도 '곤여만국전도'는 1603년 주청사奏請使로 중국에 다녀온 이광정에 의해 조선으로 전해졌습니다. 자명종은 그보다 다소 늦은 1631년 정두원이 조선으로 들여왔습니다. 그에게 자명종을 선물한 사람은 예수회 신부 후앙 로드리게스인데, 그는 1614년 금교령이 내려지기 전 일본

나가사키 예수회 본부에서 재무를 담당하던 중요한 인물로, 동양 선교에 평생을 바친 사람이었습니다. 그들의 뒤를 이어 조선 선교의 문을 두들기는 임무를 이어받은 이는 아담 샬이었습니다. 그는 병자호란이 끝난 뒤, 청나라에 볼모로 잡혀온 소현세자와 친교를 맺으며 그를 가톨릭 신앙으로 이끌기 위해 애썼습니다. 소현세자는 1645년 아담 샬에게서 선물받은 책과 물건을 잔뜩 들고 귀국했는데, 그 짐 속에 자명종이 있었으리라는 건 이제 쉽게 짐작할 수 있습니다.

17세기 이후 베이징을 방문하는 조선인들은 자명종의 매력에 이끌려 천주당을 즐겨 방문했습니다. 박지원은 마테오 리치와 아담 샬의 무덤을 찾았고, 이덕무는 천주당을 찾아 옥상의 누각에 올라가려다 실패합니다. 이들의 천주당 방문은 서양 종교보다는 과학 혹은 지식에 대한 관심에서 비롯했습니다. 박지원은 「동란섭필」에 유럽의 쇠줄 현금과 자명종에 대한 이야기를 남기며, 이미 건륭 임진년1772년 6월 18일에 홍대용의 집에서 그가 이 악기를 해득하는 것을 봤다고 썼습니다. 홍대용은 그만큼 서양 악기와 기계의 원리를 잘 알고 있던 사람입니다. 그러므로 그가 천주당을 찾아가 다음과 같이 말하는 것은 인상적입니다.

내가 나아가 그 말뚝을 두어 번 오르내려 누른 후에, 우리나라 풍류를 흉내내어 잡으니 거의 곡조를 이룰 듯하여

유송령이 듣고 희미하게 웃었다. (……) 누각을 내려와 다른 구경을 청하니, 유송령이 앞서 나가며 따라오라고 하였다. 그 뒤를 쫓아 문을 나와 서쪽의 한 집에 이르니, 이곳은 자명종을 감춘 집이었다.

'자명종을 감춘 집', 그건 시계탑을 말합니다. 홍대용이 그것을 꿰뚫어볼 수 있는 이유는 베이징의 천주당을 방문하기 삼년 전인 1762년 스스로 자명종을 만들어본 적이 있기 때문입니다. 나주 목사로 가 있던 아버지를 찾아갔다가 그곳의 기술자였던 나경적을 만나 자명종을 만들기로 뜻을 모은 지 삼 년 만의 일이었습니다. 이때 그들이 자명종과 함께 만든 것이 바로 혼천의입니다. 이 혼천의의 생김새는 데이바 소벨이 어린 시절 아버지 손에 이끌려 찾아간 뉴욕 시 5번가의 록펠러 센터 인터내셔널 빌딩에서 본 구체와 무척 비슷합니다. 아틀라스가 받쳐든 천구, 그건 과학적 질서의 세계이자 영원히 반복되는 운동의 근원입니다. 드디어 조선인들은 근대를 형성하는 원리에 가 닿게 된 것입니다.

4

몇 년 전, 저는 「쉽게 끝나지 않을 것 같은, 농담」이라는 단편소설을 썼습니다. 이 소설에서 저는 박지원이 베이징에서 돌아올 때 가져왔다는 지구의를 소재로 다뤘습니다. 보물로 집안에 전해온 이 지구의를 보면서 세계 정세와 혁명의 이치를 깨친 자들이 바로 김옥균, 홍영식, 박영효 등이었습니다. 당시 그들은 같은 동네에 살던 십대 소년들이었습니다. 그들에게 지구의란 자연적 질서의 원리를 보여주는 신기한 물건에 그치지 않고, 정치적 질서 그러니까 낡은 세계를 허물어뜨리고 새로운 세계를 건설할 수 있게 하는 도구였습니다. 그로부터 십 년 뒤, 그들은 갑신정변을 일으킵니다. 이 정변은 사흘 만에 실패로 끝났습니다. 그럼에도 이를 실패라고 말할 수 없는 까닭은 그 일로 조선인 최초의 개신교 신자가 나올 수 있었다는 사실 때문입니다.

갑신정변이 일어나던 밤, 개신교 전도사인 알렌이 피습당한 보수세력 민영익을 치료하러 간 사이, 그의 통역이었던 노춘경은 당시 금지된 서적인 「마태복음」을 집으로 들고 가 밤새 읽고는 기독교인이 됐습니다. 또한 치료를 계기로 보수세력에게 인정받은 알렌은 정변의 실패로 죽은 홍영식의 집에 최초의 서양식 병원인 제중원을 만들고 의술을 통한 기독교 전파에 나섭니다. 저는 박지원이 베이징에서 들고 왔다던 그 지구의가 결과적으로 한국 최초의 개신교 신자의 탄생뿐 아니라 공식적인 기독교 전파에 기여했다는 사실이 매우 흥미로웠습니다. 김옥균, 홍영식, 박영효 등이 그 지구의를 보면서 꿈꿨던 개화의 꿈이 그들 개인의 차원에서는 무참하게 실패했지만 더 긴 역사의 눈으로 봤을 때는 바라던 대로 이뤄졌으니까요. 인과율의 세계는 늘 뒤늦게, 말하자면 변증법적으로 실현된다고나 할까요?

이 지체가 저는 흥미롭습니다. 여기에는 시간의 문제가 개입돼 있습니다. 역사의 눈으로 봤을 때는 정교한 시계장치와 같이 원인과 결과가 맞물려서 돌아갑니다. 거기에는 지체가 느껴지지 않습니다. 하지만 개인의 눈으로 봤을 때 결과의 시간은 지체되거나, 영원히 오지 않습니다. 이 때문에 사람은 인과율의 세계, 과학의 세계, 근대성의 세계를 학습하면서도 끊임없이 우연과 신화와 운명의 세계에 매료됩니다. 이따금 저는 극지방의 겨울을 상상합니다. 몇 개월간 밤이 계속되는, 그런 세계 속에 제가 있다고 말이지요. 그리고 그때 제가 낮을, 빛을 희망한다면 어떨까, 언젠가 그 빛이 찾아오리라는 것을 분명히 아는데도 긴 밤 안에서 죽는다면 또 어떨까 생각합니다. 그렇다면 그 희망은 지체되다가 결국에는 영영 실현되지 않겠지요. 소망하는 바를 가졌을 때 개인이 직면하는 것은 이처럼 희망이 유예된 시간입니다.

인간은 자신이 소망하는 바를 실현하기 위해 움직인다고 에른스트 블로흐는 말했습니다. 인간도 시계처럼 움직일 수 있습니다. 그리고 움직이는 한, 인과율의 세계는 작동하며, 소망은 이뤄집니다. 어린 시절 저를 매혹시킨 에스컬레이터와 쇠구슬 장식품, 이상이 빠져든 옥상정원과 시계, 박지원 등을 사로잡은 자명종, 20세기 한국인들이 열광한 기독교와 공산주의는 모두 이런 인과율이 분명한 운동의 차원에서 바라봐야만 합니다. 모든 움직임은 어떤 결과를 낳습니다. 이보다 매력적이고 두려운 문장이 없습니다. 저의 행동이 변화를 일으킨다면, 거기에서는 희망이 생깁니다. 에른스트 블로흐의 문장은 이렇게 고칠 수도 있을 것입니다. 우리는 움직이는 한 자신이 소망하는 바를 실현할 수 있다고. 여기에는 조금의 의심도 없습니다.

하지만 그 실현을 저는 목격할 수 없다면 어떨까요? 저는 그저 가장 깊은 밤의 한가운데에서 죽어가야 할 운명이라면? 희망이 유예된 그 삶을 저는 어떻게 견뎌야 할까요? 지체되는 시간이 자기 인생이 된다고 할 때, 인간은 그 시간을 어떻게 견뎌야 할까요? 그런 의문이 저를 소설로 이끌었습니다. 저는 거시적으로 제대로 작동되는 역사가 아니라, 개인의 삶 속에서 한없이 지체되는 시간에 관심이 갑니다. 인과율이 지체되는 동안의 시간을 견디기 위해 인간들이 만들어내는 우연과 신화와 운명에 끌립니다. 이상이 시에 쓴 것처럼 "하늘한복판에와있기때문에時計를꺼내본즉서기는했으나時間은맞는것이지만時計는나보담도젊지않으냐하는것보담은나는時計보다는늙지아니하였다고아무리해도믿어지는것은필시그럴것임에틀림없는고로나는時計를내동댕이쳐버리고말았다"라고 할 때, 저는 내동댕이쳐지는 시계가 아니라 시계를 내동댕이친 뒤에 인간은 이제 어떻게 할 것인가가 궁금했습니다. 어쩌면 저를 바다 건너 일본의 한 도서관으로 이끈 건 바로 그 의문일지도 모르겠습니다.

5

그곳은 조치대학교의 키리시탄 문고였습니다. 일본의 천주교 관련 자료들만 모아놓은 곳이었지요. 자료를 찾아 일본에 간 저는 그 도서관에서 일하는 사서 할머니 한 분을 소개받았습니다. 머리가 희끗희끗한 분이었지요. 그분은 한국에서 찾아온 저를 흥미롭게 바라봤습니다. 그분은 제게 어떤 자료를 열람하고 싶은지 물었습니다. 사실 그때까지도 저는 제가 보고자 하는 자료가 무엇인지 잘 모르고 있었습니다. 거기에 가면 뭔가 있지 않을까 싶은 막연한 마음에 찾아간 것이었으니까요. 하지만 막상 말도 통하지 않는, 게다가 연세가 지긋한 분 앞에서 그런 이야기를 하려니 좀 막막했습니다.

"뭔가 있지 않을까 싶은 막연한 마음"이란 이런 것이었습니다. 그러니까 한일 월드컵이 열리던 2002년 봄, 저는 몇 년에 걸친 직장생활의 종지부를 찍었습니다. "월드컵 전 경기를 보려고"라고 다른 사람들에게 둘러댔지만, 속내는 전업으로 글만 쓰고 싶어서였습니다. 하지만 전업으로 글만 쓴다는 것은 너무나 힘든 일이었습니다. 저는 두세 달 뒤의 생활비를 마련하기 위해 닥치는 대로 일을 해야 했습니다. 그럴 즈음에 H. B. 허버트가 쓴 『대한제국멸망사』라는 책을 읽었습니다. 전업 작가 생활과도, 경제활동과도 아무런 상관이 없는 현학 취미에서 읽은 책이었습니다. 저는 외국인들이 묘사한 구한말 조선 풍경을 읽는

제5부 그을린 이후의 소설가

것이 좋았습니다. 그래서 신복룡 선생이 번역한 '한말외국인기록' 시리즈를 다 읽었습니다. 『대한제국멸망사』는 그중 첫 권이었습니다. 거기 139페이지에 이런 구절이 나왔습니다.

1594년 크리스마스를 전후하여 포르투갈의 신부인 그레고리오 세스페데스가 고니시 부대의 종군신부로 웅천에 도착하여 고아들을 구제했다.

고아들. 임진왜란의 고아들. 그해 봄, 막 꽃을 피우는 벚나무 아래에서 나는 그렇게 중얼거리고 다녔습니다. 만트라를 중얼거리듯이. 고아들. 임진왜란의 고아들. 그 문장에 뭔가 있었으니까요. 소원을 들어주는 만트라처럼 며칠 그렇게 되뇌었더니 서강대학교 출판부에서 나온 『세스뻬데스』라는 책이 손에 들어왔습니다. 그 책을 읽었더니 또 이런 구절이 나왔습니다.

세스페데스 신부가 일본의 신학교로 데려온 어린이는 비센테Vicente라는 세례명을 받았으며, 나중에는 훌륭한 교리 강론자가 되었다. 비센테는 1614년 후안 바우티스타 솔라 신부와 함께 북경으로 가서 북쪽의 국경선을 통하여 조선 땅으로 들어가려고 사 년 동안 머무르면서 국경을 넘어갈 기회를 엿보았으나 뜻을 이루지 못한 채 결국 1620년 12월 22일 시마바라에서 후안 바우티스타 신부와 그 외 여러 천주교 신자들과 함께 체포됐다. 감옥에 있으면서 그는 당시 일본 예수회 관구장인 프란시스코 파체코 신부에 의해 예수회에 받아들여졌다.

그후로 오랫동안 "북경으로 가서 북쪽의 국경선을 통하여 조선 땅으로 들어가려고 사 년 동안 머무르면서 국경을 넘어갈 기회를 엿보았으나 뜻을 이루지 못한 채"라는 문장이 내 마음에 남았습니다. 임진왜란의 고아는 '권'이라는 성과 '비센테'라는 세례명만 남기고 역사 속으로 흔적도 없이 사라졌건만, 고향으로 돌아가려고 하는 그 마음만은 생생하게 느껴졌기 때문입니다. 그 마음이 생생하게 느껴지는 한 그의 삶을 실패한 삶, 불행한 삶이라고 말할 수는 없을 것 같았습니다.

일본 조치대학교까지 가서 찾고 싶었던 자료는 바로 이고아에 대한 것이었습니다. 제 사연을 다 듣고 난 사서 할머니는 무슨 자료를 찾는 것인지 알겠다며 서가로 들어가더니 잠시 후 스페인어로 인쇄된 책을 한 권 꺼내오셨습니다. 『일본의 순교자들El martirologio del Japón』이란 책에 "KAŬN Vicente S. J. [46]-coreano-noble, quemado vivo"라는, 그의 약전이 실려 있었습니다. 그러니까 지체가 높은 조선인이며 산 채로 화형당했다는 뜻이었습니다. 그 문장은 역사의 저편에 묻혀 있던 한 소년을 소환하는 마법의 주문과도 같았습니다. 깊은 어둠 속에서 한 소년이 두 눈을 반짝이며 저를 물끄러미 쳐다보는 듯한 느낌이었습니다. 화형으로 불타 죽기 전까지 그 소년의 시간 역시 희망이 유예된, 깊은 어둠 속에 잠들어 있었을 것입니다.

20세기를 살았던 수많은 한국인들과 마찬가지로 그 소년에게도 삶이란 희망이 유예되는 시간을 뜻했을 것입니다. 그가 자신의 뜻대로 조선에 들어갔다면 어떻게 됐을까요? 천주교가 좀 더 일찍 조선에 전해지면서 역사의 수레바퀴가 지금보다 빨리 돌아갔을까요? 비슷한 시기에 천주교를 조선에 소개하려 했던 소현세자의 꿈이 좌절되는 과정을 보면, 그런 일은 일어나지 않았을 것 같습니다. 조선에 들어갔어도 그가 원하는 세상은 찾아오지 않았을 것입니다. 그럼에도 천주교는 조선에 전해집니다. 그의 의지와는 무관하게, 마치 이제 때가 되었다는 듯이 자연스럽게. 이백 년 뒤에 일어날 이 결과에 맞춰 그의 입국 시도를 원인으로 둘 수만 있다면 얼마나 좋겠습니까? 그랬다면 어둠 속에 묻힌 그의 삶도 의미를 가지고 구원받을 수 있을 텐데 말입니다. 하지만 그런 일은 일어나지 않았습니다. 그는 조국에 돌아가지 못한 채 이국 땅에서 화형으로 죽고, 이백 년 뒤 서울에는 천주교 신자들이 생겨납니다. 이 사이에는 어떠한 인과관계도 없습니다.

그렇다면 그의 인생은 아무 의미도 없는 것일까요? 그럴지도 모르겠습니다. 우리들 대부분의 인생이 그런 것처럼 말입니다. 우리는 어떻습니까? 우리는 세계를 바꿀 수 있을까요? 역사를 창조할 수 있을까요? 저는 거의 불가능하다고 봅니다. 우리는 각자의 인생을 간신히 살아낼 뿐입니다. 그리고 역사는 저절로 미래를 향해 나아갑니다. 이 사이에 인과의 다리를 놓을 수 있다면 우리의 인생도 구원받을 수 있겠지만, 그 소년의, 그토록 짧은 약전에서도 알 수 있다시피 그런 일은 일어나지 않습니다.

바로 이 지점에서 저는 근대 이후를 살아가는 인간의 모습을 그 소년에게서 찾을 수 있었습니다. 우리의 삶은 우리를 매혹시킨 근대적 기계들의 규칙적인 움직임을 닮아 있지 않습니다. 우리의 삶은 구불구불 흘러내려가는 강을 닮아 있습니다. 인간의 시간은 곧잘 지체되며, 때로는 거꾸로 흘러가기도 합니다. 그럴 때마다 우리는 깊은 어둠 속으로 잠겨들지만, 그때가 바로 흐름에 몸을 맡길 때라고 생각합니다. 어둠 속에서도 쉼 없이 흘러가는 역사에 온전하게 몸을 내맡길 때, 우리는 근대 이후의 인간, 동시대인이 됩니다. 그때 저는 온전히 인간을 이해할 수 있습니다. 여전히, 깊은 밤의 한가운데에서 고독을 두려워하지 않는 마음으로 역사의 흐름에 몸을 내맡길 때, 우리의 절망은 서로에게 읽힐 수 있습니다. 문학의 위로는 여기서 시작될 것입니다.

제5부 그을린 이후의 소설가

참고문헌+

제1부

카프카의 일기, 프란츠 카프카, 솔, 2017 ● 일기, 나를 찾아가는 첫걸음, 스테파니 도우릭, 간장, 2011 ● 백만 광년의 고독 속에서 한 줄의 시를 읽다, 류시화, 연금술사, 2014 ● 어떻게 늙을까, 다이애너 애실, 뮤진트리, 2016 ● 백 년의 지혜, 알리스 헤르츠좀머, 캐롤라인 스토신저, 민음인, 2013 ● 아무도 모른다, 고레에다 히로카즈, 2004 ● 그렇게 아버지가 된다, 고레에다 히로카즈, 2013 ● 아무도 기억하지 않는 자의 죽음, 당대비평 기획위원회, 산책자, 2009 ● 지금 내리실 역은 용산참사역입니다, 작가선언 6.9, 실천문학사, 2009 ● 감자, 김동인 ● 홍염, 최서해 ● 작가란 무엇인가1, 파리리뷰, 다른, 2014

제2부

그녀, 스파이크 존스, 2013 ● 에너미, 드니 빌뇌브, 2013 ● 경주, 장률, 2014 ● 금요일엔 돌아오렴, 416 세월호 참사 기록위원회 작가기록단 엮음, 창비, 2015 ● 세월호를 기록하다, 오준호, 미지북스, 2015 ● 부활 아침 무덤으로 달려가는 베드로와 요한, 외젠 뷔르낭, 1898

제3부

사랑의 단상, 롤랑 바르트, 동문선, 2004 ● 사랑의 단상 chapter5. The Letter From Nowhere, 파스텔뮤직, 2014 ● 우리가 볼 수 없는 모든 빛, 앤서니 도어, 민음사, 2015 ● 옛날 옛적에, 막스 뤼티, 길벗어린이, 2008 ● 한없이 투명에 가까운 블루, 무라카미 류, 이상북스, 2014 ● 춘향전, 이고본 춘향전 ● 눈먼 사람, 김봉영 판소리 모노드라마, 2015 ● 미궁, 황병기, 1975 ● 국화 옆에서, 황병기, 1975 ● 인터스텔라, 크리스토퍼 놀란, 2014

제4부

다시, 피아노, 앨런 러스브리저, 포노, 2016 ● 알렉산더 테크닉, 내 몸의 사용법, 프레더릭 알렉산더, 판미동, 2017 ● 드러내지 않기−혹은 사라짐의 기술, 피에르 자위, 위고, 2017 ● 보르헤스의 말, 호르헤 루이스 보르헤스, 마음산책, 2015 ● 브루클린 풍자극, 폴 오스터, 열린책들, 2005 ● 동물들의 침묵, 존 그레이, 이후, 2014 ● 책을 읽고 양을 잃다, 쓰루가야 신이치, 이순, 2010 ● 자아 연출의 사회학, 어빙 고프먼, 현암사, 2016 ● 서브텍스트 읽기, 찰스 백스터, 엑스북스, 2016 ● 텍스트의 포도밭, 이반 일리치, 현암사, 2016 ● 과학한다는 것, 에른스트 페터 피셔, 반니, 2015 ● 백자 달항아리, 국보 제309호 ● 노란 벽지, 케이티 미챌, 2014 ● 수제천 ● 1984, 조지 오웰 ● 임의 접속 정보, 백남준, 굿모닝 미스터 오웰, 백남준 ● 열하일기, 박지원 ● 열하일기, 웃음과 역설의 유쾌한 시공간, 고미숙, 북드라망, 2013

제5부

눈보라, 조지프 말로드 윌리엄 터너, 1842 ● 본다는 것의 의미, 존 버거, 동문선, 2000 ● 말하기의 다른 방법, 존 버거, 장 모르, 눈빛, 2004 ● 구술문화와 문자문화, 월터 J. 옹, 문예출판사, 1995 ● 불과 글, 조르조 아감벤, 책세상, 2016 ● 작가란 무엇인가2, 파리 리뷰, 다른, 2014 ● 텍스트의 포도밭, 이반 일리치, 현암사, 2016 ● 생각하지 않는 사람들, 니콜라스 카, 청림출판, 2011 ● 과거의 거울에 비추어, 이반 일리치, 느린걸음, 2013 ● 단발, 이상 ● 진정 마음이 만나서야말로, 이광수 ● 얼굴이 변한다, 이광수, ● 반도의 형제자매에게 보냄, 이광수 ● 파리, 이광수 ● 마음과 얼굴과 복, 이광수 ● 이방인, 알베르 카뮈 ● 선비가 가을을 슬퍼하는 이유, 이옥 ● 유마경 제5장 문수사리문질품 ● 홍남철수, 김동리 ● 잉여인간, 손창섭

ps 사랑의 단상, 2014년

최근에 지훈은 아이폰을 잃어버렸다. 24개월 약정기간을 다 채우지 못했다. 벌써 두번째의 일. 약정기간을 다 채우는 일이 부쩍 어려워지고 있었다. 그게 무엇과의 약정이든.

잃어버린 아이폰에는 보안카드를 찍어놓은 사진도 있었다. 점심시간에 은행을 찾았다. 번호표를 뽑아들고 대기석에 앉아 정오 뉴스를 무심히 바라봤다. 창구에서 벨소리가 열몇 번 울린 뒤에야 그는 새로운 보안카드를 발급받을 수 있었다.

옛 보안카드로는 이제 송금할 수 없었다. 헷갈리지 않도록 그전 것을 없애야겠다 싶어 계약서와 통장과 고지서 따위를 넣어두는 서랍을 뒤졌다. 보안카드는 은행 관련 서류들을 따로 모아둔 노란색 투명파일 속에 들어 있었다.

파일을 꺼내는데 서랍 안쪽 네스프레소 캡슐 하나가 눈에 띄었다. 은빛 캡슐이었다. 커피 캡슐이 왜 서랍 안에, 그것도 통장과 계약서 등을 넣어두는 그 서랍 안에 들어가게 되었을까?

숫자들을 알아볼 수 없도록 보안카드를 잘게 자르는데 문득 그 이유가 떠올랐다. 그건 몇 년 전 한정판으로 출시된 캡슐이었다. 한 통에 열 개의 캡슐이 들어 있었는데, 한 잔 한 잔 마실 때마다 그해 봄을 보내는 게 너무 아쉽다는 생각이 들었다. 그래서 마지막으로 남은 캡슐 하나를 그 서랍에 넣어둔 것이었다.

지금 마셔도 될까? 캡슐 안에는 2011년 봄의 커피가 들어 있었다. 이름이 궁금해 검색창에 '네스프레소 한정판 캡슐'이라고 입력했더니 그간 출시된 여러 종류의 한정판 캡슐들에 대한 페이지가 검색됐다. 지훈의 서랍에서 발견된 은빛 캡슐은, '오니리오'라는 이름의 커피였다. 설명에 따르면 네스프레소는 2006년부터 봄가을마다 한정판 캡슐을 출시했는데, 오니리오는 2011년 봄 여덟번째로 출시된 한정판이었다.

삼 년이 지났는데 지금 마셔도 괜찮을까? 지훈은 문득 궁금했다. 그건 어쩐지 리나에게 물어봐야 할 것 같았다. 모든 게 눈부셨던 그해 봄, 오니리오를 지훈에게 선물한 사람은 그녀였다. 그러나 그들의 봄은 길지 않았다. 네스프레소 한정판 캡슐 커피 소사小史에 빗대어 말하자면, 리나와 지훈은 잘랄야트라 이후에 만나서 크레알토 이전에 헤어졌고, 이제는 서로 애써 연락하지 않는 사이가 됐다.

애써.

사전에는 "몸과 마음을 다하여 무엇을 이루려고 힘쓰다"라고 나와 있었다. 그러니까 이제는 무엇도 이룰 것이 없기 때문에 몸과 마음을 다하지 않는 사이.

오니리오를 소개하는 페이지에는 제조일자가 인쇄된 종이상자의 한 면을 찍어놓은 사진이 있었다. 11.02.11은 2011년 2월 11일에 제조됐다는 뜻이다. 그 옆으로 나란히 찍힌 숫자 31.01.12는 2012년 1월 31일. 이 날짜 위에는 'Best before'라는 영문이 인쇄돼 있었다. 최상의 시기는 이미 오래전에 지나버렸다. 그게 어떤 최상의 시기이든.

그래도,

지훈은 중얼거렸다. 마셔봐야 하지 않을까? 그 캡슐 안에 2011년 봄의 맛이 담겨 있다면.

———

숱한 저녁과 밤이 지나가는 동안 멀고 가까운 불빛들이 붉게 또 하얗게 반짝였다. 언젠가와 마찬가지로 검은 강물은 쉬지 않고 흘렀다. 퇴근길의 올림픽대로는 늘 지체 아니면 정체였다. 먹이를 찾아 정신없이 집어등 불빛을 따라가는 고등어처럼, 앞차의 빨간색 미등만을 뒤쫓는 삼십대의 삶이었다.

그러는 동안, 지훈에게서 리나는 거의 지워졌다. 물에 풀어지는 핏방울처럼 제일 먼저 몸의 윤곽이 기억의 저편으로 풀려나갔다. 다만 전혀 상관없는 어떤 여자에게서 리나의 향기를 맡을 때가 종종 있었다. 그럴 때는 마치 사랑에 빠진 맹인이 된 듯한 기분이었다. 그에 비하면, 목소리는 독립적이었다. 오래도록 지훈의 곁에 머물며 불쑥불쑥 들려오곤 했다.

지난여름이었나, 무슨 일인가로 지방에 갔다가 자정이 넘은 깊은 밤에야 서울로 돌아오는 길이었다. 중부고속도로에서 올림픽대로로 빠져나오자, 평소와 달리 차량이 거의 없는 4차선 도로가 펼쳐졌다. 마치 무리에서 빠져나와 혼자서 자유롭게 해류를 따라 헤엄치는 물고기라도 된 듯한 기분이었다. 지훈은 가속페달을 밟은 오른발에 힘을 주었다. 그때 불쑥 그 목소리가 들렸다.

"신입생 시절이라면, 밤의 한강이 보이던 차창이 제일 먼저 떠올라요."

지훈은 고개를 돌려 조수석을 바라봤다. 차창 밖으로 한강 건너편 아파트와 가로등 불빛들이 보였다. 규정 속도 이상으로 과속하던 지훈은 브레이크를 밟으며 오른쪽 깜빡이를 넣었다. 자동차가 비스듬히 세 개의 차선을 가로지르며 밤의 한강 쪽으로 움직이는 동안, 지훈은 2011년 봄에도 최고의 풍경이 있었다면 그건 종이컵에 따른 사케를 마시기 위해 고개를 젖히던 리나의 왼쪽 얼굴이리라 생각했다. 지훈은 다시 한번 고개를 돌려 조수석을 바라봤다. 거기에는 밤의 한강이 있었다. 서울에 한강이 있어서 정말 다행이라고 그는 생각했다.

지훈의 기억이 맞다면, 그건 '리하쿠'라는 이름의 사케였다. 리하쿠는 당나라 시인 이백李白의 이름을 일본식으로 읽은 것이었다. 리하쿠, 리하쿠. 지훈은 몇 번이나 그 사케의 이름을 중얼거렸다. 그러니까 2011년의 봄 밤, 활짝 핀 벚꽃나무 아래에서, 리나와 나란히 앉아, 깊은 강을 바라보며, 그 사케, 리하쿠를 마셨다. 몽롱하고 서늘한 맛, 이라고 지금까지도 지훈이 기억할 수 있는 건 그 병이 불투명한 푸른빛이었기 때문에.

"대학 다닐 때는 지하철보다 버스나 자동차를 타고 다니는 게 더 좋았어요. 차창 밖에는 늘 풍경이 있으니까. 그중 최고는 서쪽에서 동쪽으로 움직이면서 바라보는 밤의 한강이었죠. 신입생 시절이라면, 밤의 한강이 보이던 차창이 제일 먼저 떠올라요."

신입생 시절 최고의 풍경을 바라보고 앉아서 리하쿠를 마시며 리나가 말했다. 지훈은 오른쪽으로 고개를 돌려 그런 리나의 왼쪽 얼굴을 바라봤다. 윤중로는 꽃놀이를 온 사람들로 북적였으나, 이 세상에 둘만 남은 것 같았다. 그리고 그렇게 둘만 남게 되자, 나머지 세상의 모든 것들이 일제히, 근사해졌다.

마치 거기 벚꽃들의 풍경처럼.

———

"이 글을 끝내면서 내가 진정으로 사랑에 대해 말하고 싶었던 것은 하나뿐이었다는 것을 다시 한번 강조하고 싶다. 사랑은 '빠진 상태'라는 것이다."

호세 오르테가 이 가세트Jose Ortega y Gasset의 이 문장이 지훈에게 떠오른 건 종로의 한 국숫집에서였다. 시베리아에서 내려온 한파가 한반도의 상공을 뒤덮은 탓에 며칠째 맹추위가 이어졌다. 자정이 지난 시간, 덜덜 떨면서 수십 대의 택시로부터 승차거부를 당한 뒤, 지훈은 잠시 몸이라도 녹이자 싶어 국숫집의 문을 열었다.

유리문을 닫자, 들리는 소리라고는 케이블TV에서 흘러나오는 성우의 목소리뿐. 단숨에 김이 서린 안경 너머로 그 시간까지 술에 취하지도 않은 중년의 남자들이 왜가리들처럼 저마다 외따로 앉아 국수를 먹고 있었다. 지훈은 뿌연 안경을 테이블 위에 벗어놓고 잔치국수를 시켰다. 지훈이 주문한 국수를 뜨거운 물속에 밀어넣고, 주방 아주머니는 손을 들어 타이머를 눌렀다.

다시 안경을 쓰니, TV 속에서는 어느 동네 주민들이 폭이 10센티미터도 안 되는 좁은 배수로 주변에 모여 있었다. 갈색 얼룩무늬 고양이가 배수로에 빠져 있었다.

"어느 날, 울음소리가 들리더라구요."

몇 달 전, 고양이를 처음 발견했다는 남자가 말했다. 울음소리는 물론 발밑 배수로에서 들렸다. 거기 고양이가 있다는 사실을 안 동네 아이들은 학교에서 돌아오면 배수로 틈새로 손을 집어넣어 먹이를 줬다. 하지만 폭이 너무 좁아 고양이를 꺼낼 수는 없었다. 남자의 제보를 받은 제작팀이 119 대원들과 함께 고양이 구출작전에 나섰다. 배수로와 연결된 맨홀로 고양이를 유인하겠다는 게 그들의 계획이었다. 배수로 바깥에서 사람들이 몰아대자, 뒷걸음질치던 고양이는 결국 더이상 도망칠 곳이 없어졌고, 계획대로 맨홀로 이어지는 연결통로 속으로 들어갔다. 그리고 고양이는 그 안에 웅크린 채 꼼짝도 하지 않았다. 맨홀로 내려간 119 대원이 먹이를 내밀어도. 배수로 옆의 아이들이 힘을 내라고 아무리 응원을 해도.

사랑이 막 끝났을 때였다. 지훈도 그 고양이처럼 어둠 속에서 겁에 질린 채 웅크리고 있었다. 그에게는 먹이를 내미는 119 대원도, 힘을 내라고 응원하는 초등학생들도 없었다. 예전의 나로 돌아가면 되는 일이라고 생각했지만, 돌아갈 수 있는 예전의 나 같은 건 없다는 걸, 지훈은 그때 깨달았다. 애당초 원해서 빠진 게 아니었기 때문에 원한다고 빠져나올 수도 없었다.

고양이를 마침내 구한 것은 배관시설을 감싸는 난방용 스펀지였다. 119 대원이 스펀지를 통로 속으로 넣어 몇 번 밀자, 고양이는 쫓기듯 맨홀 쪽으로 나왔고, 사람들은 환호성을 질렀다.

시간이 지나면 지훈 역시 쫓기듯 다른 여자를 만나서 또 사랑이라는 걸 할 것이다. 첫번째 사랑은 두번째 사랑으로만, 그리고 그 모든 사랑은 마지막 사랑으로만 잊혀지는 법이니까. 하지만…… 하지만 꼭 구해야만 했을까, 배수로 속의 그 고양이?

순간, 대답 대신 잔치국수 한 그릇이 지훈의 앞에 놓였다. 국수에서는 힘 내라는 초등학생들의 목소리처럼 뜨거운 김이 모락모락 피어오르고 있었다.

———

"이젠 연애 같은 건 그만할 나이가 되지 않았나?"

"그럼 이젠 뭘 해?"

"결혼해야지."

"연앨 해야 결혼하지."

"너, 결혼하려고 연애하는 거 아니잖아?"

"결혼하려고 연애하는 게 무슨 연애냐?"

"그니까. 넌 안 돼."

고등학교 시절의 친구와 소주잔을 기울이며 시시껄렁한 대화를 주고받는 저녁이면 인생의 소소하나 따뜻한 빛이 마음을 감싼다고 지훈은 생각했다.

"근데 우리가 벌써 이런 대화를 나눌 나이가 됐나?"

북행하는 철새들을 본 뒤에야 겨울이 끝났음을 알게 된 사람처럼 지훈이 중얼거렸다.

"원한다면, 지금 당장이라도 여름에 이를 수가 있는데 말이지."

지훈이 말하자, 친구가 고개를 갸우뚱거렸다.

지금 당장, 영원한 여름에 이르는 법

. 방콕 행 비행기표를 끊고, 그 날짜에 출국장을 빠져나간다.

. 방콕에서 국내선으로 갈아타고 크라비로 간다.

. 크라비 공항에서 택시 티켓을 끊고 아오낭까지 간다.

. 아오낭의 게스트하우스에서 창 맥주를 마시며 하룻밤을

  보낸다.

. 다음 날, 아오낭에서 롱테일 보트를 타고 라이레이까지

  간다.

"하지夏至. 여름에 이른다. 그러니까 영원히 하지만 계속된

다는 거지."

"하지만 혼자서, 영원히 하지만. 그게 좋겠냐?"

지훈의 말에 친구가 재치있게 받아쳤다.

"마음만 없으면 돼. 모든 건 마음의 문제니까."

"몸의 문제는 아니고?"

검지를 들어 지훈의 가슴을 찔러대는 시늉을 하며 친구가

말했다.

"몸은 무죄야."

지훈이 말했다.

라이레이의 뷰포인트 리조트에서 리나와 단둘이 지낸 이

틀 동안, 지훈은 그녀에 대해 아무것도 몰라도 되는 남자였다. 점심식사 뒤, 함께 잠들었다가 깨어보니 침대에 지훈 혼자만 누워 있었다. 정신을 차리고 창문의 커튼을 걷으려는데, 빌라 앞 의자에 가만히 앉아 있는 리나가 보였다. 지훈은 물끄러미 그녀의 얼굴을 바라봤다. 그녀가 어떤 생각을 하는지, 그리고 무엇을 느끼는지 그로서는 전혀 알 수 없었다. 영원한 여름의 해변, 라이레이에서 지훈은 리나를 이해하지 못했다. 그럼에도 그녀를 안는 데에는 아무런 문제가 없었다. 영원한 여름에서 나누는 사랑이란 그런 것이다. 마음이 없어도 둘은 밤이나 낮이나 사랑할 수 있었다.

저녁이 되어 둘이서 해변을 산책하노라니 바다로 해가 저물기 시작했다. 둘은 나란히 서서 저무는 태양을 바라봤다. 낙조는 태양만큼이나 붉고 또렷했다. 한참 바라보는데, 리나가 지훈의 어깨를 두들겼다. 돌아보니 해변에 수많은 사람들이 맥주를 들고, 혹은 담배를 피우며 노을을 바라보고 있었다. 그들을 향해 지훈과 리나, 두 사람의 그림자가 모래 위로 길게 드리워졌다. 해가 수평선에 가까워지면서 둘의 그림자는 점점 더 길어졌다.

"언제나 마음이 유죄지."

영원한 여름이란 환상이었고, 모든 것에는 끝이 있었다. 사랑이 저물기 시작하자, 한창 사랑할 때는 잘 보이지도 않았던 마음이 점점 길어졌다. 길어진 마음은 사랑한다고도 말하고, 미

위한다고도 말하고. 알겠다고도 말하고, 모르겠다고도 말하고. 말하고 또 말하고, 말만 하고.

마음은 언제나 늦되기 때문에 유죄다.

———

프로방스에 머물다가 핀란드 행 여객기를 타고 헬싱키 공항에 내리면 이런 느낌이 들까. 그러니까 유난히 따뜻했던 11월을 보내고 첫날부터 기온이 뚝 떨어지고 눈 내리는 12월을 맞는 기분이라는 건. 그렇다면 12월은 무민의 나라라고 해도 무방하겠군.

팀원들과 저녁을 먹은 뒤, 골목 한쪽에 서서 담배를 피우면서 지훈은 생각했다. 입김인지 연기인지 분간하기 어려운 하얀 김이 입에서 쏟아져나왔다. 대학 시절, 담배연기는 눈에 보이는 한숨이라서 담배를 피운다는 여자 선배가 있었다. 같이 담배를 피우며, 한숨, 꼭 보여줘야 하나요? 라고 물었더니 바보, 라는 대답이 돌아왔다. 어차피 나만 아는걸, 그게 한숨이라는 거……

어차피 나만 아는걸. 그때의 선배를 흉내내어 지훈이 중얼거렸다. 집에 가고 싶다는 거…… 그랬다. 지훈에게 12월은 무민의 나라가 아니라 야근의 나라였다. 내년도 사업계획서를 만드느라 며칠째 퇴근이 늦어지고 있었다.

ps 사랑의 단상, 2014년

"무조건 사세요. 너무 싸게 나왔으니까."

같이 담배를 피우던 권대리가 하던 말을 계속했다. 그러니까, 내년 3, 4월 항공권이 지금 엄청나게 싸게 나왔다는 이야기.

"그런데 말이야, 지난여름에도 얼리버드로 오키나와 티켓 끊었다고 하지 않았어?"

문득 생각났다는 듯, 키보드 소리만 들리던 사무실의 적막을 깨고, 지훈이 권대리에게 물었다.

"그거, 평창 프레젠테이션 때문에 취소했잖아요."

파티션 너머에서 의외로 밝은 목소리가 들렸다.

"취소하면 수수료도 있겠지?"

"뭐, 그 정도야……"

"대범한데? 그런 마음으로 이따 술이나 사지."

"술 한 번만 안 마시면 비행기표 살 수 있다니까요."

"그런데 내가 지금 사업계획서를 짜다보니까 말이에요, 권대리, 내년 봄에도 자네는 하나의 조직원으로서 취소를 선택하는 용단을 내려야만 할 것 같은데? 듣고 있나, 엉?"

부장 말투를 흉내내어 지훈이 말했다.

"월급에 목매인 노예 인생이 별수 있나요? 취소하라면 취소해야죠."

"노예 주제에 애당초 비행기표는 왜 끊어?"

"아직도 꿈이 많이 남아 있거든요. 그렇게 내 꿈의 일부를 타지 못한 비행기에 태워보내는 거죠."

권대리의 말에 갑자기 지훈의 말문이 턱 막혔다.

그날 밤, 술자리는 없었다. 다들 지쳤으니까. 그럼 곧장 집으로 들어가야만 할 텐데, 혼자서 잠드는 그 집에서는 PPT 만드는 꿈이나 꿀 것 같았다. '하나의 사람으로서 용단을 내린다면' 지금 핸들을 돌려야겠지, 지훈은 생각했다. 그렇게 지훈이 운전하는 자동차는 집이 있는 강의 서쪽이 아니라 강 건너 북쪽으로 향했다. 마치 핀란드 행 여객기처럼. 깊은 강을 건너고 어두운 터널을 빠져나온 뒤, 시청 옆 거대한 크리스마스트리를 지나 지훈의, 꿈의 일부가 아니라 꿈의 전부가 남아 있는 그 동네를 향해서, 북쪽으로, 더 북쪽으로.

———

토요일 오후, 산책의 끝은 언제나 앨리스의 다락방이었다. 부암동 초입에서 종아리가 좀 땅긴다 싶을 정도로 골목길 안쪽까지 걸어가면 나오는 모퉁이의, 전혀 앨리스처럼 보이지 않는 중년 부인이 시월 하순의 은행잎보다 더 샛노란 카레를 끓여주는 이층 카페였다. 나무 계단을 밟고 올라가면, 계단 바로 뒤 창가로 두 사람이 나란히 앉을 수 있는 테이블이 있었다. 그 자리로는 늘 하오의 성기고 바랜 빛이 비스듬하게 드리워졌다. 원목 테이블 위 가지런히 놓인 아이비와 산호수와 세인포티아의 초록과 빨강은 저녁을 앞두고서야 또렷해졌다.

언덕 위의 카페였으므로 창으로는 하늘과 산, 그리고 그 아래 동네 풍경이 한눈에 들어왔다. 하지만 그 풍경이 지훈의 마음에 들어온 건 리나와 헤어지고 난 뒤의 일이었다. 그 자리에 홀로 앉아 하염없이 그 풍경만 바라보다가 돌아온 적이 두어 번 있었다.

깊은 밤이었음에도 여자 둘이 가운데 너른 자리를 차지하고 앉아 얘기를 나누고 있었다. 창가의 그 자리는 그때 그대로였다. 지훈은 혼자 앉았다. 이제 그 창으로는 검은 봉우리와 먼 불빛과 환한 골목길밖에 보이지 않았다. 화분의 식물들도 낯설었다. 맥주 한 병을 앞에 두고 그는 창밖의 풍경을 골똘하게 바라봤다. 그러고 보니, 그 자리에 세번째로 혼자 앉았던 날이 그 카페를 찾아간 마지막 날이었다.

"이제 다 끝났어요."

환청처럼 그런 말이 지훈의 귀에 들렸다. 안 그래도 그 시절의 빛은 완전히 꺼져버렸다고 생각하던 참이었다.

"원래는 자정까지인데, 사정이 있어 오늘은 조금 일찍……"

아무리 봐도, 앨리스를 전혀 닮지 않은 카페 주인이었다.

"남은 술을 다 마실 시간은 되겠죠?"

술잔을 힐끔 쳐다보더니 그녀는 고개를 끄덕였다. 지훈이 남은 맥주를 마시는 동안, 주인은 문 닫을 준비를 했다. 그사이에 남자 둘이 들어왔다가 영업이 끝났다는 말에 다시 내려갔다.

그들이 내려가자, 주인은 지훈이 앉은 창가와 주방을 제외하고는 불을 껐다. 마지막 한 모금의 맥주를 마신 뒤, 지훈은 술값을 치렀다. 화장실에서 볼일을 보는데, 심장박동 소리처럼 규칙적인 북소리가 멀리서부터 들려왔다. 쿠웅쿠. 쿠웅쿵. 쿠웅쿵. 쿠웅쿵. 어떤 여가수가 부르는, 고요하고 은은한 노래였다.

"그런데 이상한 나라의 앨리스에서 따온 앨리스인가요?"

지훈이 카페 주인에게 물었다.

"다들 그렇게 생각하는데, 그게 아니라 〈Alice's Attic〉이라는 단편영화에서 따온 이름이에요."

Alice's Attic. 지훈은 기억하기로 했다.

"자기 안의 두려움 때문에 우리는 세상을 제대로 못 봐요."

"네?"

"그 영화가 그런 내용이에요."

그녀는 웃었다.

"아, 네."

지훈은 돌아섰다. 그러나 떠날 수가 없었다. 거기, 조금 전까지 자신이 앉았던 자리, 조명이 꺼진 그 테이블에 고요하고 은은한 광채가 드리워져 있었다. 달빛, 그건 달빛이었다. 방금 전까지도 지훈이 보지 못한, 그 빛이 거기 그대로 있었다. 쿠웅쿵. 쿠웅쿵. 쿠웅쿵. 쿠웅쿵. 지훈의 심장이 북소리처럼 뛰었다.

서른한 살에 자살한 실비아 플라스는 "튤립은 맨 먼저 너무 빨개서, 나에게 상처를 준다"고 썼고, 무대 위의 모리타 도지는 죽은 친구를 기억하기 위해 검은 선글라스를 한 번도 벗지 않았으며, 기억을 모두 지운다고 해도 누군가를 향한 마음은 결코 사라지지 않는다는 것을 말하기 위해 미셸 공드리는 영화를 찍었다는 것을, 지훈은 전혀 몰랐을 뻔했다. 뿐만 아니라 겨울 서귀포의 눈송이와 봄 통영의 벚꽃과 여름 경주의 물안개가 얼마나 아름다운지, 또 얼마나 금세 사라지는지, 어떤 여자를 생각하면 왜 어깨의 주사 자국과 등의 점들과 콧잔등의 주근깨 같은 것들이 먼저 떠오르는지도 전혀 몰랐을 것이다. 그러니까 그날 밤 지훈이 'valiente'라는 스페인어를 떠올리지 않았다면.

"가만히 생각하니까, 이제 몇 시간만 지나면 신년이잖아요. 집에 혼자 있기 싫어서 옷을 챙겨입고 무작정 나왔어요. 좀 걷고 싶어서. 좀 걸으면 생각이 나지 않을까 싶어서."

"무슨 생각?"

"옛날 생각이오. 잘한 일들, 잘못한 일들, 뭐 그런 것들."

"송구영신하면 되겠네. 좋은 건 기억하고, 나쁜 건 잊고. 그런데 지금 혼자야?"

"혼자 걷는 것, 걱정한 만큼 나쁘진 않았어요. 다른 사람들도 다 그러는걸."

"밤이 꽤 늦었는데?"

"어차피 잠도 안 올 테고요. 뭐하고 있었어요?"

"그냥. 송년 특집 프로그램들 보고 있었어. 이따 제야의 종소리나 들으려고."

"선배는, 재미있어요?"

"재미없어. 해마다 하는 뻔한 내용들이잖아."

"그걸 물었던 건 아니지만, 어쨌든 해마다 하는 뻔한 내용들, 맞네요."

"그런데 그믐밤에 왜 혼자서 쏘다니는 거야? 남자친구는 어쩌고?"

"헤어졌어요. 신년에 맞춰, 무슨 금연 결심하듯이. 시내로 내려가긴 뭣해서 이 동네 안쪽으로 계속 들어왔더니 카페가 하나 있어서 들어왔어요. 그런데 웬일인지 파티 분위기네요."

"아무래도 새해니까."

"다들 '해피 뉴이어!' 하며 들떠 있는데, 혼자서만, 마치 선거에서 떨어진 대통령 후보처럼 심각한 표정으로 레몬차를 마시려니 한심해서. 그래서 전화했어요."

"그래서?"

"나도 누군가에게 '해피 뉴이어!'라고 말하면 기분이 좋아질까 싶어서."

그 순간, 지훈은 언젠가 봤던 영화의 한 장면을 떠올렸다. 부모의 재혼으로 함께 살게 된 오토에게 여자애 안나가 몰래

ps 사랑의 단상, 2014년

종이 한 장을 쥐여준다. 거기에는 'valiente'라는 단어가 적혀 있었다. 나중에 스페인어 사전을 뒤져보니, 그 단어의 뜻은 '용감한, 용기 있는, 멋진, 희한한'이라고 나와 있었다. 하지만 영화에서 그 뜻은 '이따가 밤에 내 방으로 와'라는 뜻이었다. 잊지 말 것. 그 영화를 보며 지훈은 혼자 중얼거렸다. 용기를 낸다는 것은, 언제나 사랑할 용기를 낸다는 뜻이라는 것을. 두려움의 반대말은 사랑이라는 것을.

"해피 뉴이어!"

리나가 말했다.

"해피 뉴이어!"라고 인사하는 대신에 지훈이 말했다.

"어디니? 내가 지금 거기로 갈게."

———

"사랑해."

봄꽃이 모두 지고 난 금요일 밤의 떠들썩한 술집에서 지훈이 말했다.

"뭐라고요?"

그 목소리가 안 들릴 정도는 아닐 텐데, 맞은편에 앉은 사람이 되물었다. 지훈은 그 얼굴을 빤히 쳐다보다가 다시 말했다.

"사랑해."

"저한테 왜 그러세요?"

그 사람은 금방이라도 울 듯한 표정이었다. 그제야 지훈은 고개를 돌렸다.

"아니다. 누군가에게 사랑한다고 말하면 기분이 좋아질까 싶었는데……"

"그렇다고 저한테 이러시면 되나요?"

권대리가 말했다.

"그러게. 내가 미쳐가는 모양이네."

활짝 피었던 윤중로의 벚꽃이 채 일주일도 지나지 않아 대부분 떨어지고, 제방의 가로수들에 연둣빛이 오르는 것을 멀리서 바라본 날이었다. 애써 웃으며 리나와 헤어진 지도 벌써 반년이 지났다.

그날 저녁, 지훈은 리나의 집을 찾아갔다. 헤어진 뒤, 세번째 방문이었다. 앞서 두 번의 충동적인 방문과 마찬가지로 미리 간다고 연락하진 않았다. 혹시나 만날 경우엔 스웨터 핑계를 댈 생각이었다. 철도 모르고 입고 나갔다가 너무 더워서 그 집에 벗어두고 온 스웨터, 리나가 좋아하던 스웨터, 둘이 사랑하는 동안에만 입었던 남색 스웨터. 하지만 처음 두 번은 스웨터 얘기를 꺼낼 일도 없었다. 리나가 집에 없었으니까. 지훈은 문 앞에 서 있다가 그냥 돌아왔다.

세번째로 찾아간 날, 지훈은 술에 취해 있었고 외로웠다. 집 안의 불이 모두 꺼져 있었기 때문에 앨리스의 다락방에서 리나가 올 때까지 기다렸다. 좋은 일들과 나쁜 일들이 두서없이 떠올랐다. 옛날이야기, 모두 옛날이야기…… 그런 생각이 들어서 지훈은 혼자서 맥주를 몇 병 마셨다.

그리고 시간이 흘러 깊은 밤, 리나는 집에 있었지만 문을 열어주지 않았다. 두 사람 사이에는 닫힌 문이 있었다. 두번째 찾아갔을 때, 지훈은 리나가 현관의 비밀번호를 바꾸지 않았다는 사실을 알게 됐다. 자물쇠가 풀리는 소리가 들렸다가, 이윽고 다시 잠겼다. 돌아오는 발걸음은 무척이나 가벼웠다.

하지만 이제 지훈은 리나가 비밀번호를 바꾸는 것을 잊어버린 것이라고 생각하게 되었다. 그렇다면 문이 열린다 해도 그 비밀번호가 진짜 비밀번호가 될 수는 없다는 얘기다. 옛날이야기, 모두 옛날이야기…… 꽃이 지는 건 꽃철이 지났기 때문이다. 그리고 사랑이 끝나는 건, 이제 두 사람 중 누구도 용기를 내지 않기 때문에.

한 사람은 평생 삼천 명의 이름을 듣고 기억한다고 한다. 이름과 얼굴을 함께 기억하는 사람은 삼백 명 정도인데 그중에서 친구라고 부를 수 있는 사람은 서른 명, 절친으로 꼽을 수 있는 사람은 세 명. 그렇다면 사랑한다고 말할 수 있는 사람은 몇 명이나 될까?

그건 언제나 한 명뿐이라고 지훈은 생각했다. 평생 삼천 명의 이름을 기억한다고 해도 그중 사랑한다고 말할 수 있는 사람은 언제나 단 한 명뿐이라고, 그 단 한 사람이 없어서 사람의 삶은 외로운 것이라고.

———

    먼저, 잘 지내시냐고 묻는 게 예의겠지요. 뒤늦게 우리가 예의를 차린다는 건 웃긴 일이지만, 언제부터인가 나는 당신을 늘 존칭으로만 떠올리게 됐습니다. 언젠가 우리가 시외버스를 타고 낙동강 하구를 지날 때 나는 생각했지요. 이대로 저 강물이 멈췄으면 좋겠다고. 하지만 시간은 단 한순간도 멈추지 않으며 흐르고 흘렀고, 한때 서로 안을 때면 조금의 틈도 허용하지 않았던 우리도 이렇게 멀리 떨어지게 됐네요. 그러니 그때는 혼잣말을 하듯 "그때, 그 바다 말이야……"라거나 "그 사과 있잖아……"라고만 해도 무슨 말인지 당신은 금방 알아차렸지만, 이제는 완벽한 문장을 갖춰서 말할 수밖에요.

    마찬가지로 이제는 당신의 뒷모습만 자꾸 떠오릅니다. 얼굴은 어떻게 생겼더라, 생각하려고 해도 자꾸 뒷모습만, 그저 뒷모습만. 내가 당신의 뒷모습을 사랑한 게 아니었는데도 가을의 거리에서 돌아서 걸어가던 그 뒷모습, 여름의 방에서 땀을 흘리며 잠들었던 당신의 뒷모습만 떠오릅니다. 그리고 당신의 뒷모습을 떠올릴 때 나는 자신의 시대가 모두 끝난 뒤 네거리에 서 있는 위인의 동상처럼 더이상 어떤 욕망도 없이 굳어가는 기분이 듭니다. 그게 바로 당신의 뒤에 있는 남자의 불행, 남자로서의 나의 불행입니다.

    불행한 남자라고 말할 때, 나는 손이나 발 혹은 심장 같은 게 없는 사람이 된 것 같습니다. 이상한 일이기도 하지요. 당신이 곁에 있을 때 내겐 손이나 발 혹은 심장 같은 게 없어도, 심지어 나란 사람이 애당초 이 세상에 없었다고 해도 아무런 상관이 없겠다고 생각했으니. 그럼에도 내가 이 세상에 태어나 많은 것을 보고 배우고, 그렇게 자라서 이 세상에는 나뿐만 아니라 헤아릴 수 없이 많은 사람들이 살아가고 있으며, 그 많은 사람들 가운데 당신이라는 사람이 있어서 우리가 만나고 사랑하게 됐다는 게 기적처럼 여겨집니다. 나의 쓸모는 거기에 있었습니다.

한 사람을 위한 쓸모는 이제 무용해졌습니다. 그리고 이제 나에게는 쓸모없는 것들이 넘쳐납니다. 서로 마주 보고 서 있다가 갑자기 웃음이라도 터진 것처럼 앞다투어 꽃을 피우던 두 그루의 벚나무가 있는 석촌호수의 잔물결, 연신 불어대는 겨울바람에 질렸다는 듯이 하얗게 김이 서리는 연남동 길모퉁이 어묵집의 네모난 유리창, 서늘한 바람이 부는 평일 저녁 동피랑 마을에서 내려다보는 강구안 주변의 반짝이는 불빛들, 아침 뷔페를 찾아가는 중국 관광객들로 가득한 호텔 엘리베이터에서 빠져나오자마자 보이는 곽지과물의 아침바다…… 영원히 흔들리고 출렁이기 때문에 아름다운 것, 이 모든 것들도 당신이 없다면 무슨 소용이겠습니까?

그처럼 내 안에는 당신이 아니라면 누구에게도 하지 못하는 말들, 아무런 쓸모도 없는 말들이 가득합니다. 끝내 부치지 못할 이 편지에 적힌 단어들처럼. 그중에서도 가장 쓸모없는 말은, 그때는 말할 필요조차 없었던, 하지만 이제는 누구에게도 말할 수 없게 된 그 말, 한때 나를 사랑했던 너에게는 말할 수 있었으나 이제 더이상 나를 사랑하지 않는 당신에게는 말할 수 없는 그 말, 사랑한다는 말입니다.

나를 사랑했던 너에게, 그리고 더이상 나를 사랑하지 않는 당신에게.

부디 잘 지내고, 잘 지내시길.

———

지훈은 이제 서른다섯 살이 되었다. 서른다섯 살이란 앉아 있던 새들이 한꺼번에 날아가고 난 뒤의 빈 나무 같은 것이라고 그는 생각했다. 사방이 툭 트인 들판에 적막하고 고요하고 쓸쓸하게 서 있는 나무 한 그루와 같은 삶이 이제 막 시작된 것이라고.

퇴근 무렵, 권대리에게서 '이런 사람이 과장님 말고도 또 있네요^^'라는 문자와 함께 기사 링크가 날아왔다. 하던 업무를 마저 끝내고 기사를 클릭했더니 어떤 남자 배우의 인터뷰가 나왔다. 그 배우는 마음을 표현하는 걸 좋아해 남자들에게도 사랑한다는 말을 자주 하는 통에 주변 사람들을 당황하게 만든다고 했다. 인터뷰를 다 읽고 나서 지훈이 답을 보냈다.

'얼굴 말이야?'

그러자 곧바로 'NO!'라는 글자와 함께 양손으로 머리통을 쥐어뜯으며 눈물을 줄줄 흘리는 오리 캐릭터의 이모티콘이 나타났다.

'그럼 기럭지가?'

이번에는 하트 표시를 내뿜으며 강아지와 고양이가 서로 부둥켜안은 이모티콘과 함께 '유머 수준은 부장님급이세요'라는 메시지가 들어왔다. 그 하트 표시를 바라보다가 별다른 뜻 없이 지훈은 기사가 게재된 웹사이트 검색창에 '사랑해'라는 문장을 입력했다. 문득 사람들은 언제 '사랑해'라는 말을 하는지 궁금해졌다. 곧 그 말이 포함된 기사들이 검색됐다.

지훈은 그 목록의 의미를 금방 깨달았다.

자신은 이제 새들이 모두 날아가고 난 뒤의 빈 나무 같은 사람이 됐다고 지훈은 생각했지만, 그 기사들은 그렇지 않다고 말하고 있었다. 한번 시작한 사랑은 영원히 끝나지 않는다고, 그러니 어떤 사람도 빈 나무일 수는 없다고, 다만 사람은 잊어버린다고, 다만 잊어버릴 뿐이니 사람은 기억해야만 한다고, 거기에 사랑이 있었다는 사실을 기억할 때 그들을 영원히 사랑할 수 있다고.

꼭 살아서 온댔는데 끝내 통화가 끊겼지… 네가 만든 빵 맛이 그립다
사회일반 2014.12.25 20:05

로 태어나고. 그땐 많이 사랑해줄게. 이다음에 하늘나라에서 다시 만나자. 사랑해 범수야. 오늘은 형의 생일이야. 거기서 축하해주렴.

'사랑한다' 한마디 못했던 아빠는 널 정말 사랑했대… 너 없는 겨울 너무 춥구나
사회일반 2014.12.23 22:09
해주고 있지? 아빠는 네가 가고 나서 너에게 사랑한다는 말 한마디 해주지 못했다면서 매일 아침 동생들에게 "사랑해"라고 노래를 한단다. "사랑해"라는 말이 참 아프게 들리

길 가다 "엄마" 소리에 돌아보고 눈물짓는다… 별처럼 행복하게 지내렴
사회일반 2014.12.22 20:44
잘 키워놓고 엄마가 너 찾으러 갈게. 그땐 우리 아들이 엄마 한 번만 안아주라. 밤마다 "잘자. 사랑해. 좋은 꿈꿔. 알라뷰" 하고 인사하던 우리 건우. 이제는 동생이 네 사진 앞에

침몰하던 그 시각 "사랑해요" 마지막 문자… 딱 한 번 볼 수 없겠니?
사회일반 2014.12.17 20:23
침몰하던 그 시각 "사랑해요" 마지막 문자… 딱 한 번 볼 수 없겠니?

동생들에게 독창적 요리해주던 맏이… 흔들면 일어날 것 같았던
사회일반 2014.12.14 20:53

수학여행을 갔는데 추운 겨울이 와도 아직도 여행중이네. 엄마, 아빠가 만나러 갈 때까지 기다리고 있어. 듬직하고 사랑하는 우리 집 장남, 영원히 사랑해. 안준혁군은 단원고 2학년 4반

'재밌게 살자'더니… 다시 만나면 재밌게 놀자
사회일반 2014.12.11 20:28
진혁아, 많이 보고 싶어. 널 절대로 잊지 못할 거 같아. 다음 생에도 나랑 친구 해주고 부디 행복해야 돼. 사랑해. ♡ –현수– 진혁아, 오랜만이야. 벌써 2014년 마지막 달이네

엄마 아프게 하는 사람 혼내주겠다고 했지… 깜깜한 이 길 헤쳐갈게
사회일반 2014.12.10 20:22
어떻게 걸어나가야 할지. 동현아, 보고 싶어. 우리 아들 늘 함께하고 있지? 여행 첫날밤 불꽃놀이에 재미있다고 보냈던 문자. '아들 사랑해' 하니까 '나도 사랑혀요'라고 했었지. 너무

추모공원 다녀왔어… 행복했던 추억이 눈물에 맺힌다
사회일반 2014.12.09 20:50
생이 있다면 다시 한번 엄마, 아빠 딸이 되어주길. 그래서 더 많이 우리 지민이를 안아주고 사랑해줄 수 있게 되길 간절히 기도해본다. 영원히 사랑해 지민아. 너를 너무도 그리워하는

엄마 생일때 만들어준 함박스테이크 맛있었어⋯ 18년간 너무 행복했다

사회일반2014.12.03 20:18

축하해" 하며 쑥스럽게 웃던 네 모습. 아들아, 엄마는 우리 태민이가 엄마 아들이어서 너무 행복했어. 고마워, 사랑해. 네가 엄마한테 준 사랑만큼 너에게 해준 것이 없고 너무 많이

시절일기 우리가 함께 지나온 밤

ⓒ 김연수, 2019

1판 1쇄 2019년 7월 22일
1판 11쇄 2024년 7월 10일

지은이 김연수
편집 조연주
디자인 엄혜리
제작 제이오

펴낸이 조연주
펴낸곳 레제
출판신고 2017년 8월 3일 제2017-000196호
주소 서울시 마포구 성미산로15길 25 B동 202호
이메일 lese.erst@gmail.com

ISBN 979-11-967220-0-5 03810

이 도서의 국립중앙도서관 출판예정도서목록(CIP)은 서지정보유통지원시스템 홈페이지
(http://seoji.nl.go.kr)와 국가자료종합목록 구축시스템(http://kolis-net.nl.go.kr)에서
이용하실 수 있습니다. (CIP제어번호 : CIP2019021775)